D1574765

LE FENICI

NARRATIVA

Disegno e grafica di copertina di Guido Scarabottolo

Per essere informato sulle novità
del Gruppo editoriale Mauri Spagnol visita:
www.illibraio.it
www.infinitestorie.it

Prima edizione Le Fenici marzo 2009
Seconda edizione settembre 2009
Terza edizione settembre 2010
Quarta edizione gennaio 2012
Quinta edizione aprile 2013

ISBN 978-88-6088-588-3

MARCO VICHI
NERO DI LUNA

UGO GUANDA EDITORE
IN PARMA

A Franco Di Francescantonio
e a Riccardo Biagini
sono quasi sicuro
che si sarebbero divertiti a leggere
questa storia

Non avvicinarsi, questo è nobile.

Pessoa

Altri vuoti amori non intendo accontentare.
Anonimo degli anni Cinquanta

« Ho affittato una casa in campagna » mi disse Franco, abbozzando un sorriso. Era sdraiato in un letto di ospedale, con un tubicino infilato nel collo che gli arrivava quasi fino al cuore. Lo nutrivano così perché da molti giorni non riusciva a mangiare più nulla. Mi raccontò che aveva firmato il contratto quella mattina, su quello stesso letto. Aveva già pagato l'anticipo e tre mesi, settembre, ottobre e novembre. La casa era bella, l'aveva vista pochi giorni prima di essere ricoverato. Una grande cascina isolata sulle colline, con una vista magnifica. Era stato sempre un suo grande sogno, avere una casa in campagna. Sperava di andarci appena si fosse rimesso un po' in sesto, ma mi confessò che si sentiva sempre peggio.

« Mi sa che questa volta... » disse tracciando in aria un segno della croce.

« Falla finita, te la caverai come sempre. » Anche se non era facile, sorrisi. Lui mi fissava. Aveva lo sguardo vivo. Non riuscivo a credere che potesse morire, non con quegli occhi.

« Nelle mie condizioni ogni giorno è guadagnato. »

« Finiscila di dire cazzate. » Cominciavo a innervosirmi. Franco non poteva morire, avevo deciso che lui fosse eterno. Invece morì, pochi giorni dopo.

Come ultimo saluto, un attimo prima che chiudessero la cassa gli posai una mano sulla fronte. Era fredda come non avrei mai immaginato. Fuori invece faceva un caldo tremendo. Era la fine di agosto. Sua madre aveva ottantacinque anni. Mentre i necrofori saldavano il co-

11

perchio non faceva che ripetere: «Franchino... non c'è più... Franchino... non c'è più...»

Dopo la cremazione andai con alcuni amici a mangiare qualcosa in trattoria. Il primo bicchiere di vino lo dedicammo a Franco. Eravamo tutti molto stanchi per le nottate in ospedale, sentivamo un grande vuoto e cercavamo di riempirlo. Franco ormai era solo un mucchietto di cenere, e non era una cosa facile da assimilare. Parlammo di lui per tutto il pranzo, ricordando cose divertenti e ridendo. A un certo punto saltò fuori quella faccenda della casa in campagna, che nessuno aveva mai visto. Tre mesi pagati. Pensammo a cosa fosse meglio fare, valutando tutte le soluzioni.

«Ci vado a vivere io per quei tre mesi» dissi a un tratto. Dopo un secondo di silenzio, tutti approvarono con un cenno del capo. Mi ritrovai in mano le chiavi di quella casa sconosciuta, un foglietto con l'indirizzo e le spiegazioni per arrivarci scritte da Franco una settimana prima. Misi tutto nel portafogli. Poi continuammo a parlare e a ridere.

Non avevo mai abitato in campagna, non mi ci vedevo a vivere isolato. Ma forse in quel periodo mi avrebbe fatto bene. Era da un pezzo che volevo cominciare un nuovo romanzo. Avevo firmato il contratto e incassato l'anticipo. Sarebbe stato il mio ottavo libro. Dovevo solo riuscire a cominciare, e ritirarmi in campagna poteva essere un'ottima idea. In quel periodo non avevo nemmeno una donna. Caterina mi aveva lasciato da un paio di mesi. In fondo era stato un sollievo. Ci facevamo solo del male, inutilmente. Un po' di solitudine non mi avrebbe ucciso. E poi mi piaceva l'idea che il sogno di Franco non morisse nel nulla.

Qualche giorno dopo riempii un paio di valigie. Vestiti leggeri e pesanti, libri, il computer portatile, la stampante, un lettore CD con due casse minuscole e un po' d'erba che mi aveva regalato un amico. Non avevo nessuna intenzione di tornare a Firenze in quei tre mesi. Montai in macchina e andai incontro a quel cambiamento con una certa emozione. Erano i primi di settembre, ma in città faceva ancora molto caldo. In campagna sarei stato meglio di sicuro. Guidando sulla Chiantigiana pensavo a Franco ridotto in cenere, e al suo testamento. Aveva lasciato tutto a Emergency. Misi nello stereo un vecchio album degli Stones e ci mugolai sopra azzeccando una parola ogni tanto.

La casa si trovava in mezzo alle colline del Chianti, a una decina di chilometri da Siena. Precisamente a Fontenera, una frazione di Montesevero. Era una zona che conoscevano più i tedeschi di me. Dopo una mezz'ora di macchina trovai la prima indicazione per Montesevero, un vecchio cartello rugginoso che ormai faceva parte del paesaggio, e voltai in una strada secondaria che saliva su per la collina. Intorno a me, a perdita d'occhio, campi coltivati e boschi immensi. In basso macchie e cespugli, muraglie di rovi, una vegetazione piena di vigore. Avrei vissuto cose belle in quella campagna, ne ero sicuro. Magari mi sarei anche accoppiato selvaggiamente in un campo con una contadinella inconsapevole della propria bellezza, come in certi romanzi. Ci speravo davvero, e cercavo di immaginare la scena.

Controllai sul foglietto e imboccai una stradina sterrata, alzando una nuvola di polvere gialla. Dopo una curva vidi in alto una cascina in pietra a due piani e alcuni cipressi scuri e tozzi. Sul davanti c'era un loggiato. Doveva essere quella. Voltai in un viottolo di sassi con una striscia di erba in mezzo, e arrivai fino in cima. Parcheggiai nell'aia e scesi. Si sentivano strillare gli uccellini, e l'aria era buona. Faceva meno caldo che a Firenze.

La casa aveva un aspetto solido, anche se sembrava un po' trascurata. Appoggiati sopra un muretto basso spaccato in più punti, alcuni vasi di terracotta pieni di erbacce facevano la loro figura. Le lucertole correvano sui mattoni dell'aia, arrotondati da decenni di sole e di pioggia. A una ventina di passi dalla cascina c'era un fienile mezzo diroccato. Subito dietro cominciava un grande oliveto leggermente in discesa, che passava come un fiume in mezzo a vigneti e boschi. Dalla parte opposta, a poche decine di metri dalla casa, una pineta saliva verso la cima della collina. La vista era magnifica. Qua e là sui crinali si vedevano ville, piccoli borghi, chiesette e castelli. Ogni cosa vista da lontano è bella, pensai. Comunque Franco aveva scelto bene il suo sogno. Avrei cercato di rendere onore a quei tre mesi di affitto già pagati, scrivendo il romanzo più bello della mia vita, e lo avrei dedicato a Franco. Spinsi la porta ed entrai in casa emozionato come un bambino. Un romanzo che avrebbe venduto il doppio degli altri, o magari il triplo. Era tutto buio, e si sentiva un buon odore di legno vecchio e di cenere. Un romanzo che avrebbe segnato una svolta. Seguendo le istruzioni andai a tentoni ad accendere l'interruttore generale della corrente. E la luce fu. Nell'ingresso c'era un tavolino con un telefono colorato a tastiera. Mi ero aspettato di trovare un vecchio telefono di bachelite nera con il disco. Alzai il ricevitore. Funzionava. Avevo internet, anche se certamente senza ADSL.

Feci un giro nelle stanze del piano terra, camminando sopra pavimenti di cotto consumati dagli anni. L'arredamento sembrava il frutto del caso. Mobili, tavolini, sedie e divani delle epoche più diverse convivevano senza problemi. Quell'assenza di regole e di canoni mi piaceva. Anche le vecchie stalle e le stanze agricole erano state ristrutturate e annesse alla casa. La cucina era uno stanzone rettangolare con due grandi finestre protette da inferriate, come tutte quelle del piano terra. Il camino era enorme, si poteva stare seduti sotto la cappa. In mezzo agli alari di ferro battuto penzolava una catena arrugginita. Un vecchio divano, un tavolo verniciato di bianco con quattro sedie di paglia, una vetrinetta piena di piatti e bicchieri, un grande orologio a parete che produceva un notevole tic tac. Mi resi conto che non avrei voluto niente di diverso. C'era anche un vecchio televisore a colori. Lo accesi. Funzionava. Lo spensi.

Il riscaldamento era a gasolio, con i radiatori nelle stanze e un termostato moderno, ma abitare in campagna senza accendere il camino era una bestemmia. Pensai di comprare subito un po' di legna per quando sarebbe arrivato l'autunno. Mi vedevo già di fronte al fuoco a battere sui tasti, accanto a una bottiglia di vino. Il più bel romanzo della mia vita, lo avevo giurato. Presi le valigie e per una scala stretta salii al primo piano. Mi trovai davanti un largo corridoio con i muri storti e grandi porte scure. Posai le valigie in terra e spinsi la porta più vicina. Era il bagno. Porcellane del dopoguerra, piastrelle bianche, un vecchio scaldabagno elettrico e un mobiletto laccato avorio con pomelli neri. Un'austerità campagnola che mi piacque moltissimo. Accesi lo scaldabagno e continuai il giro. I pavimenti di cotto vibravano sotto i miei passi, facendo tintinnare i vetri delle finestre. Pochi mobili, quasi tutti di fattura contadina. Lampadari fatti a mano, letti di ferro battuto. Ogni tanto una madonna o un santo appesi al muro, e in ogni stanza il crocifisso con un rametto secco di olivo incastrato nel gancio. Entrai in una stanzetta con una piccola finestra che dava sul vano della scala. C'era solo un grande armadio nero alto quasi fino al soffitto, con qualche vecchia gruccia che penzolava. Sentii uno scricchiolio e sobbalzai. Dovevo abituarmi ai rumori strani, se volevo dormire in quella casa. Le antiche cascine sono come vive. Una casa adatta ai fantasmi. Una sera mi sarebbe apparso Franco, o magari mio padre, e

15

ci saremmo messi a parlare. Mi sarebbe piaciuto. Scelsi la camera dove avrei dormito, con le finestre che davano sulla vallata e un letto a due piazze. C'era anche un altro telefono. Sistemai i vestiti nell'armadio e tornai di sotto. Trovai anche la cantina, piccola e umida, con una volta in mattoni che poteva avere mille anni. Nei vecchi caratelli marciti non c'era nemmeno una goccia di vino.

La frazione di Fontenera era a circa due chilometri. Quattro case, una chiesa, una stazione dei carabinieri e qualche stradina medievale che s'intrecciava sul fianco di una collina. Parcheggiai e feci un giro a piedi. Sulla via principale vidi un negozio di alimentari e sbirciai dalla vetrina. Gli scaffali arrivavano al soffitto e contenevano un po' di tutto, dai detersivi alle verdure, dalle marmellate alle acciughe. In un grande bancone di vetro erano allineati salumi e formaggi. Capii che sarebbe diventato il mio punto di riferimento per la spesa.

Appena entrai ci fu un saettare di sguardi. Sei o sette donnine, quasi tutte vecchie, ma con l'aria furba. L'unico uomo era un contadino basso con decenni di fatica scolpiti in faccia, che si teneva un po' in disparte. Dopo qualche secondo di silenzio assoluto le donnine ricominciarono a parlottare. Di là dal banco si muoveva una donna grassoccia con gli occhi un po' storti e la faccia ombrosa. Scambiava battute con le donnine senza mai ridere. Il suo nome veniva pronunciato molto spesso, da chi arrivava e da chi se ne andava.

«Ciao Marinella...»

«Arrivederci Marinella...»

«Buongiorno Marinella...»

Le donnine chiacchieravano fra di loro a voce bassa, e ogni tanto mi lanciavano un'occhiata. Per rompere il ghiaccio chiesi a voce alta dove potevo comprare della legna, e si voltarono tutti verso di me, compresa la Marinella, che per qualche secondo smise di tagliare la finocchiona.

«Abito a un paio di chilometri da qui, in quel casolare con i cipressi intorno» precisai. Scoprii che la casa dove avrei abitato si chiamava *La Cipressa*, anche se non c'era scritto da nessuna parte, e che la legna si comprava solo da Romero, in fondo al paese. Continuava ad arrivare gente. Entrò una donna con i bigodini nei capelli e lo sguardo rassegnato. Teneva per mano una ragazza più alta di lei, che a prima vista mi sembrò molto carina. La donna salutò i presenti e ovviamente Marinella, poi si mise a parlottare con una contadina sdentata. Continuai a guardare la ragazza. Alta, con le forme giuste. Doveva avere più o meno sedici anni. Capelli neri e lisci, lineamenti dolci, occhi allungati. La gonna corta lasciava vedere due gambe niente male, che finivano in scarpette da bambina. Aveva tutto quello che serviva per suscitare il desiderio dei maschi, anche dei meno morbosi, e in certi momenti era addirittura sexy... ma il suo sguardo era senza luce. Un vero peccato. Se fosse stata sana di mente sarebbe stata una bellissima ragazza...

«Ehi... Signore... Mi sente?»

«Eh?»

«Cosa le do?» Era la Marinella. Toccava a me. Le donnine continuavano a spiarmi con diffidenza. Comprai qualcosa da mangiare, sale fine e grosso, zucchero, caffè, sei bottiglie di vino e una scopa di saggina. Era un sacco di tempo che non vedevo una scopa di saggina, e non riuscii a resistere. Mi ricordava l'infanzia.

«Conoscete una signora che fa le pulizie?» chiesi alla platea. Dopo qualche lungo secondo di silenzio parlò la Marinella.

«Cinquantatré euro e settanta.» Si spostò alla cassa, aspettò di avere in mano i soldi e mi passò la spesa.

Nessun problema, avrei pulito la casa da solo. Quelle maledette donnine non sarebbero riuscite a scoraggiarmi. Prima di uscire dal negozio guardai di nuovo la ragazzina ritardata. In mezzo a quelle vecchiette sembrava una dea.

Montai in macchina e andai in fondo al paese a ordinare la legna. Romero era un tipo basso con i capelli nerissimi e il sorriso sulle labbra anche quando non sorrideva. Forse solo dagli occhi si poteva intuire il suo umore. Con aria stupita mi chiese come mai volessi comprare della legna, visto che faceva ancora caldo.

« Così mi levo il pensiero, tanto mica si sciupa » dissi.

« Le vie del Signore sono infinite » fece lui.

« In che senso? »

« In tutti i sensi. »

« Mi serve solo un po' di legna... »

« È nuovo, qui? »

« Sono arrivato oggi. »

« Ah, ecco... Quanta ne vuole? » fece Romero, alzando le spalle. Fissai due quintali di tronchetti e un po' di legna fine per accendere il fuoco.

« Si sta bene, quassù » dissi, mentre pagavo. Romero mise i soldi in tasca e accese un sigaro.

« Stando bene si sta bene » disse, incrociando le braccia.

« Cioè? »

« Quello che ho detto. »

« Non ho capito bene il senso... »

« In tutti i sensi. »

« Le auguro una buona giornata. »

« Speriamo... » disse lui.

Me ne andai. Non era facile comunicare con Romero. Ma quelle tre parole che avevamo scambiato mi avevano lasciato dentro una sensazione di allarme.

Quando tornai a casa era già l'una e mezzo, e andai in cucina per preparare qualcosa da mangiare. Faticai un po' a trovare pentole e piatti. Mentre cuoceva la pasta mi sedetti sul divano e mi misi a guardare il camino spento. Non ero abituato al silenzio, ma era quello che volevo. Speravo di trovare presto la via del romanzo, il più bel romanzo ecc. ecc. Scrivere mi faceva bene alla salute. Non avevo mai la sensazione d'inventare, era come se scrivessi sotto dettatura. Era per questo che battevo sui tasti, per avere delle sorprese.

Mangiai un piatto di spaghetti davanti alla TV, e bevvi mezza bottiglia di vino. Verso le tre e mezzo uscii a fare due passi. Volevo esplorare i dintorni. M'incamminai lungo la strada sterrata in direzione dei campi. Il sole picchiava ancora forte, ma un vento leggero mi rinfrescava la faccia. Dopo le prime curve vidi altre case coloniche, distanti una dall'altra, abitate da contadini. Veri contadini, come non credevo ne esistessero più. Si capiva da come erano tenute le case, dall'atmosfera che le avvolgeva, dai panni stesi. Sui piazzali di mattone erano parcheggiate Panda e Punto, rigorosamente bianche. Passando sentivo razzolare le galline nei pollai, e ogni tanto mi arrivava il grugnito di un maiale. Erano rumori che non sentivo mai, non dalla bocca di veri animali. Vidi una vecchia contadina che ritirava i panni da un filo teso fra due alberelli, e accennai un saluto con la mano. Lei rispose alzando appena il mento e continuò il suo lavoro.

Andai ancora avanti. La strada polverosa tagliava in due un bosco di pini e cipressi, salendo verso la cima della collina. Ogni tanto risuonava fra i rami il grido metallico di un uccello, e altri versi che non avevo mai sentito. Dopo qualche centinaio di metri, sulla destra si aprivano nuovamente i campi. Non si vedevano altre case. A sinistra, la pineta sempre più fitta si alzava sopra un sottobosco di cespugli bassi e spinosi. Lasciai la strada principale e presi un sentiero erboso che s'infilava tra gli alberi, affascinato dalla vegetazione incolta.

Ero quasi stordito da quella pace. Non avevo mai immaginato che lontano dalla città potessi stare così bene. Chissà se la magia sarebbe durata. Magari dopo qualche giorno avrei avuto nostalgia dell'aria inquinata e del rumore. Per il momento mi accontentavo di fare dei bei respiri e di camminare in mezzo al verde, aspettando che mi nascessero in testa le prime parole del romanzo che stavo covando.

Sentivo continui fruscii ai lati del sentiero, ma non vedevo nulla che strisciasse. Ogni tanto un merlo scappava via da un cespuglio e mi faceva sussultare. C'era un buon odore che non somigliava a nulla che conoscessi. A un tratto pensai che ero solo in mezzo al bosco e sentii una punta di paura. Ma a suo modo era piacevole anche quella. Un rumore più forte mi fece voltare, e dopo un secondo vidi un daino che fuggiva saltando fra gli alberi. Chissà quanti animali avrei visto, camminando là intorno. Animali veri, non le bestie umane che incrociavo in città.

Dopo una curva, a una cinquantina di metri dal viottolo, apparve a sorpresa una grande villa cinquecentesca con un grande giardino delimitato da un muro molto alto. Mi fermai a guardarla di lontano. Nella parte centrale la facciata saliva verso l'alto seguendo linee dolci, e in cima era murata una meridiana di pietra. Ricordava vagamente la chiesa di Santo Spirito a Firenze. Oltre le sbarre del cancello intravedevo il portone scuro, in fondo a un vialetto di ghiaia. Le persiane erano tutte chiuse, e non c'era nessun segno di vita. Immaginai grandi saloni, scale monumentali, camini immensi. Forse la storia che stavo cercando era là dentro.

Sulla sinistra della villa, oltre il muro di cinta del giardino, si vedevano spuntare le chiome scure di alcuni cipressi. Dalla parte opposta si alzava un gigantesco pino marittimo che sovrastava il tetto. Una villa magnifica. Restai a osservarla di lontano, incantato da quell'atmosfera di decadenza. Chissà chi aveva abitato in quelle stanze, e chissà come mai era stata abbandonata...

Mi svegliò il verso di un fagiano e tornai verso casa, sereno e rilassato. Non vedevo l'ora di sedermi davanti al computer per vedere cosa succedeva. Camminavo con le mani in tasca, guardandomi in giro. Era un posto bellissimo, una specie di paradiso. Arrivai sulla strada sterrata. Davanti a una delle case coloniche c'era un vecchio contadino che lavava delle bigonce con una sistola. Era magro e piccolo, con un cappello di paglia sulla testa e la faccia seccata dal sole. Lo salutai con un cenno, ma rimase impassibile. Gli andai incontro.

« Buongiorno. Abito qua vicino. »

« Ah... » fece lui, senza il minimo interesse.

« Une bella giornata. » Speravo di fare due chiacchiere, ma il contadino continuò a lavare le bigonce senza dire una parola.

« Tra un po' si vendemmia? »

« Forse... » Accompagnò il borbottio con un'alzata di spalle.

« Per caso ha dell'olio da vendere? » dissi. Il vecchio finalmente alzò la testa e mi guardò.

« Olio... vino... verdura... frutta... uova... e salami » disse, facendo una breve pausa fra una parola e l'altra.

« Per adesso mi basterebbe una bottiglia d'olio. »

« Otto *euri* al litro. » Continuava a fissarmi.

« Va bene. »

Il contadino chiuse l'acqua e sparì dentro casa. Dopo un quarto d'ora non era ancora tornato. Stavo per andarmene quando lo vidi sbucare dalla porta con una bordolese in mano, tappata con un pezzo di carta gialla.

« Fanno sei *euri* » disse, tenendo la bottiglia per il collo. Aveva un viso antico, era strano sentirlo parlare di euro invece che di scudi.

«Non ero mai stato su queste colline. Sono bellissime» dissi, cercando sei euro tra gli spiccioli.

«La notte meno» borbottò il contadino.

«Perché?»

«Eeeh...» Scosse il capo.

«Vampiri?» dissi sorridendo. Il vecchio mi fissò per qualche secondo, serio in faccia. Poi per concludere la transazione mi mise davanti il palmo della mano. Appena ci lasciai cadere sopra i sei euro mi passò la bottiglia. Era unta. Non mi sarebbe dispiaciuto avere un vicino di casa più loquace. Ringraziai e me ne tornai a casa.

Sull'aia trovai un mucchio di tronchetti di leccio buttati alla rinfusa, e qualche fascina di legna sottile. Romero aveva scaricato la legna alzando il pianale del camioncino. Mi rimboccai le maniche. Sistemai con pazienza i tronchetti sotto la loggia, e ne portai una ventina accanto al camino della cucina insieme alle fascine. Una bella sudata. Dopo una specie di doccia nella vasca di ferro smaltato andai in camera e accesi il computer. Aprii un documento nuovo e mi misi a fissare lo schermo bianco. Il romanzo più bello della mia vita era ancora avvolto dall'oscurità. Lo lasciai perdere e cominciai a scrivere un raccontino truculento che mi era appena venuto in mente. Andai avanti per diverse pagine. Non era tempo perso, prima o poi avrei venduto anche quello.

Le mie giornate presero molto presto un ritmo quasi regolare. La mattina facevo spesso delle lunghe camminate là intorno. Il pomeriggio cercavo di scrivere o leggevo, ascoltando un po' di musica. Quasi sempre classica, ma a volte anche il grande rock dei miei tempi. La sera guardavo qualcosa in TV, e se non c'era nulla di buono mi rimettevo al computer. Mi sentivo libero come l'aria. Fare lavatrici e stendere panni era quasi divertente.

Ogni tanto spazzavo i pavimenti con la mia nuova scopa di saggina, magari pensando alla bella contadinella che mi aspettava nei campi.

Andavo a letto tardi e mi svegliavo a ore diverse, mai troppo presto. Quasi tutti i giorni mi chiamava mia madre per sapere se avevo freddo e se mangiavo bene. Non era molto originale, come mamma. Con i pochi amici che avevo comunicavo via mail.

Ogni tanto di notte mi affacciavo a una finestra del primo piano e guardavo la luna, sospesa nel cielo nero punteggiato di stelle. Mi ero scordato che esistessero, le stelle.

Una volta rimasi per quasi un'ora a guardare la luna piena, immensa e tranquilla, riuscendo a cogliere il suo movimento lentissimo, mentre in lontananza si sentiva l'ululato infelice di un cane.

Un pomeriggio, dopo aver passato un'ora davanti alla tastiera senza toccarla, uscii con l'intenzione di fare una passeggiata più lunga del solito. Magari avrei finalmente incontrato la mia contadinella, ci saremmo rotolati nell'erba e avrei capito una volta per tutte il senso della vita.

La vendemmia era vicina, la campagna era piena di vespe e calabroni. Passando davanti alle case coloniche salutavo i contadini indaffarati, tutti sopra i sessanta. Continuai a salire verso la cima della collina, deciso a camminare fino a che non mi avessero fatto male le gambe. Più avanti la strada tagliava in due un oliveto immenso. Dopo un paio di chilometri di curve ricominciava il bosco, ancora più fitto, e la strada sterrata diventava più stretta... A un tratto sentii un rumore veloce di passi e mi bloccai sulle gambe, trattenendo il fiato. Un attimo dopo apparve una lepre. Mi correva incontro sul sentiero, e appena si accorse di me fece una frenata slittando sul terreno come nei cartoni animati. Poi saltò di lato e sparì fra i cespugli. Scoppiai a ridere, ma lo spavento mi aveva fatto venire l'affanno. Non mi sentivo più tranquillo come prima. Tornai indietro e affrettai il passo. Il bosco sembrava diverso... tutta colpa di quella lepre rincoglionita.

Lentamente riuscii a calmarmi. C'era ancora luce. Non avevo voglia di tornare a casa, e pensai di arrivare fino alla villa con la meridiana. Salii su per il sentiero erboso, respirando l'aria carica di odori. Dopo un po' apparve la villa. L'ombra dell'enorme pino marittimo attraversava la facciata. Mi avvicinai al cancello, per la prima volta. La villa era ridotta male. Intonaci scrostati, grondaie penzoloni. Anche il giardino era in stato di abbandono. Vasi senza fiori e piante sfibrate. Accanto al muro c'era un gazebo arrugginito. Gli unici segni della presenza umana erano dei mucchi di foglie secche e l'erba tagliata. Mi staccai dal cancello, e costeggiando il muro del giardino andai sul retro della villa. Mi avvicinai a un cancellino stretto schermato da una lamiera, e dalle fessure vidi la stessa desolazione. Poco più in là, una minuscola cappella privata sporgeva dal muro di cinta. Di fronte, un fitto bosco di castagni e lecci scendeva leggermente sul fianco della collina, tagliato in due da un sentiero. Completai il giro e tornai davanti al cancello principale. Provai a spingerlo, e vidi che si apriva. Guidato da una forte curiosità entrai nel giardino. Non era come spiare da fuori, e mi sentivo a disagio. Trattenendo il fiato arrivai fino al portone della villa. Alzai gli occhi sulla facciata. Era la classica casa abitata dai fantasmi. Magari era proprio per quello che non ci abitava nessuno.

Il sole stava scendendo. Lasciai perdere i fantasmi e mi avviai verso il cancello. In quel momento mi arrivò alle orecchie una specie di rantolo, e mi bloccai. Ne sentii un altro, più lungo. Istintivamente mi guardai intorno alla ricerca di un bastone, o di qualsiasi altra cosa che potesse servirmi a difendermi da un cane. Appoggiata al tronco di un cipresso vidi una zappa rugginosa e corsi a prenderla. A un tratto si alzò in aria un lamento. Una donna che si lagnava, o forse una bimba che cantava una canzoncina. Era difficile capirlo. La voce sembrava arrivare dal primo piano della villa, ma non ne ero sicuro. Mi allontanai camminando all'indietro, con la zappa stretta in mano. Mentre richiudevo il cancello sentii una specie di piagnucolio, e subito dopo le urla di un uomo. Non riuscivo a capire cosa dicesse, ma non dovevano essere paroline d'amore. Rimasi dietro le sbarre a guardare la villa. Ero sempre più convinto che le voci arrivassero da là dentro. Altro che disabitata.

Dopo un ultimo lamento tornò la pace. Era solo un brutto litigio fra marito e moglie, mi dicevo. Ma il cuore mi batteva svelto. Cominciai a trottare verso casa, con la zappa stretta in mano. Il sole era già sul filo dell'orizzonte, e sotto gli alberi stava diventando scuro. Mi voltavo di continuo a controllare il sentiero alle mie spalle. A momenti mi sembrava di sentire dei passi nel bosco, come se qualcuno mi stesse seguendo. Ma era solo suggestione, dovevo stare calmo. Il verso di una civetta mi fece affrettare il passo, e rallentai solo quando la strada uscì dal bosco. Vedevo già le case dei contadini con le finestre illuminate. Ero sudato, e mi sentivo un idiota. Buttai la zappa sul bordo della strada e mi uscì un sospiro. In città sentivo spesso i vicini che litigavano, ma non mi faceva nessun effetto. Anzi, in quei momenti mi ritenevo fortunato a non abitare con una donna. Quelle urla invece mi avevano impressionato, forse perché non me le aspettavo. Una banalissima battaglia coniugale, continuavo a ripetermi. Le coppie litigavano dappertutto, anche in campagna.

Una luna a metà stava uscendo dal fianco di una collina, e affrettai di nuovo il passo. In lontananza si alzò il lamento di un animale. Non poteva che essere un cane, mi dicevo. Arrivai a casa e mi chiusi dietro la porta, facendo scorrere anche i paletti. Mi si sciolsero i muscoli. Salii in camera e mi affacciai alla finestra. La luna continuava a sbucare lentamente dalla collina di fronte. Accesi una sigaretta e mi misi a guardarla. Appena fu tutta fuori sentii di nuovo quel lungo lamento, lontanissimo. Forse era solo un cane, ma mi venne lo stesso la pelle d'oca. Di sicuro nel Chianti i lupi non c'erano.

Tra gli olivi passò l'ombra di un grosso uccello notturno che andò a posarsi sopra un ramo, a una trentina di metri dalla casa. Due occhi gialli brillarono nel buio. Doveva essere un gufo.

Nella vallata echeggiò uno sparo, e per qualche secondo in lontananza si sentirono delle voci concitate. Dei cacciatori di frodo avevano ammazzato un cinghiale. Era una notte piuttosto movimentata. La pace della campagna non era sempre perfetta. Richiusi la finestra e andai in cucina a preparare qualcosa da mangiare.

Dopo cena andai a sedermi davanti al computer con un bicchiere di vino. Mi misi a giocare al solitario, pensando alle voci della villa e cercando d'immaginare che faccia avessero quei due che avevo sentito litigare. La donna sembrava disperata, l'uomo inferocito. Brutta la gelosia, mi dissi. Un litigio del genere non si fa per la pasta scotta. Continuai a giocare fino a tardi, poi spensi tutto e andai a letto. Mancava ancora qualche giorno alla fine dell'estate, ma di notte ci voleva già una coperta. Non volevo piegarmi al gasolio prima che arrivasse l'autunno.

La mattina dopo mi svegliai molto presto, per colpa di un'erezione dolorosa che si calmò appena aprii gli occhi. Dedicai un pensiero alla contadinella ignota, sapendo che certi sogni sono belli finché rimangono sogni. In fondo non mi ci vedevo a rotolarmi nell'erba con una sconosciuta... senza contare che la contadinella più giovane che avevo visto nei dintorni aveva più di sessant'anni, a parte qualche bambina e la povera ragazzina minorata. Mi rigirai nel letto per un po' cercando di riaddormentarmi. Alla fine mi alzai e ciondolai fino in cucina. Mi feci un caffè nero, e lo bevvi seduto sul divano davanti al camino spento. A vedermi da fuori potevo sembrare triste, ma sentivo nel sangue un'emozione piacevole, come quando si aspetta l'ora dell'appuntamento con una bella ragazza.

Fuori c'era il sole. Mi vestii in fretta e andai a fare i soliti due passi. Di giorno la campagna era tutta un'altra cosa. Erano appena le otto, e l'aria era fresca. Ogni tanto alzavo gli occhi verso la collina boscosa che nascondeva la villa con la meridiana, ripensando a quelle voci. Di lontano vidi il vecchio contadino che mi aveva venduto l'olio. Stava montando sulla sua Punto bianca, con gesti lentissimi. Mi avvicinai alzando una mano. Lui chiuse la portiera, poi mi fece un cenno con la testa e mise in moto.

«Mi scusi...» dissi, avvicinandomi al finestrino. Lo schienale posteriore era abbassato, e la macchina era piena di cassette di frutta e verdura. Il contadino tirò giù il vetro, e mi chinai in avanti per guardarlo negli occhi. Sotto il cappello di paglia la sua faccia rugosa era immobile come un sasso.

«Mi scusi, conosce quella grande villa in mezzo al bosco? Quella con la meridiana?» Indicai la collina.

«E chi non la conosce?»

«Chi è che ci abita?» Aspettavo con impazienza la risposta. Il contadino alzò le spalle e ingranò la prima, senza dire nulla. Cercai di sorridere.

«È solo una curiosità» dissi.

«Come no...»

«Ieri sono andato a fare due passi sulla collina e...»

«Perché è andato lassù?»

«Per fare due passi... ho visto quella bella villa e...»

«Perché vuole sapere chi ci abita?»

«Passandoci accanto ho sentito un uomo e una donna che litigavano, e mi domandavo...»

«Strano» disse il contadino. Il fumo della macchina aveva invaso l'aia, e mi arrivava nel naso.

«Perché strano?»

«Sta parlando di quella grande villa con il pino accanto?»

«Sì.»

«Non ci abita più nessuno.»

«Come sarebbe?» Pensai che mi prendesse in giro. Il contadino alzò di nuovo le spalle.

«Sono più di trent'anni che non ci sta più nessuno.» Mi fissava. Mi accorsi che una vecchia mi stava osservando da una finestra del primo piano, e feci finta di nulla.

«Magari sono tornati» dissi al contadino.

«Non c'è verso.»

«Perché no?»

«Faccio tardi» disse lui, accennando al suo carico.

«Mi scusi, quando posso venire a comprare ancora un po' d'olio?»

«Quanto ne vuole?»

«Cinque litri è possibile?»

«Fanno quaranta *euri*.»

«Certo.»

«Se me li paga ora glieli faccio trovare davanti alla porta.»

«Va bene.» Gli passai quaranta euro, fiducioso. Dicevano tutti che in campagna una parola data o una stretta di mano contavano ancora più di un contratto. Il contadino mise i soldi in un portafogli nero e gonfio, senza una parola. Mi salutò con un cenno del capo e partì. Appena arrivò sulla strada accelerò, alzando una nuvola di polvere. Mi voltai a guardare la cascina.

La vecchia non c'era più. Avrei fatto volentieri qualche domanda anche a lei, ma decisi di lasciar perdere.

Tornai a casa, salii in macchina e andai a Fontenera. Mi fermai all'alimentari della Marinella. Come sempre era pieno di donnine mormoranti. Nessuno mi salutò.

Per uno come me, cresciuto in città, stare in coda in quel negozio era una specie di iniziazione alla vita di campagna, dove l'esistenza si basava ancora sul clima e sulle stagioni. Avevo anche imparato a considerare la pioggia come una benedizione, mentre in città era solo una rottura di scatole.

Quando arrivò il mio turno chiesi due etti di prosciutto crudo, e mentre la Marinella affettava buttai lì la solita domanda che avevo fatto al vecchio contadino.

«Mi scusi, conosce quella grande villa con la meridiana che c'è in mezzo al bosco?»

«Come tutti» fece lei, senza guardarmi. Nel negozio calò il silenzio.

«Chi ci abita?» chiesi. Sentii le donnine borbottare, e la Marinella mi fissò con i suoi occhi un po' storti.

«Non ci sta più nessuno» disse, scambiando occhiate con le donnine.

«È molto strano» dissi esagerando il mio stupore.

«Perché strano?» disse una delle donnine. Avevo addosso gli occhi di tutto il negozio.

«Ieri pomeriggio sono andato lassù a fare due passi e ho sentito delle voci venire da dentro la villa» spiegai con calma.

«Quali voci?» disse la Marinella, unendo le sopracciglia.

«Sembravano un uomo e una donna.»

«E cosa dicevano?»

«Non capivo le parole, ma ho avuto la sensazione che stessero litigando.» Non volevo essere troppo categorico. La Marinella fece scorrere di nuovo lo sguardo sulle donnine, poi mi guardò.

« Sono più di trent'anni che non ci abita più nessuno » disse.

« L'erba del giardino sembra tagliata di fresco, e qualcuno ha rastrellato le foglie secche » obiettai.

« Ogni tanto ci va Alfiero a fare un po' di pulito, per ordine della padrona. Ma alla villa non ci sta più nessuno. »

« Forse sono tornati da poco. »

« Mi sembrerebbe molto strano » disse una vecchietta in coda.

« Perché strano? »

« La signora non vuole più saperne di quella casa » disse Marinella.

« Come mai? »

« Brutte storie » tagliò corto lei. Mi incartò il prosciutto e mi domandò se volevo altro.

« Qualche panino, grazie. Che genere di storie? » dissi. Nessuna risposta.

« Chi è questa *signora*? Abita da queste parti? »

« Vuole altro? » fece la Marinella, pesando i panini.

« Due etti di pecorino stagionato. È successo qualcosa di brutto, in quella villa? » dissi. Lei mise i panini in un sacchetto di carta, poi si dedicò al pecorino.

« Serve altro? »

« No, grazie. » Capii che avevo già saputo troppo. Pagai e uscii dal negozio, sentendo sulla schiena gli sguardi delle donnine e della Marinella.

Decisi di provare con Romero, l'uomo della legna. Montai in macchina e arrivai fino al suo deposito. Parcheggiai nel piazzale. Romero mi venne incontro con il suo sorriso muscolare.

« L'ha già bruciata tutta? »

« Non l'ho ancora toccata. »

« Io gliel'avevo detto che era caldo... »

« Mi scusi, conosce la villa con la meridiana che c'è

sulla collina?» chiesi, per la terza volta nell'ultima mezz'ora.

«Quella disabitata?» fece lui.

«Già...»

«La conoscono tutti.»

«Ho saputo che in quella villa è successo qualcosa di brutto...»

«A quei tempi ero un ragazzino» disse lui. Sembrava l'inizio di una lunga storia, e aspettai il seguito. Ma Romero non parlava più.

«Più di trent'anni fa, giusto?» dissi.

«Trentasei» fece lui.

«Ah...»

«Millenovecentosettanta» aggiunse Romero, e per un attimo mi tornò in mente l'atmosfera di quei tempi, quando sembrava ancora che il mondo potesse cambiare in meglio.

«Un sacco di tempo fa» dissi.

«Trentasei anni» ripeté lui.

«E cos'è che successe?»

«Una brutta storia.»

«Un suicidio?»

«Anche...»

«Perché *anche*?»

«Perché c'è stato anche quello, ma dopo.»

«E prima cos'è successo?» chiesi, convinto di essere a un passo dal sapere tutto.

«Non è una bella storia» fece lui, socchiudendo gli occhi.

«Me la racconti lo stesso...»

«Non vedo perché» disse Romero. Volevo cominciare un lavoro ai fianchi per farlo cedere, ma in quel momento arrivò un tipo grasso con le bretelle sulla canottiera.

«Romero, vieni a farti un bicchiere dal Piro?»

«Arrivo» disse Romero. Mi fece un cenno di saluto

e se ne andò con il grassone. Niente da fare, nessuno mi diceva nulla. Ma non volevo arrendermi. Rimontai in macchina e andai a parcheggiare davanti alla piccola chiesa romanica, stretta tra le case. Alla sinistra dell'entrata c'era una porticina con una placca di metallo inchiodata sopra. *Canonica.* Non c'erano campanelli, e bussai. Dentro casa sentii abbaiare, ma il rumore arrivava ovattato, come se il cane fosse rinchiuso in una stanza lontana. Dopo almeno un minuto sentii tirare dei paletti. Mi aprì la porta una vecchia con i capelli azzurri, senza denti. Dietro di lei l'oscurità.

«Chi cerca? »

«Vorrei parlare con padre... » non sapevo come si chiamava.

«Don Staccioni? » disse lei, sputacchiando.

«Proprio lui. » Feci un passo indietro.

«E cosa volete? »

«Parlare con lui. »

«Parlare di che? » Mi fissava.

«Una cosa privata. »

«Ma voi chi siete? » Aveva gli occhi chiarissimi, quasi trasparenti.

«Mi chiamo Bettazzi. »

«Bettazzi? »

«Sì, Emilio Bettazzi. »

«Mai sentito. » Fece oscillare la testa.

«Non sono di qua, vengo da Firenze. »

«Firenze? » Era molto meravigliata.

«Sì, ma adesso abito qua vicino» la tranquillizzai.

«Ah... E cosa volete? »

«Parlare con don Staccioni... se è possibile. »

«Vo a guardare» disse, e mi chiuse la porta in faccia. Il cane non aveva smesso un secondo di abbaiare. Dalla voce doveva essere bello grosso. Mi misi a camminare su e giù con pazienza. Quando passava qualcuno accennavo un saluto, ma nessuno rispondeva. Un'occhiata e tiravano dritto.

Finalmente la porta si riaprì, e seguii la vecchia lungo un corridoio buio che mi fece pensare a Cechov. Il cane arrabbiato si sentiva sempre più forte.

« Il cane è chiuso? » dissi. La vecchia non mi rispose. Mi ritrovai in un minuscolo chiostro di pietra.

« Eccolo. » La vecchia indicò una grande finestra del piano terra. Oltre l'inferriata c'era un prete magro e alto, e accanto a lui un pastore maremmano che continuava ad abbaiare.

« Zitto Banzai! » disse il prete. Il cane ammutolì e si mise seduto, ma un attimo dopo cominciò a ringhiare. La vecchia era sparita.

« Don Staccioni? » chiesi.

« Sono io. Cosa vuole? »

« Mi scusi, sono nuovo di qui... Mi chiamo Emilio Bettazzi, sono uno scrittore... »

« Venga al dunque, ho poco tempo. »

« Ecco... Mi interesserebbe sapere... Lei sa qualcosa di quella brutta storia che è successa alla villa con la meridiana? »

« Quale storia? »

« Ho sentito dire che... »

« Non ne so nulla » fece lui, e chiuse la finestra. Lo guardai allontanarsi con Banzai a fianco, finché sparì dietro un angolo. Riapparve la vecchia, che senza dire una parola mi accompagnò all'uscita. Prima di andarmene provai anche con lei.

« Mi scusi... mi sa dire cos'è successo su alla villa con la meridiana? »

« Ohiohi... »

« Una brutta storia? »

« Mi fanno male i piedi » fece lei. Appena uscii mi chiuse dietro la porta.

Era meglio lasciar perdere quella storia e cercare di

combinare qualcosa. Tornai a casa per mettere il prosciutto in frigo, ma invece di accendere il computer uscii di nuovo. M'incamminai sulla strada sterrata, accompagnato dal fruscio delle lucertole che sfrecciavano nell'erba. Oltrepassai le case dei contadini e salii su per la collina, infilandomi in mezzo al bosco. Presi il sentiero che portava alla villa con la meridiana, e finalmente me la trovai davanti. La suggestione me la faceva sembrare ancora più misteriosa, come se le persiane sbarrate proteggessero un segreto. Spinsi il cancello e m'infilai nel giardino. Mi misi a passeggiare intorno alla villa. Tendevo le orecchie, con la voglia e la paura di sentire di nuovo quelle voci. Sul retro c'era una porticina di servizio. Provai a spingerla, ma era chiusa. Dopo un po' me ne andai.

Scendendo giù per il sentiero dubitai di aver mai sentito quelle voci. Forse mi ero davvero sbagliato. Quando arrivai a casa trovai una piccola damigiana piena d'olio. Cinque litri.

Andavo sempre più spesso a fare lunghe camminate. Mancavano solo pochi giorni all'autunno, e volevo approfittarne prima che cominciasse a piovere. Forse con il freddo e l'acqua la campagna non sarebbe più stata così bella, e me ne sarei tornato a Firenze prima del tempo.

C'era aria di vendemmia. Sull'aia dei cascinali si vedevano le gramolatrici elettriche mezze arrugginite e lavate di fresco. Dappertutto bigonce, tubi di gomma, attrezzi vari. E un esercito d'insetti. Me li sentivo ronzare accanto alle orecchie ogni secondo. Quando vedevo un contadino alzavo una mano e loro rispondevano al saluto, ormai abituati al forestiero che consumava le scarpe sui viottoli di Fontenera. Quella piccola cosa dei saluti mi piaceva, mi faceva sentire meno straniero. Ma forse era meglio non andare oltre nella confidenza. La vita di paese che avevo conosciuto nei romanzi era imbevuta di invidie e maldicenze. Meglio restarne lontani e vivere tranquilli. Non era difficile. Bastava non finire ogni sera al circolo a giocare a carte o a guardare la partita.

Ormai ogni volta che andavo a camminare passavo dalla villa con la meridiana. Entravo nel giardino e facevo un giro intorno alla casa, guardando le persiane chiuse. Ogni tanto mi capitava di vedere l'ombra di un gatto che fuggiva, ma gli unici rumori erano i versi degli uccelli che si rincorrevano nel bosco. Dopo qualche giorno ero già quasi convinto di non aver mai sentito quelle voci. Forse era stato il vento, mi dicevo, o magari qualche animale di là dal muro.

Ma un pomeriggio, mentre camminavo di fianco alla casa sentii di nuovo quelle voci. Mi bloccai, con le tempie che mi battevano. Tutto uguale all'altra volta. La donna che si lamentava e l'uomo che urlava, e ogni tanto quel rantolo cupo. Alzai gli occhi verso il primo piano, respirando appena. Le voci sembravano venire proprio dalle stanze della villa. Rimbombavano un po', e non era facile capire cosa dicessero. Anche questa volta sembrava che stessero litigando. Dalle vocali cercavo di ricostruire le parole, seguendo la mia fantasia.

«... nooo... nooo...» sembrava che dicesse la voce femminile.

«... vieni qua puttanaaaa» sembrava che urlasse l'uomo, ma non ne ero sicuro.

«... nooo... nooo... cattivo...»

Il rumore di un mobile che strusciava sul pavimento, e di nuovo quel rantolo.

«... nooo... nooo... cattivo...» continuava la donna, anche se ogni tanto mi sembrava quasi di sentirla ridacchiare. Dalla voce sembrava una ragazzina, ma non ci avrei scommesso. Dopo un attimo di smarrimento corsi fino al portone principale e ci picchiai sopra a mano aperta, due o tre volte. Le voci smisero all'istante. A quanto pareva mi avevano sentito. Bene. A costo di fare una brutta figura volevo chiarire quella faccenda una volta per tutte. Mi sarei scusato con i proprietari e avrei annunciato a tutto il paese che la villa non era per niente disabitata. Non vedevo l'ora di stupire le donnine in coda dalla Marinella. Tirai altri colpi alla porta, ma non venne nessuno. Bussai di nuovo. Silenzio. Voltai l'angolo della villa e tornai sotto la solita finestra. Non si sentiva volare una mosca. Chiamai a voce alta, ma non si affacciò nessuno. Tornai davanti al portone e bussai ancora. Niente. Non riuscivo a spiegarmelo. Eppure in casa doveva esserci per forza qualcuno. A meno che... quelle voci...

Sentii un brivido nella pancia, e un attimo dopo stavo già marciando verso il cancello. Che scemo, non dovevo lasciarmi suggestionare. Uscii dal giardino e me ne andai giù per il sentiero a passo svelto. Era un'idea assurda, ma non riuscivo a togliermela dalla testa: forse quelle che sentivo erano le voci di trentasei anni prima, quando era successa quella *brutta cosa* di cui nessuno voleva dirmi nulla...

Cazzate. I fantasmi non esistevano. Rallentai l'andatura e infilai le mani in tasca, con aria tranquilla. Stavo quasi per mettermi a fischiettare. Ma avevo ancora il cuore accelerato, e dopo un po' affrettai di nuovo il passo. Quella notte era luna nuova.

Nei giorni seguenti evitai la villa, e non chiesi più nulla a nessuno. Volevo dimenticare quella storia e cominciare finalmente a guadagnarmi il pane. Ma alle camminate non rinunciavo. Vagavo senza meta nei mille viottoli che attraversavano i boschi o i campi coltivati, passando accanto a vecchi pozzi di mattoni e a baracche per gli attrezzi. L'uva matura pesava sulle viti, e le olive erano già piuttosto grandi. Ogni tanto vedevo una biscia strisciare veloce sulle zolle screpolate dal sole, o una lepre che scappava.

Fare la spesa dalla Marinella mi piaceva sempre di più. Il suo negozio sembrava un centro di informazioni, come il barbiere o la Casa del Popolo. C'era un sacco di gente che andava e veniva, soprattutto vecchie contadine, e tutti parlavano con tutti. Origliando coglievo delle frasi compiute e cercavo di decifrarle, ma non ci riuscivo quasi mai. Parlavano sempre alludendo a qualcosa che non potevo conoscere.

Rividi spesso la bella ragazza minorata, e nonostante tutto mi piaceva starla a guardare. A volte entrava qualche persona importante, che le donnine salutavano con rispetto esagerato. Il direttore della filarmonica, un paio di assessori comunali, il medico del paese, e anche il vicesindaco di Montesevero, un tipo grasso sui cinquanta con la testa tonda e gli occhi piccoli che comprava enormi quantità di salumi. Ogni tanto appariva anche don Staccioni, con quello sguardo da anatema del Signore. Quando entrava lui le donne smettevano di chiacchierare, e ricominciavano appena se ne andava.

Una sera telefonai a Caterina, l'ultima ex, per invitarla a passare qualche giorno con me in quella bella casa sulle colline. Non so perché lo feci. Sapevo benissimo che non avrebbe accettato. La sua voce mi ricordò quella di un call center. Eravamo due estranei. Mi sembrava impossibile averci passato insieme quasi due anni. Non l'avrei chiamata mai più.

Cominciò la vendemmia. Si sentiva il rumore continuo e sordo dei trattori, e quello più ruvido delle gramolatrici. Non mi davano nessun fastidio, anzi mi piaceva sentire intorno a me quel movimento. Ogni tanto un trattore passava sulla stradina di fronte, e mi affacciavo a guardare i rimorchi carichi d'uva.

Pensavo spesso a Franco. Solo lui riusciva a farmi ridere fino alle lacrime, soprattutto quando prendeva in giro se stesso. Succedeva anche in ospedale, durante i suoi ricoveri improvvisi, mentre la boccia di antibiotico appesa al gancio si svuotava lentamente nelle sue vene. A volte avevo la sensazione di andarlo a trovare per farmi tirare su il morale, ma non ho mai avuto il coraggio di dirglielo.

Una sera dopo cena uscii in macchina. Volevo fare un giro là intorno, per vedere la zona. Mi ero un po' stufato di passare le serate in casa. Imboccai la provinciale nella direzione opposta a Fontenera. La luna era già bella grande, alta nel cielo limpido, e i campi erano ricoperti da un velo di luce smorta. Nelle curve, davanti ai fari della macchina le ombre degli olivi si rincorrevano senza sosta. Mi aspettavo da un momento all'altro di trovarmi davanti un istrice o un cinghiale. Invece dietro una curva apparve una donna. Era ferma in mezzo alla strada e agitava le braccia. Accanto a lei c'era un'utilitaria scura parcheggiata in uno spiazzo erboso, con le quattro frecce che lampeggiavano. Mi fermai dietro la macchina e scesi.

«Ha bisogno d'aiuto?»

La donna mi venne incontro. Era molto carina, con i capelli neri corti e gli occhi frizzanti.

«Sono rimasta ferma» disse. Non aveva più di trent'anni. Jeans e camicetta.

«Posso dare un'occhiata.»

«Grazie.» Salii sulla sua macchina. Era una Fiesta piuttosto vecchia. Lei rimase fuori a guardarmi, piena di speranza. Provai a mettere in moto, ma la batteria era a terra. Il motorino di avviamento non faceva nemmeno un singhiozzo.

«Ci vorrebbero i cavi» dissi, scendendo.

«Quali cavi?»

«Per collegare le batterie... Ma purtroppo non li

ho. » Invece li avevo, ma non volevo perdere l'occasione di darle un passaggio.

«E adesso? » fece lei.

«Se vuole posso darle un passaggio » dissi. Nei suoi occhi vidi passare una domanda: *posso fidarmi?*

«Stavo andando da una paziente, sono un medico » disse.

«Posso accompagnarla. »

«Non è che cercherà di stuprarmi? » Scherzava, ma non del tutto. Non potevo darle torto, con le brutte cose che succedevano.

«Non faccio più quelle cose, ne ho già violentate troppe » dissi, alzando le mani.

«Sono cintura rossa di karate » sorrise lei.

«Io sono cintura nera di tae kwon do. Mi chiamo Emilio » dissi, porgendole la mano.

«Camilla » disse lei. Aveva una bella stretta.

«Ho superato il test? Posso avere l'onore di accompagnarla? »

«Mi dovrebbe anche aspettare, altrimenti non saprei come tornare a casa... Non è troppo disturbo? »

«Be', se preferisce posso lasciarla qua da sola. »

«Ah, no. »

«Allora non ci resta che cominciare l'avventura. »

«Non guiderà come un pazzo? »

«I pazzi non possono fare altrimenti. »

«Che Dio mi protegga » sorrise lei. Prese una borsa nera dalla Fiesta e montammo sulla mia macchina. Feci una partenza da autista.

«Come mai si è fermata proprio qui, in mezzo al nulla? »

«Come sa che mi sono fermata? » Era molto stupita.

«Con la batteria scarica si può viaggiare senza problemi, ma se ci si ferma non si riparte. » Mi sentivo un poliziotto.

« E io purtroppo mi sono fermata... Ma non posso dirle come mai. »

« Ha seppellito un cadavere? »

« Come ha fatto a capirlo? »

« Intuito maschile. »

« Anzi glielo dico. Mi sono fermata perché mi scappava la pipì. »

« Arrivo sempre troppo tardi. »

« Non è che adesso mi chiede il punto preciso dove l'ho fatta? »

« Ero tentato... » Stavamo giocando, era un buon segno.

« Prenda la prossima a sinistra » disse la bella dottoressa, ancora con il sorriso sulle labbra. La sbirciavo di nascosto, sperando che non se ne accorgesse.

« Lei non è di queste parti » dissi, voltando a sinistra.

« Sono nata a Firenze, ma i miei genitori sono siciliani. »

« Lo stavo per dire. »

« E lei? »

« Anche io sono nato in quella città inospitale, ma ho un nonno sardo e una nonna veneta che forse mi hanno salvato il sangue. »

« Nemmeno a me piace Firenze, è per questo che sono venuta a lavorare quassù. »

« Ci abita da molto tempo? »

« Quasi due anni. E lei? »

« Dai primi di settembre. Ma sono qui per caso. »

« Per caso? »

« È troppo lungo da spiegare... »

« Nella vita cosa fa? » Si voltò a guardarmi, come se volesse indovinare il mio mestiere dalla faccia. Mi arrivava nel naso un buon odore di capelli appena lavati e di cremine per il viso.

« Scrivo » dissi.

« Ah, scrittore... E cos'è che scrive? »

« Romanzi, racconti... cose così. »

« Non avevo mai conosciuto uno scrittore. »

« Non si è persa niente. »

« Perché? »

« Sono tutti un po' coglioni » dissi, e lei rise. Mi piaceva farla ridere.

« Mi sono sempre chiesta come si fa a scrivere un romanzo. »

« A dire il vero anch'io. » Lei si voltò verso di me sorridendo, e per un attimo ci guardammo negli occhi. Era davvero bella. Sempre di più.

« Stiamo andando da un caso urgente? » dissi.

« Segreto professionale » sorrise lei. Dopo un paio di chilometri mi disse di voltare in una strada buia, piena di buche.

« Ora saltano fuori quattro suoi amichetti alti come armadi e dopo avermi accoltellato mi rubano la macchina » dissi, un po' scherzando e un po' no. Lei rise di nuovo. Aveva un bellissimo sorriso.

« Siamo arrivati. » Mi indicò una grande casa colonica in pietra, a una cinquantina di metri dalla strada. Sopra la porta una lampadina brillava nel buio. Voltai nel viottolo di sassi e parcheggiai nell'aia. La cascina era a due piani, ma dal corpo principale partiva un edificio più basso formando una L. La lampadina sopra la porta illuminava una madonna dentro una nicchia.

« L'aspetto qui? »

« Venga pure dentro » disse lei. Appena scendemmo dalla macchina si aprì la porta. Apparve una signora anziana. Si appoggiava a un bastone da passeggio, ma non sembrava averne bisogno. Aveva il viso duro, da cane mastino, ma il suo sguardo brillava come quello di una bambina. Una vecchia piena di energia. Salutò la dottoressa e mi lanciò una lunga occhiata. Camilla si affrettò a spiegare.

«Sono rimasta ferma con la macchina, e questo signore mi ha dato un passaggio.»

La vecchia si voltò senza una parola e rientrò in casa con un'agilità sorprendente. Il bastone doveva essere un vezzo. La seguimmo lungo un corridoio semibuio, e arrivammo in una stanza piuttosto grande arredata come il salone di una villa. Ritratti appesi alle pareti, mobili antichi, divani, tappeti e un caminetto in marmo scolpito. Gli alari in ferro battuto rappresentavano due elmi rinascimentali. La vecchia guardò Camilla, e lei si voltò verso di me.

«Le dispiace aspettare qui?»

«Faccia con comodo.»

Le due donne se ne andarono chiudendosi dietro la porta, e rimasi da solo. Mi sentivo strano. Ero uscito di casa per fare un giro in macchina, e invece... Guarda un po' il destino. Mi aspettavo una contadinella e mi era capitata una dottoressa.

Chissà quanto avrei dovuto aspettare. Mi guardai intorno. L'arredamento era adatto a una sala molto più grande, e in quello spazio era un po' soffocante. Anche il camino era sproporzionato. Nell'insieme si riconosceva un certo gusto, ma il risultato aveva qualcosa di tetro. Dall'altra parte della stanza c'era un'altra porta, più piccola di quella da dove ero entrato. Avevo una gran voglia di vedere dove portava, ma mi trattenni. Mi lasciai andare sopra un divano e accesi una sigaretta. Cercai un posacenere, e presi dal tavolo un piattino di porcellana. Mi appoggiai allo schienale, lasciando scorrere i pensieri. Solo in quel momento mi resi conto che nel silenzio si sentiva il battito di un orologio a pendola. Guardavo il fumo che usciva dalla mia bocca e saliva lento verso le travi nere del soffitto, pensando a quante cose avevano visto quei mobili e quelle pareti. Mi lasciai andare a qualche fantasia su Camilla. Un po' mi conoscevo, ci potevo mettere pochissimo a innamorarmi.

Immaginai di baciare la bella dottoressa, l'abbracciai, cominciai a spogliarla. Ero già al reggiseno... quando vidi la maniglia della porta piccola che si abbassava. Drizzai il collo per guardare meglio. La porta si aprì, lentamente, e si affacciò una donna con la testa fasciata da un grande fazzoletto verde scuro, gonfio di capelli. Mi alzai in piedi.

«Ho accompagnato la dottoressa... Era rimasta ferma con la macchina e...»

La donna non mi guardava. Fissava un punto alle mie spalle, con lo sguardo serio. Non riuscivo a capire quanti anni avesse. Poteva averne venti come quaranta. Di sicuro non era una bambina, e nemmeno una vecchia. S'infilò nella stanza e chiuse la porta. Fece qualche passetto e si lasciò andare sopra una poltrona con un sospiro. Aveva le braccia fasciate fino al gomito con garze pulite, e sul bianco spiccava qualche piccola macchia di sangue.

«Mi chiamo Emilio» dissi. Lei non si mosse. Era come se io non ci fossi. Mi rimisi a sedere e continuai a guardarla. Aveva ai piedi delle pantofole nere. Adesso fissava il pavimento con aria assente. Anche lei doveva avere qualche tara mentale, come la bella ragazzina di Fontenera, ma nei suoi occhi brillava una luce a suo modo intelligente. Appoggiò le mani sui braccioli e fece una specie di sorriso. La sua testa prese ad oscillare lentamente, come un lunghissimo *no*.

«Non è stato Buch...» sussurrò. Non parlava con me, non mi guardava nemmeno.

«Come dice?»

«... è stato il lupo mannaro...» continuò lei, ignorandomi. Sentii un brivido sulla testa, e subito mi detti dell'idiota. Erano solo due parole... *lupo mannaro*... Certamente quella poveretta non aveva le rotelle a posto.

«Chi è Buch?» dissi, anche per tranquillizzarmi. Lei

smise di sorridere, e per la prima volta mi guardò dritto negli occhi.

«Buch è buono buono buono buono.»

«Sta parlando di un cane?»

«È stato il lupo mannaro» disse di nuovo, come se fosse la cosa più ovvia del mondo. Sentii un altro brivido sulla testa. Non ci potevo fare niente, quelle due parole mi facevano effetto. Lei continuava a fissarmi, ma poco a poco il suo sguardo diventò opaco, come se non mi vedesse più. Mi sforzai di sorridere.

«Ha visto qualche grossa bestia qua intorno?» Speravo di strapparle una parola in più, ma in quel momento si sentirono dei passi in corridoio e lei si alzò in piedi, impaurita. Un attimo dopo la porta si aprì. Appena la vecchia vide la povera demente cambiò faccia, e sbatté la punta del bastone sul pavimento.

«Ti avevo detto di stare in camera tua» disse tra i denti, autoritaria. La matta borbottò qualcosa con rabbia e se ne andò quasi correndo, richiudendosi dietro la porta con un tonfo. Senza farsi vedere, Camilla mi fece un gesto per dire che mi avrebbe spiegato dopo. Uscimmo tutti e tre dalla sala, senza una parola. Il bastone che batteva per terra scandiva i nostri passi. La vecchia uscì con noi sull'aia e dette un'occhiata al cielo. Camilla le porse la mano.

«Arrivederci, signora.»

«Buonanotte» fece la vecchia, senza stringerle la mano.

«Buonanotte» dissi io. Montammo in macchina e misi in moto.

«Una casa piena di sorprese» sussurrai, facendo manovra. La vecchia era ancora là, appoggiata al suo bastone. Prima di partire la salutammo con la mano, sapendo che non avrebbe risposto.

Tornammo sulla provinciale e su indicazione della dottoressa andai verso Fontenera. Erano quasi le undici.

«È bella la luce della luna...» disse lei, guardando la campagna.

«Bellissima.»

«Però quando è piena mi sento sempre un po' strana.»

«Per caso le crescono anche dei lunghi peli neri sulle orecchie?»

«Anche sulle gambe, se è per quello...» Le immaginai, quelle gambe, e anche tutto il resto. Ma la mia faccia rimase di pietra.

«Chi è quella donna che era con me nel salotto?» chiesi.

«Si chiama Rachele, è la nipote della signora. È un po' disturbata.»

«L'avevo capito.»

«Anche se a momenti sembra avere degli attimi di lucidità» precisò Camilla.

«È così dalla nascita?»

«Sua nonna dice di sì.»

«Come mai aveva le braccia fasciate?»

«L'ho sempre vista in quel modo, pare che sia il gatto. Rachele lo tormenta e lui la graffia sulle braccia. La signora Rondanini ha sempre detto così.»

«E cosa gli fa a questo gatto?»

«Non saprei. Ma a dire il vero credo che siano tentativi di suicidio.»

«È sempre bello sapere certe cose. Dove abita?»

«A Montesevero. Sa dov'è?»

«Certo. A casa c'è qualcuno che l'aspetta?» azzardai, approfittando del fatto che le stavo facendo da autista. Non poteva trattarmi male.

«In questo momento no» disse lei, ma non aveva risposto volentieri. Passammo davanti alla sua macchina, e lei la salutò con la mano. Pensai ai cavi per la batteria che avevo nel baule e mi sentii uno stronzo. Ma non me

ne pentivo. Volevo conoscere meglio quella bella dottoressa trovata in mezzo alla strada.

« Domani mattina se vuole posso cercare dei cavi per
la batteria. »

« Non si disturbi, chiamo l'elettrauto. »

« Nessun disturbo... »

« Me l'avevano detto che la batteria era da cambiare,
sono già rimasta ferma una volta. »

« Lo sa che ogni tanto si devono anche controllare
olio e acqua? »

« Poi mi chiederà delle pastiglie dei freni e delle candele? »

« Sa cosa sono? » dissi al culmine della meraviglia.

« Non ci sono più le donne di una volta » sospirò lei.

« Poco ma sicuro. »

« Rifletterò su questa sua affermazione. » Continua-
vamo a giocare. Un chilometro prima del bivio per casa
mia le proposi un bicchiere di vino e due chiacchiere
davanti al fuoco.

« Grazie, ma sono un po' stanca. »

Sapevo già che mi sarei addormentato cercando di
interpretare i suoi rifiuti, analizzando ogni possibilità.

« Conosce la grande villa con la meridiana qua sopra? » dissi, anche per dissimulare la mia delusione.
Lei mi guardò con aria stupita.

« Che coincidenza » disse.

« Quale coincidenza? »

« La proprietaria della villa è la signora anziana che
ha visto stasera. »

« Ah, sì? » Ero più stupito di lei, e d'istinto collegai
la *brutta storia* a cui alludevano tutti con la malattia
mentale della nipote.

« Qua intorno è quasi tutto suo... della signora Rondanini. Centinaia di ettari di terra, decine di cascinali
con altrettanti contadini che lavorano per lei » aggiunse
Camilla.

« Lei la villa l'ha vista? »

« No, ma ne ho sentito parlare. Come mai le interessa tanto? »

« È solo una curiosità. Ci passo accanto quando vado a camminare. » Per il momento preferivo non dirle che avevo sentito quelle voci. Guidavo lentamente, per arrivare più tardi possibile a casa sua.

« Non ci abita più nessuno da molti anni » disse lei, come tutti gli altri.

« Ho sentito parlare di una brutta storia... » buttai lì con aria tranquilla.

« Molto brutta. È successa più di trent'anni fa. È per questo che la signora Rondanini non ha più voluto abitarci. »

« Di preciso cos'è successo? » Speravo di sapere finalmente com'erano andate le cose.

« È proprio sicuro di volerlo sapere? » disse, lanciandomi un'occhiata.

« Ci diamo del tu? »

« Va bene. »

Passai accanto a Fontenera e continuai sulla provinciale. Montesevero era qualche chilometro più avanti.

« E insomma cos'è successo alla villa? » chiesi di nuovo. Lei fece un sospiro, come se raccontare quella storia le pesasse.

« A quei tempi la signora Rondanini occupava una parte della villa. Nell'altra ci stava uno dei suoi due figli, con la moglie e una bambina di cinque anni... che poi è Rachele. »

« Adesso quanti anni ha? »

« Quaranta, più o meno. »

« E poi? »

« Avevano un cane lupo. Molto grosso, a quanto dicono. Qualche anno prima il figlio della signora Rondanini l'aveva trovato a vagare nel bosco e lo aveva portato a casa. Era sempre stato un cane tranquillo, giocava anche con Rachele. Poi un giorno è impazzito, ha assalito la nuora della signora... e l'ha sbranata. »

« Morta? »

« Dissanguata. »

« Azz... » mi sfuggì. Forse il cane era quel Buch che aveva nominato Rachele. Mi venne in mente quella specie di rantolo che avevo sentito su alla villa. Magari anche il cane era diventato un fantasma, pensai. Ma non dissi nulla a Camilla, ovviamente.

« E Rachele? » chiesi.

« Per fortuna stava dormendo con i tappi nelle orecchie, e si è salvata. »

« Come sai tutte queste cose? »

« Le ho sentite raccontare dalla gente del posto, un pezzo alla volta. »

« Una storia orribile. »

« Purtroppo non è tutto qui. »

« Ah... » Ero quasi contento. Mi stavo appassionando al mistero di quella grande villa. Camilla rimase in silenzio, pensierosa. La lasciai in pace. Ascoltavo il rumore del motore e immaginavo di baciarla. Andammo avanti per qualche chilometro.

« Gira in quella stradina » fece lei. Voltai in un viottolo sterrato che saliva in mezzo ai vigneti. In quegli spazi aperti la luce lunare era magnifica. Poco dopo i fari illuminarono un grande complesso colonico in pietra.

« Sono arrivata. »

« È tutto tuo? » dissi, parcheggiando nel piazzale deserto.

« Magari. Ho preso in affitto quattro stanze. » Appesa sopra una porta c'era una lampadina per la notte.

« Accanto ci abita qualcuno o stai qui tutta sola? »

« Ogni tanto a primavera vengono i proprietari per il fine settimana »

« Che spreco. »

«Però che silenzio» disse lei sorridendo. Era bellissima. Mi sforzavo di apparire impassibile.

«Ce la fai a raccontarmi la fine della storia o sei troppo stanca?»

«Se proprio vuoi...»

«Sì.»

«Be', cerco di farla breve.»

«Fai pure con comodo.» Quella storia avrei voluto sentirmela raccontare nella cucina di casa mia, sdraiati sul divano davanti al fuoco, luci spente e un bicchiere di vino. Lei lasciò andare il capo contro il poggiatesta.

«Quando il cane impazzì la signora Rondanini era dall'altra parte della villa, e non fece in tempo a salvare la nuora. Ma riuscì a uccidere il cane con una fucilata. Il marito della morta arrivò poco dopo dal lavoro... avevano una fabbrica di non so cosa... e appena vide la moglie impazzì quasi. Smise addirittura di parlare. Qualche settimana dopo s'impiccò, in quella stessa stanza. Lo trovò sua madre appeso al gancio del lampadario.»

«Un finale allegro...»

«In paese si mormora di un particolare orribile... Ma lasciamo perdere.»

«Non mi puoi mandare a letto così.»

«Guarda che è davvero orribile.»

«Dimmelo lo stesso.» Mi sentivo un po' morboso. Ormai avevo la sensazione che quella faccenda mi riguardasse. Camilla guardava fuori dal vetro.

«La nuora della signora era incinta, al quinto mese. In paese si dice che il cane lupo... ha sbranato la donna proprio sulla pancia, come un demonio... e poi ha azzannato anche il...» S'interruppe con una smorfia.

«Cazzo» sussurrai. Senza volerlo immaginai la scena: la donna con la pancia aperta, e il cane lupo che azzannava il... Nemmeno io riuscivo ad andare avanti. Camilla fece un sospiro e prese in mano la borsa, pronta a scendere.

« Tutte le volte che ci penso mi vengono i brividi » disse, con le dita sulla maniglia.

« Forse è solo una leggenda. »

« Forse... »

« La nipote della signora cos'ha di preciso? » chiesi, anche per trattenerla.

« Non saprei. »

« Non sembra la classica demente... »

« In effetti a volte ha lo sguardo di una persona normalissima, anzi addirittura intelligente. » Sul suo viso era rimasta un'ombra.

« Posso lasciarti il mio cellulare? Magari una sera vieni a cena da me » dissi a sorpresa. Lei alzò le spalle e tirò fuori il telefonino dalla borsa per scrivere il numero. Glielo dettai, controllando che lo scrivesse bene.

« Sono stanchissima » fece lei, aprendo la portiera. Scendemmo dalla macchina e l'accompagnai alla porta, lasciando i fari accesi. Si sentivano cantare i grilli, e mi sembrava che la luna fosse diventata ancora più grande. Lontano nella vallata un cane abbaiava lamentoso. In un vecchio film americano sarebbe andata a finire con un bacio appassionato...

« Buonanotte » disse Camilla infilando la chiave nella serratura.

« Buonanotte. » Volevo aggiungere qualcosa, ma aspettai troppo e lei si chiuse dietro la porta. Forse uno di questi giorni mi telefona, pensai. Tornai verso la macchina accompagnato dalla mia ombra. La campagna inondata di luce lunare faceva pensare alle mostruose leggende popolari. Avevo appena aperto la portiera quando sentii dietro le mie spalle un lamento acuto, e prima di capire che erano due gatti in guerra mi si drizzarono i capelli. Saltai dentro la macchina, misi le sicure e partii slittando sullo sterrato.

Guidando verso casa avevo ancora in mente l'orribile tragedia della villa. Erano passati trentasei anni. Pensavo anche agli occhi di Camilla, e speravo di rivederli presto. Che belle le donne, mi dicevo. Pigiavo sull'acceleratore e guardavo solo l'asfalto illuminato dai fari, ma intorno a me percepivo la campagna e i boschi. Evitai un riccio all'ultimo momento con un colpo di sterzo, e rallentai un po'. Quel piccolo spavento si aggiunse a tutto il resto, e sentii che il cuore batteva più in fretta. Non vedevo l'ora di essere dietro una porta chiusa.

Davanti a me c'era un lungo rettilineo che tagliava in due un oliveto. Con la coda dell'occhio avvertii un movimento alla mia sinistra e mi voltai. Un'ombra stava correndo in mezzo agli olivi, a una trentina di metri dalla strada. Andava nella mia stessa direzione. Pensai a un grosso cane randagio, oppure a un daino. Rallentai per guardare meglio, e per un attimo mi sembrò di vedere una figura umana, con un grande cesto di capelli sulla testa. Poi l'ombra svanì nel buio. L'uomo lupo, pensai, ricordandomi le parole di Rachele.

Finalmente arrivai a casa. Corsi dentro e chiusi bene la porta. I lupi mannari non esistevano, questo era sicuro. Di leggende ce n'erano a migliaia... i vampiri, i morti viventi, i fantasmi. Tutte stronzate, storielle inventate dall'ignoranza popolare. Appena entrai in camera accesi il computer e mi collegai a internet. Avevo bisogno di ritrovare i miei punti fermi, di sentirmi parte del mondo civilizzato... anche se viaggiare a 56k era un po' come andare a cavallo.

Stronzate popolari, certo. In che razza di posto ero capitato? Scaricai le mail. Un paio erano di lavoro, le altre di amici che mi chiedevano dove fossi finito... In quel momento non lo sapevo nemmeno io. Risposi in fretta ai messaggi e aprii un nuovo documento di Word. Rimasi un po' a fissare lo schermo. Il romanzo non voleva ancora uscire dal suo buco. Era inutile insistere. Per non stare con le mani in mano buttai giù qualche pagina sulla tragedia della villa, cercando di

51

colmare i vuoti con l'immaginazione. Ero così stanco che mi addormentai seduto. Quando stavo per cadere dalla sedia mi svegliai, e mi trascinai fino al letto.

Mi svegliò la suoneria del cellulare, che mi sembrò potente come la sirena di una fabbrica. Prima di riuscire a connettere mi passarono davanti agli occhi tre immagini: la bocca di Camilla, il cane lupo che sbranava la mamma di Rachele e la figura ritta sulle gambe che avevo visto muoversi nell'oliveto. Spazzai via tutto e risposi.

« Amore, sono la mamma. »

« Ah, ciao... » Avevo l'affanno, come se fossi appena riemerso dalle acque.

« Mica ti ho svegliato? »

« Che ore sono? »

« Quasi le otto. »

« Ah... » Mi ero addormentato alle quattro e mezzo.

« Emilio ci sei? »

« Sì mamma, sono qui. »

« Non ti sentivo più. » Non aveva nulla di preciso da dirmi, come sempre.

« Stavo dormendo... »

« Volevo solo farti un salutino... Riesci a dormire con tutto quel silenzio? »

« Certo. »

« Fa freddo? »

« Ma no... »

« Mangi a sufficienza? »

« Sopravviverò, mamma. »

« Quando torni a Firenze? »

« Non so... Sono appena arrivato. »

« Ah, te l'avevo detto che... » Si mise a raccontare di una sua amica che era stata operata al cuore tre volte in pochi mesi, e di un'altra che aveva chiesto il divorzio dopo trentadue anni di matrimonio. Poi mi parlò di una signora che aveva conosciuto dal parrucchiere.

« Ha letto tutti i tuoi libri, e quando le ho detto che ero tua madre... » Me lo aveva già raccontato una settimana prima, ma non dissi nulla. Non volevo allarmarla con l'amnesia senile, sua grande ossessione. Lei non aveva mai aperto un mio libro, aveva paura di trovarci storie sconce e parolacce, ma quando incontrava qualcuno che li leggeva si riempiva di orgoglio. Mi raccontò altre disgrazie, poi mi chiese di nuovo se avevo freddo, se mangiavo bene, se dormivo abbastanza...

Finalmente riattaccammo. Mi sentivo molto stanco, ma non avevo più sonno. Scesi in cucina a farmi un caffè. Avevo dormito pochissimo, e barcollavo sulle gambe. Ero venuto in campagna per rilassarmi e scrivere il mio romanzo più bello...

Dopo una doccia lunghissima montai in macchina e andai a Fontenera per fare un po' di spesa. Mentre parcheggiavo mi passò davanti la bella ragazza demente, agganciata al braccio di sua madre. Si voltò a guardarmi con i suoi occhi vuoti. La salutai con la mano, ma non mi rispose.

M'infilai nell'alimentari della Marinella. Le donnine si erano un po' abituate a me, e a parte le solite occhiate parlavano più liberamente. Mentre ero in coda le sentii mormorare di galline e conigli uccisi a morsi. La ridente campagna toscana, pensai. Ascoltavo fingendo indifferenza, ma non mi perdevo una parola. Mi piaceva stare a origliare le storie paesane. La strage era successa quella notte, in una fattoria lì vicino. Quei poveri animali erano stati ammazzati *con malanimo*, dicevano, non per fame. Non poteva essere stata una volpe e nemmeno una faina, perché le volpi e le faine prendono solo una gallina e se ne vanno. Invece quelle povere bestie erano tutte lì, dilaniate dalla cattiveria. Mi venne subito in mente quell'ombra umana che avevo visto correre fra gli olivi, ma non dissi nulla. Le donnine si lanciavano sguardi pieni d'intesa, come se alludessero a una faccenda che conoscevano tutti. Tranne io, ovviamente. Ogni tanto il brusio si attenuava, per riaccendersi quando entrava qualcuno. C'era chi portava notizie fresche della strage e chi faceva domande. Radio Marinella non si spegneva mai, e rallentava il ritmo dell'affettatrice.

Ci misi quasi un'ora a uscire di là. Tornai a casa, posai la spesa in cucina e uscii di nuovo per la passeggiata rituale. Mi ero abituato a quella pace, e ormai anche i versi degli uccelli mi sembravano silenzio. Passando vicino ai cascinali sentivo bollire l'uva nei tini. Sotto il sole si stava ancora bene, ma all'ombra era già autunno. I colori della campagna stavano cambiando e gli odori del bosco erano più forti. Continuai a seguire le mie congetture. L'ombra umana che correva tra gli olivi, i polli e le galline fatte a pezzi... forse valeva la pena di scriverci sopra un racconto. E magari anche un saggio: *... e questa meravigliosa campagna, rimasta uguale a se stessa per secoli e secoli, negli ultimi decenni si è inquinata di miti metropolitani e televisivi, e il suo equilibrio millenario è diventato fragile. Può rompersi da un momento all'altro. Ma nel frattempo genera personalità moralmente sradicate, strappate via con forza dalle loro tradizioni e scaraventate in territori mentali lontanissimi dai luoghi dove continuavano ad abitare. Un'alienazione più terribile di ogni altra. Ed è inevitabile che da questo magma confuso scappi fuori di tanto in tanto un mostro assetato di sangue, guidato da pulsioni incontrollabili...* Ora sì che mi sentivo più tranquillo.

Arrivai davanti alla villa. Come al solito spinsi il cancello e m'infilai nel giardino. Ora che conoscevo la brutta storia dei Rondanini l'atmosfera mi sembrava diversa, più cupa. Mi misi a passeggiare intorno alla villa guardando gli intonaci ricoperti di muschio, l'edera che saliva fino al tetto correndo lungo una grondaia, le persiane chiuse sbarrate. Chissà in quale stanza era successa la strage. Mi aspettavo da un momento all'altro di sentire le voci, e in qualche modo lo desideravo. Mi fermai a guardare la meridiana di marmo bianco, murata in alto sulla facciata, e m'incantai a pensare all'impiccato, a sua madre che apriva la porta e se lo trovava davanti con la lingua di fuori... Mi sentii toccare una spalla e mi voltai soffocando un urlo. Mi trovai davanti un vecchio contadino con pochi denti e un cappello di paglia sulla testa.

« Qui non ci si può stare » disse con aria seccata, masticando uno stecchino. Era basso e magro, con un occhio velato di bianco, ma stava piantato in terra come un giovane balilla. La sua camicia di lana giallognola era tagliata in verticale da due larghe bretelle rosse. Feci un sorriso accomodante.

« Abito qua sotto... Ho visto il cancello aperto e... »

« No no, qui non ci si può stare. »

« Me ne vado subito. È disabitata? » dissi, indicando la villa.

« Qui non ci si può stare » disse ancora, scuotendo la testa. S'incamminò verso il cancello invitandomi a seguirlo.

« Conosco la signora Rondanini » dissi andandogli dietro.

« Qui non ci si può stare. » Era la quarta volta che lo diceva.

« Ci abita qualcuno? »

« È proprietà privata » disse lui. Quella variazione mi fece piacere.

« Sa che qualche giorno fa ho sentito delle voc... »

« Qui non ci si può stare » m'interruppe lui, senza voltarsi.

« Non facevo nulla di male » mi giustificai. Uscimmo dal cancello. Lui lo riaccostò con cura e si voltò a guardarmi. Doveva essere quell'Alfiero che veniva a tagliare l'erba e a ramazzare le foglie

«Qui non ci si può stare.» Sesta volta. Non era più una frase, era un muro di mattoni. Aspettò che mi avviassi sul viottolo, poi se ne andò dalla parte opposta e sparì dietro l'angolo del muro. Lo salutai alzando il medio e continuai a camminare verso casa. Basta. Volevo sgombrare la testa dalle stronzate e scrivere fino a notte fonda. Non ero venuto fino quassù per baloccarmi con i fantasmi o per sentirmi dire *Qui non ci si può stare*. Se almeno mi avesse telefonato Camilla...

Mangiai qualcosa, seduto a tavola davanti alla TV. Dopo il caffè accesi una canna e mi piazzai davanti al computer. Pagina vuota, con il cursore che pulsava. Sentivo il romanzo agitarsi sottoterra, ma non riuscivo ancora a farlo uscire. Lo lasciai perdere. Aprii il file *Tragedia* e mi misi a correggere le pagine che avevo già scritto. Aggiunsi anche altri particolari, qualcosa inventai, e alla fine venne fuori una specie di raccontino. Lo rilessi. Faceva un certo effetto, e soprattutto mi sembrava che l'avesse scritto un'altra persona. Ma quello più o meno mi succedeva ogni volta. Chiusi il file e mi alzai per sgranchirmi le gambe. Mi bruciavano un po' gli occhi. Andai in bagno a sciacquarmi il viso e mi guardai allo specchio. Non ero poi così male... Come mai la dottoressa non telefonava? Tornai in camera e mi sedetti di nuovo davanti al computer. Non avevo mai scritto nulla sui lupi mannari, forse era arrivato il momento. Aprii un nuovo documento e scrissi il titolo, *Orrore sulle colline*. Andai avanti a scrivere tutto il pomeriggio, sperando che da un momento all'altro squillasse il telefono e fosse Camilla.

Alle nove avevo riempito quasi dieci pagine. Ancora non capivo se era spazzatura o roba buona, ma avevo lavorato sodo e sentivo il bisogno di distrarmi. La dottoressa non aveva chiamato. Peggio per lei. Uscii con la macchina e andai a bere una birra alla Casa del Popolo di Fontenera, uno stanzone triste illuminato dai neon. Sul tetto avevo visto un palo di ferro che sosteneva una grande e nostalgica stella rossa.

Stavo appoggiato al banco come Clint, e sorseggiando la birra mi guardavo intorno. Un gruppetto di contadini stava discutendo di calcio, bicchiere alla mano. Quattro vecchietti giocavano a carte in un angolo, seduti a un tavolino di formica azzurra. Dei ragazzini che non avevo mai visto stavano addosso a un videogame come fosse stata una donna nuda. Era tutto come mi aspettavo, come doveva essere una Casa del Popolo. Questo mi tranquillizzava. A conti fatti Fontenera era un paese normale. I mariti al bar e le mogli a casa con i bambini. La vecchia Italia con le sue solide tradizioni contadine.

Si aprì la porta e apparve un tipo vestito di pelle nera, con i capelli lunghi e radi. Non lo avevo mai visto. Doveva aver passato i quaranta da un pezzo. Avanzava camminando come un cowboy. Lo salutarono tutti, anche i vecchietti. Sentii che lo chiamavano *Nero*. Si sedette su uno sgabello a un metro da me e ordinò una birra. Emanava un forte odore di selvatico. Arrivò la sua birra e vuotò mezzo bicchiere in un sorso. Soffocò un rutto, poi mi guardò. Aveva due rughe profonde intorno alla bocca.

« Sei nuovo, eh? » disse.

« Sì. »

« Quant'è che stai in zona? »

« Più o meno un mese. »

« Pensi di restare molto? »

« Ancora un paio di mesi, credo. »

« Ti piace qui? »

« Molto. »

«È una merda.»

«Perché?»

«Tutte queste colline qua intorno... belle sono belle, accidenti alle loro mamme maiale... ma non si trova una fica nemmeno a scavare in terra» e cacciò una bestemmia.

«E magari ci sono pure i lupi mannari» buttai lì.

«Quelli non mancano da nessuna parte, stanno negli uffici pubblici a mettere timbri.»

«Parole sante.»

«Voi forestieri venite quassù pensando al paradiso... i vigneti, gli olivi, l'olio *bono*... non ne sapete un cazzo del *troiaio* che...» Lasciò la frase in sospeso e bevve un sorso.

«Quale *troiaio*?»

«Benvenuto al manicomio» disse il Nero sorridendo, e sulla sua faccia spuntarono altre rughe.

«Perché manicomio?»

«Stacci un po' e lo vedrai da solo.» Finì la birra in un sorso, con gli occhi che brillavano di sottintesi. Se ne andò alzando una mano in aria e tutti risposero al saluto. Non mi sembrava di averlo visto pagare. Faceva il suo effetto, il Nero. Era nato nel posto sbagliato. Avrebbe meritato di sognare in qualche metropoli, magari con una chitarraccia in mano. Invece la sua vita era fatta di bestemmie e di Casa del Popolo. Non sarei mai riuscito a comunicare con lui, ma mi era piaciuto. Bevvi l'ultimo sorso di birra e m'incamminai verso l'uscita, cercando di imitare il passo da cowboy del Nero. Non era male. Si poteva sognare anche in una frazione sperduta in mezzo alle colline. Prima di uscire alzai anch'io una mano in aria, ma non mi salutò nessuno.

Appena entrai in casa sentii un brivido di freddo, e andai ad accendere la caldaia. Mi ero piegato al gasolio. Mangiai un po' di prosciutto guardando un film che non riuscii a seguire. Dopo la frutta accesi il fuoco e portai il computer in cucina. Volevo lavorare ancora. Riempii un bicchiere di vino, mi feci una canna piuttosto carica e continuai a scrivere.

A un certo punto mi arenai. Lasciai da parte *Orrore sulle colline* e mi collegai a internet attaccandomi alla presa di cucina. Per curiosità andai su Google, scrissi fra virgolette « lupo mannaro » e cliccai su *cerca*. 77.700 pagine. Quasi tutte parlavano di libri o di film, ma trovai anche qualche antica fiaba francese o brasiliana e alcuni siti in cui si spiegava l'origine della leggenda. Tornai su Google e accanto a « lupo mannaro » aggiunsi « fontenera ». Nessun risultato. Spensi il computer, mi sdraiai a letto e aprii il libro che stavo leggendo, *Il borgomastro di Fournes*. A momenti in mezzo alla pagina vedevo gli occhi di Franco che mi fissavano con ironia.

Mi svegliai di soprassalto per colpa di un rumore, e dopo qualche secondo capii che stavano bussando alla porta. Le nove e dieci. Non immaginavo chi potesse essere... anche se speravo assurdamente che fosse Camilla, folle d'amore.

Scesi dal letto e andai a sbirciare dalle stecche della persiana, senza aprire i vetri. Sull'aia, accanto alla mia macchina, c'era una Panda blu con il lampeggiatore sul tetto. Non era Camilla.

Dentro la Panda c'era qualcuno seduto alla guida, ma un riflesso sul parabrezza m'impediva di vedere che faccia avesse. Aprii la finestra senza fare rumore e avvicinai la testa alla persiana per guardare in basso. Da sotto il loggiato sbucò un carabiniere grassoccio con il cappello in testa. Allargò le braccia in direzione della Panda e le lasciò ricadere sulle cosce, rassegnato. Stava per andarsene. Mi sistemai i capelli con le mani e mi affacciai fuori.

« Arrivo subito » dissi. Il carabiniere alzò gli occhi e mi inquadrò.

« Dormiva? »

« Faccio in un attimo. » Richiusi la finestra e mi vestii in fretta, pensando a dove potevo nascondere l'erba. Non sapevo dove metterla, e alla fine me la infilai nelle mutande. Cani non ne avevo visti. Scesi di sotto e uscii di casa. Il carabiniere era basso e grasso, con la faccia schiacciata e lo sguardo un po' vuoto. Doveva avere più di cinquant'anni.

« Sono il maresciallo Pantano » disse, con i pollici infilati nella cintura.

« Buongiorno. »

« È lei Emilio Bettazzi? »

« Sì, perché? » chiesi, un po' preoccupato.

« Lo scrittore? »

« Sì... »

« Mia moglie ha letto tutti i suoi libri » fece lui, serio.

« Ah, mi fa piacere » dissi sollevato, ma anche stupito che in quella campagna sperduta ci fosse qualcuno che sapesse chi ero. Dai finestrini aperti della Panda uscivano nuvole di fumo.

« Io ne ho letto solo uno » disse il maresciallo.

« Quale? »

« Il titolo non me lo ricordo. »

« *L'anima nel pozzo*? » suggerii. Era il libro che aveva venduto di più. Lui scosse la testa.

« *Il ritorno del camaleonte*? »

« Sì, forse è quello. »

« Piaciuto? » chiesi. Il maresciallo strizzò le labbra.

« Abbastanza » disse. La sincerità era una bella cosa, ma sentii anche una puntura nelle costole per quell'apprezzamento troppo tiepido. Cercai di superare quel momento. Era solo un maresciallo con la pancia che viveva isolato in mezzo alle colline... Cosa poteva saperne di certe cose? Ma un po' mi conoscevo. Se una piattola avesse detto che i miei romanzi erano mediocri mi sarei sentito trafiggere.

«Magari *Il treno maledetto* le piacerebbe di più.» Cercavo di risollevarmi.

«Di lavoro cosa fa?» disse Pantano, ignorando la mia proposta.

«Lo ha detto lei. Lo scrittore.»

«È molto che abita qui?»

«Dai primi di settembre. È successo qualcosa?»

«Questo dovrebbe dirmelo lei» disse il maresciallo alzando il mento.

«In che senso?»

«M'è arrivata alle orecchie una storiella...»

«Che storiella?»

«Che lei avrebbe sentito delle voci, su a villa Rondanini» fece il carabiniere accennando alla collina là davanti.

«È così importante?» dissi, sempre più stupito di quella visita.

«Mi scusi, quelle voci le ha sentite sul serio o è solo uno scherzo?»

«No... Cioè, credo di sì» dissi. Pantano si grattò la nuca.

«Le ha sentite o non le ha sentite?»

«Sì, le ho sentite.» Non avevo motivo di mentire. Il maresciallo incrociò le braccia e fece un sospiro.

«È sicuro di quello che dice?»

«Be', sì» dissi, alzando le spalle. Pantano fece oscillare il capo, senza smettere di guardarmi.

«Il fatto è che in quella villa... non ci abita più nessuno da un sacco di tempo.»

«Lo so, me l'hanno detto tutti.»

«Se ha sentito davvero quelle voci sarà meglio andare a vedere.»

«Perché?»

« Non si sa mai, è meglio controllare che sia tutto a posto. »

« Posso chiederle un favore? »

« Mi dica. »

« Vorrei venire con lei. »

« Glielo avrei chiesto io » disse Pantano.

« Bene. Quando vuole andarci? »

« Subito. »

« Non ho ancora preso il caffè. »

« Poteva alzarsi mezz'ora prima. » C'era qualcosa che non mi tornava in quella frase, ma lasciai perdere.

« Mi dia solo un minuto. » Entrai in casa, e andai a nascondere l'erba in un cassetto di cucina. M'infilai il giubbotto e tornai dal maresciallo. Salimmo sulla Panda blu, lui davanti e io dietro. Il maresciallo mi presentò l'appuntato Mario Schiavo e partimmo.

« Dove andiamo, maresciallo? » chiese l'appuntato, con un forte accento abruzzese.

« Dalla signora Rondanini. »

« A fare cosa? » dissi.

« Per chiederle di accompagnarci dentro la villa » disse il maresciallo.

« Ah, vuole entrare? »

« Quando si può è meglio fare le cose per bene. »

« Certo. »

« In paese stanno già parlando di fantasmi, e non mi piacciono queste coglionate. Preferisco chiarirle in fretta. » Parlava con calma, e si rivelò più simpatico di quello che pensavo. Lungo la strada mi raccontò che una decina di anni prima era stato trovato un ragazzo tedesco morto in mezzo al bosco, sbranato da un cane. Era uno di quegli studenti che giravano il mondo da soli con lo zaino sulle spalle. In paese aveva cominciato subito a diffondersi la storiella dell'uomo lupo. Dopo il tramonto la gente non usciva più di casa, nemmeno con la luna nuova. La Casa del Popolo non era mai stata così deserta. Erano diventati tutti nervosi, e nelle famiglie rinchiuse fra quattro mura scoppiavano litigi che finivano spesso a botte. Se un cane abbaiava o guaiva durante la notte, la mattina dopo in paese non si parlava che di lupi mannari. Quella faccenda stava cambiando le abitudini di Fontenera e di tutti i paesi là intorno. Non era una bella cosa. Poi però non era successo più nulla, e lentamente tutto era tornato come prima. Ma nelle campagne bastava un nonnulla per far nascere leggende spaventose, e quella storiella delle voci misteriose di villa Rondanini poteva essere un cattivo inizio. Era meglio chiarire subito la questione, ribadì il maresciallo.

« E quella storia dei polli sgozzati? » dissi.

« È arrivato da poco ma vedo che è informato. »

« In paese non parlano d'altro. »

« Vuole che non lo sappia? »

« Magari anche quella faccenda potrebbe far nascere delle dicerie. »

« Stiamo indagando, ma secondo me è una faina mezza scema » disse il maresciallo, e l'appuntato sghignazzò.

« Magari non è una faina » insinuai.

« Una cosa per volta » disse Pantano, asciugandosi il sudore sul collo con il fazzoletto. Per cambiare discorso gli chiesi se sapeva qualcosa di quella brutta storia successa alla villa dei Rondanini. Pantano disse che la conosceva bene. Mi raccontò che all'epoca era appena arrivato a Fontenera come appuntato. Era andato proprio lui alla villa, con il maresciallo di allora, e aveva visto tutto. La povera donna con la pancia aperta, il cane con la testa sfondata dal colpo di fucile... Era entrato da poco nell'Arma, e quella era la prima volta che vedeva tutto quel sangue.

« Non vomitai, ma ci mancò poco » disse sorridendo. Schiavo continuava a guidare tranquillo, e ogni tanto mi lanciava un'occhiata dallo specchietto. Di sicuro anche lui conosceva bene quella vicenda, e non gli faceva più nessun effetto. Mi sporsi in avanti.

«È vero che il figlio della signora si è impiccato?»

«L'ho staccato io dalla corda. La lingua gli arrivava fino al mento.»

«La signora Rondanini l'ho conosciuta a casa sua qualche giorno fa, per puro caso.»

«Ha una nipote mezza matta.» Si picchiò l'indice sulla tempia.

«Lo so, ho visto anche lei.»

«Poveraccia... Meno male che quella sera non ha visto nulla» aggiunse il maresciallo.

«Dov'era?»

«Dormiva beata nella sua cameretta, con i tappi nelle orecchie.»

«L'avevo già sentito dire.»

Voltammo in una strada sterrata che non riconobbi, e dopo una serie di curve in salita arrivammo a casa della signora Rondanini. Di giorno c'era tutta un'altra atmosfera. L'appuntato parcheggiò sull'aia, dove passeggiavano delle galline. Mi resi conto che la cascina era molto più grande di come mi era sembrata la prima volta, di notte. Eravamo a mezza costa di una collina e la vista era aperta fino all'orizzonte. Il maresciallo scese da solo, andò a bussare alla porta e si mise ad aspettare con pazienza, con il cappello in mano.

La vecchia Rondanini aprì dopo un sacco di tempo e uscì fuori, appoggiandosi al bastone. Aveva addosso un cappotto enorme che la faceva sembrare più bassa. Li vidi parlottare per qualche secondo, poi sparirono tutti e due in casa. Provai a scambiare due parole con Schiavo, ma non era facile e rinunciai. Dai finestrini aperti arrivava a zaffate un forte puzzo di stalletto, e in lontananza si sentiva il rumore di un trattore. La campagna era illuminata dal sole. In mezzo all'argento degli olivi e alle foglie ormai rossastre delle viti spiccavano le chiazze scure dei boschi.

Alzai gli occhi sulla cascina, e incorniciata da una finestra del primo piano vidi Rachele. Aveva il solito fazzoletto legato stretto sotto il mento e le bende sulle braccia, e il suo sguardo si perdeva lontano. Era un'immagine molto triste. Scesi di macchina e le feci un cenno di saluto, ma lei continuò a guardare l'orizzonte. Mi avvicinai alla casa, e la chiamai per nome. Lei finalmente si accorse di me e rispose al saluto, facendo oscillare una mano. Sembrava tormentata, come se si stesse dibattendo in un inferno da cui non poteva uscire. Continuò a fissarmi con gli occhi gonfi di angoscia, senza parlare. Avrei voluto dire qualcosa, ma non riuscivo a trovare le parole adatte. A forza di guardare in alto mi venne un dolore al collo, e abbassai la testa. Quando alzai di nuovo gli occhi Rachele non c'era più, ma i vetri erano ancora aperti. Rimasi per un po' a osservare il vano vuoto della finestra, pensando a quanto fosse triste la vita in quella casa. Appena m'incamminai verso la Panda dei carabinieri, sentii dietro di me un fischio brevissimo e mi voltai. Rachele era riapparsa, e mi faceva dei cenni. Lanciai un'occhiata a Schiavo. Stava parlando al cellulare, e ridacchiava. Mi avvicinai di nuovo alla casa. Quando arrivai sotto la finestra, Rachele buttò giù una pallina di carta che rotolò a qualche passo da me. La raccolsi e aprii il foglio. C'erano dei disegni fatti con la matita blu. I tratti erano frettolosi e infantili. Non feci in tempo a guardarli bene, perché Rachele mi sussurrò qualcosa.

« Come? » dissi.

« È stato il lupo mannaro » disse, come l'altra volta.

« I lupi mannari non esistono » feci io, tranquillo. Di giorno era più facile essere illuministi. E poi c'erano i carabinieri.

« Lo dice sempre anche la nonna, ma io lo so che esistono » bisbigliò Rachele.

« Davvero hai visto un lupo mannaro? »

« Sì. »

« E quando? »

« Uno viene spesso sotto la mia finestra, siamo amici. »

« Che bello... »

« Mi butta dei sassolini contro la persiana e io mi affaccio » continuò lei, con gli occhi felici.

« Viene quando c'è la luna piena? »

« Ogni volta mi porta un regalo » fece lei, ignorando la mia domanda.

« Che genere di regalo? »

« Animaletti morti. »

« È gentile. Che tipo di animaletti? » dissi.

« Rospi, lucertole... Mi fanno uno schifo... Ma lui non capisce. »

« Viene tutte le notti? »

« Quasi... »

« Come si chiama? »

« Ha le mani grandi come badili. »

« Una bella fortuna... »

A parte il soggetto, aveva l'aria di una normale conversazione fra conoscenti. Rachele non aveva il cervello a posto, questo era sicuro, ma non sembrava la tipica demente incapace di articolare un pensiero.

« A che ora viene il lupo mannaro? » chiesi, ma non ci fu tempo per la risposta... sentii aprire la porta di casa e d'istinto mi appallottolai in tasca il foglietto di Rachele. Il maresciallo uscì sull'aia seguito dalla signora. Alzai gli occhi, ma Rachele era sparita. La vecchia e Pantano mi vennero incontro e si fermarono di fronte a me.

« È lei che ha sentito delle voci dentro la villa? » mi chiese la vecchia, fissandomi.

« Sì. »

« È proprio sicuro? »

« Un uomo e una donna che litigavano » precisai.

« Non poteva essere il verso di un animale? »

« Erano voci. Un uomo e una donna » dissi. La signora non ebbe nessuna reazione. Si voltò verso il maresciallo.

« Appena ha fatto mi riporti le chiavi » disse sbrigativa, come se parlasse a uno dei suoi contadini.

« Senz'altro, signora » fece il maresciallo.

« Lei non viene? » chiesi alla signora. Mi guardò per un lungo secondo, poi si voltò senza dire nulla e rientrò in casa. Ci avviammo verso la Panda.

« Non vuole più saperne di quella villa » mormorò il maresciallo.

« Perché non la vende? »

« Lei la comprerebbe? »

« Penso di no. »

« Comunque non credo proprio che la signora abbia intenzione di vendere » disse Pantano, aprendo la portiera.

Mentre andavamo verso Fontenera incrociammo Camilla che andava nella direzione opposta. Mi voltai a guardare la Fiesta finché non la vidi sparire dietro una curva. Chissà se mi avrebbe chiamato, quella stronza.

« La signora si è raccomandata di non toccare nulla » disse il maresciallo, come se parlasse a se stesso. Restammo tutti e tre in silenzio. Dopo qualche chilometro voltammo nella strada sterrata dove abitavo, passammo oltre la mia casa e salimmo su per la collina. La Panda ballava sui sassi e ogni tanto le ruote slittavano. L'appuntato aveva l'aria di divertirsi parecchio. Imboccammo il sentiero erboso che portava a villa Rondanini, e poco dopo Schiavo parcheggiò davanti al cancello. Il maresciallo gli disse di aspettare in macchina. Prese una torcia elettrica dal portaoggetti e scendemmo. C'era una novità. Il cancello era chiuso da una catena e da un lucchetto grosso come un pugno. Doveva essere stato il contadino con le bretelle rosse. Il maresciallo aprì il lucchetto ed entrammo nel giardino. La ghiaia scricchiolava sotto i nostri passi.

«Dov'è che ha sentito quelle voci?» chiese il maresciallo.

«Venivano dal primo piano» dissi vago. Pantano alzò le spalle e fece un sospiro annoiato. Aprì il portone ed entrammo, guidati dalla luce della torcia elettrica. C'era un odore dolciastro e indefinibile, un misto di chiuso e di muffa che prendeva la gola. Seguii il maresciallo sui pavimenti decorati. C'era meno polvere di quello che immaginavo.

Cominciammo a ispezionare il piano terra. Non finiva mai. Le stanze erano grandissime e vuote. Sulle pareti dei salotti erano rimasti i segni dei mobili e dei quadri. Solo con la cucina, in città ci avrebbero fatto due o tre miniappartamenti.

Tornammo all'ingresso e salimmo la scala di pietra serena che portava verso l'oscurità del primo piano, seguendo il cono di luce della torcia. Sulle pareti s'intravedevano grosse macchie giallastre. Arrivammo di sopra e Pantano imboccò il corridoio verso sinistra. Gli camminavo accanto trattenendo il respiro. Voltammo l'angolo e ci trovammo in un corridoio più lungo. Dopo una quindicina di passi il maresciallo si fermò davanti a una porta chiusa.

«È successo in questa stanza» disse.

«La donna azzannata?» chiesi, con gli spilli nella nuca. Pantano annuì, poi abbassò la maniglia e spinse la porta. Lo seguii dentro. Il maresciallo andò a spalancare una finestra e la luce entrò di colpo nella stanza, lasciandomi a bocca aperta. La prima cosa che vidi fu il letto matrimoniale, con le lenzuola scompigliate e imbrattate di sangue secco. Dal gancio del lampadario pendeva una corda che finiva in un cappio. Era normale che avessi il cuore un po' accelerato. Il maresciallo invece sembrava perso nei ricordi. Sul pavimento, accanto al letto, spiccava una grande macchia quasi nera. Qua e là c'erano molte impronte di scarpe che avevano camminato sul sangue, e le pareti erano spruzzate di goccioline scure vecchie di trentasei anni. Mi guardai intorno. La stanza era spaziosa e arredata in ogni particolare, non mancavano nemmeno i soprammobili.

«Come dice?» chiesi, accorgendomi che il maresciallo aveva parlato.

«Dicevo che a quanto pare è rimasto tutto come quel giorno.» Sembrava stupito.

«Fa un certo effetto» mormorai. Sulle mattonelle di cotto vicino alla porta c'era un'altra chiazza scura, e lì accanto il muro era abbondantemente schizzato di sangue.

«È lì che la signora ha ucciso il cane lupo» fece il maresciallo, intuendo la mia curiosità.

«Ha avuto un bel coraggio.»

«È l'ultima cosa che manca a quella vecchia.»

Appeso alla parete di fronte al letto c'era un quadro. Mi avvicinai. Era un fiammingo dai colori molto scuri. Una scena all'aperto, con dei pastori. Quell'atmosfera mi catturava lo sguardo, avevo la sensazione di essere dentro il dipinto, ai margini di quel bosco, sotto quel cielo...

«Non me l'appenderei nemmeno al cesso» disse Pantano, dimostrando che ognuno ha i suoi gusti. Ma si sbagliava, era un quadro bellissimo. Me lo sarei appeso volentieri davanti al letto, come avevano fatto i due poveri sposi.

Nella stanza c'era un'altra porta. Il maresciallo andò ad aprirla e illuminò con la torcia una stanza più piccola, completamente vuota. Anche lì, sulle pareti si vedevano i segni dei quadri e dei mobili. Pantano richiuse la porta.

«Andiamo a controllare le altre stanze» disse, con un tono rassegnato. Richiuse la finestra e continuammo il giro. C'erano molti corridoi e decine di porte. Le stanze erano quasi tutte vuote. Ogni tanto si vedeva un armadio, un vecchio materasso di lana buttato per terra, tavolini senza valore. Alla fine dell'esplorazione il maresciallo allargò le braccia.

«Come vede non ci abita nessuno» disse, trattenendo un sorriso.

«Forse ci sono i fantasmi.» Mi accorsi che un po' ci credevo. Non riuscivo a trovare nessun'altra spiegazione.

«Non dica coglionate, e soprattutto non le dica in giro» disse Pantano.

«Allora cos'erano quelle voci?»

«Ha ragione la vecchia, sarà stato il verso di qualche animale.»

«Le assicuro di no.»

«Nella vita ci si può anche sbagliare» fece lui. Non risposi.

Tornammo di sotto. Quando uscimmo dalla villa il sole ci fece chiudere gli occhi. Attraversammo il giardino in silenzio e uscimmo dal cancello. Il maresciallo rimise il lucchetto alle sbarre. Quando aprì la portiera della Panda l'appuntato si svegliò e accennò il saluto militare.

«Alzati e guida, Lazzaro» gli disse il maresciallo. Montammo in macchina e Schiavo fece manovra, con gli occhi arrossati dal sonno.

«Trovato nulla, maresciallo?» disse, per simulare partecipazione.

«Sì, una minchia di niente» fece lui. Mentre scendevamo lungo la strada sterrata una voce alla radio chiese del maresciallo.

« Ti ascolto, Macioce. »

« Maresciallo, c'è qui la signora Cianfroni che vuole parlare con lei... »

« Che è successo questa volta? » sospirò Pantano.

« Stamattina ha trovato nel pollaio una ventina di galline con la testa mozzata. »

« Sarà stato Jack lo Squartatore » fece il maresciallo, ridendo.

« Che ha detto, maresciallo? » gracchiò la radio.

« Nulla, Macioce. Di' alla signora che sto arrivando. »

« Come vuole, maresciallo. Passo e chiudo. »

« Che palle » fece Pantano agganciando il microfono, e l'appuntato si mise a ridacchiare. Il maresciallo mi spiegò che la signora Cianfroni era la moglie di un assessore di Montesevero, una donna insopportabile. Se trovava un ragno nel letto andava dai carabinieri a fare una denuncia, e voleva sempre parlare « con il maresciallo in persona ». Bisognava accontentarla, perché il marito era molto amico di un generale dell'Arma.

« Che palle » disse di nuovo.

Ero sempre più convinto che le stragi di polli e conigli avessero uno stretto legame con quella figura umana che di notte correva nei campi. Quasi certamente avevo visto con i miei occhi il killer dei pollai. Ma non dissi nulla a Pantano. Avevo capito che non voleva sentir parlare di coglionate.

« Quella cosa dei polli... succede spesso? »

« A periodi. Dev'essere una bestiaccia con la rabbia. »

« In paese cosa dicono? » chiesi. Il maresciallo fece ondeggiare il capo.

« Se lo può immaginare... »

« Il lupo mannaro? »

« Appunto. »

« Magari è vero. »

« Anche se credessi a quelle storielle... Che se ne farebbe un lupo mannaro di qualche gallina? » disse Pantano. L'appuntato si voltò a guardarlo.

« Eh maresciallo, non ci sono più i lupi mannari di una volta » disse, e se la rise da solo. Il maresciallo non mosse un muscolo, sembrava pensieroso. Quando passavamo sopra una buca la sua testa quadrata ondeggiava appena. Notai che gli crescevano i capelli anche sul collo... e immaginai di vederlo correre nudo sotto la luna piena, con le orecchie allungate e il corpo completamente ricoperto di peli neri. Un carabiniere licantropo. Magari poteva essere il colpo di scena finale per *Orrore sulle colline*.

Arrivammo a casa mia. Prima che scendessi dalla macchina il maresciallo si voltò a guardarmi.

« Mi faccia un favore, dottor Bettazzi. Se vede un marziano che piscia venga a dirlo solo a me, non faccia domande in paese. »

« Resisterò alla tentazione. »

« Ci conto. Mi farebbe anche un altro favore? »

« Mi dica. »

« Devo tornare subito in caserma per via di quella scassaminchia della Cianfroni... Può riportare le chiavi alla signora Rondanini? »

« Nessun problema » dissi, e nello stesso istante pensai a quello che avrei fatto. Il maresciallo mi passò il mazzo.

« Dica alla signora che le darò un colpo di telefono più tardi. »

« Sarà fatto. » Scesi, e rimasi a guardare la Panda che si allontanava. Contai fino a cento, lentamente. Montai in macchina e partii sgommando sui mattoni.

Arrivai fino alla Chiantigiana, e pigiando sull'acceleratore andai a Siena. Quello che volevo fare era meglio farlo in una città, confuso in mezzo alla gente. Parcheggiai lungo le mura della fortezza e mi avviai verso il centro. Le strade erano affollate di turisti. M'infilai nel primo ferramenta che trovai e feci la copia delle chiavi della villa. Comprai anche una torcia elettrica e diverse batterie, poi tornai di corsa al parcheggio.

Mezz'ora dopo ero davanti alla cascina della signora Rondanini. La finestra a cui si era affacciata Rachele era ancora aperta, ma lei non c'era. Bussai alla porta, più volte. Quando apparve la signora le consegnai le chiavi sorridendo.

«Ha detto il maresciallo che la chiamerà più tardi.»

«Ha già chiamato. Come mai ci ha messo tanto a riportare le chiavi?» Aveva le labbra grinzose e dure, sembravano di legno.

«Mi scusi, non credevo che fosse urgente... Sono dovuto andare a Siena per un appuntamento di lavoro» mentii. La signora borbottò qualcosa e fece per richiudere la porta.

«Aspetti...» dissi, senza un motivo preciso.

«Che c'è?» Era allarmata.

«Ecco... È possibile fare un saluto a sua nipote?» improvvisai, con un sorriso amichevole.

«Se ne vada.» Mi chiuse la porta in faccia. Stavo per bussare di nuovo, poi lasciai perdere. Montai in macchina. Era quasi l'una. Lungo la strada incrociai il prete su una Giardinetta bianca. Guidava con la faccia attaccata al volante, e alle sue spalle ondeggiava il testone del fedele maremmano. Ero convinto che sulla tragedia della villa lui ne sapesse più di tutti gli altri, ma avevo capito che non avrebbe mai parlato. In paese dicevano che don Staccioni era gentile come un tronco d'albero. E poi il suo cane si chiamava Banzai. Non valeva la pena insistere.

Attraversai Fontenera e proseguii sulla provinciale. Mi venne in mente la Casa del Popolo, con la stella rossa sul tetto e i tristissimi neon, e naturalmente pensai al Nero. Chissà cosa faceva nella vita, se andava a votare, fino a dove si spingeva per cercare una donna. Di giorno poteva uscire di casa o si sarebbe dissolto al sole?

Oltrepassai anche Montesevero. Nel senso contrario vidi passare una macchina olandese. Ogni tanto mi capitava di vedere dei turisti vagare su quelle strade. Avevano sempre l'aria smarrita, come se tra quelle colline cercassero qualcosa che non riuscivano a trovare.

Voltai nella stradina polverosa dove abitava Camilla e avanzai a passo d'uomo. Dietro una curva apparve la grande casa colonica. Come mi aspettavo la Fiesta non c'era. Meglio così. Parcheggiai vicino alla sua porta. Senza scendere presi un foglietto e pensai alla frase giusta da scrivere: *Posso invitarti a cena?... Vorrei invitarti a cena... Che ne dici di cenare insieme?* Che schifo, dovevo trovare qualcosa di meglio. Ero o non ero uno scrittore? Finalmente mi decisi: *Il lupo mannaro di Fontenera aspetta un segnale dalla bella Camilla.* Non che fosse un capolavoro, ma non mi veniva altro. Aggiunsi il mio numero di cellulare, nel caso lo avesse perso. Stavo per andare a mettere il biglietto nella fessura della porta, poi ci ripensai. Accartocciai il foglietto e lo buttai nel portaoggetti. Meglio non essere troppo invadenti. Purtroppo era vero, non esistevano più le donne di una volta. Ormai il corteggiamento era diventato un fastidio, per qualcuna addirittura un insulto. Se piacevi a una donna ci pensava lei a mandare avanti le cose, senza troppi discorsi.

Stavo per mettere in moto, ma cambiai di nuovo idea. Raccolsi il foglietto, lo stirai bene sulla gamba e andai a infilarlo nella fessura della porta. Forse le donne facevano solo finta di non essere più come una volta, e un bigliettino del genere poteva essere una bella sorpresa. Montai in macchina e partii. Dopo un centinaio di metri mi fermai, ingranai la retromarcia e tornai fino a casa di Camilla. Andai a togliere il foglietto, lo accartocciai e me lo misi in tasca. Lo avrei bruciato nel camino.

Mentre scendevo giù per la stradina immaginai Camilla seduta di fronte a me, nella cucina di casa mia, davanti al fuoco che crepitava nel camino... la luce della fiamma ballava sui nostri volti, i nostri sguardi s'incrociavano ogni secondo... Era una notte di luna piena, e dopo il vin santo lei si trasformava in una lupa mannara...

Poteva essere il momento cruciale di *Orrore sulle colline*. La bella si tramuta in bestia e assale il suo innamorato. Non avevo mai scritto niente del genere, e l'idea di provarci mi attirava. Ma a pensarci bene esistevano molte altre storie possibili. *Orrore sulle colline* significava che chiunque poteva rivelarsi un lupo mannaro... il maresciallo Pantano, l'appuntato, la Marinella, l'uomo della legna, il contadino con le bretelle rosse, il benzinaio, il sindaco, o magari la signora Cianfroni, che per confondere le acque denunciava il massacro dei polli. Uno valeva l'altro. Bastava solo trovare la persona giusta e portare avanti la storia. Chissà perché mi ero fissato sui lupi mannari.

Dopo pranzo portai il caffè accanto al computer e aprii il file di *Orrore sulle colline*. Avevo voglia di lavorare un po' su quel racconto. Non sapevo come sarebbe andato avanti, ma era proprio questo che mi spingeva a continuare. Dopo appena dieci righe mi bloccai. Rilessi quello che avevo appena scritto. Non mi piaceva, e lo cancellai. Non era la giornata giusta per scrivere. Mi feci una canna e mi lasciai andare sul letto. Chissà dov'era Camilla in quel momento. Avevo una gran voglia di vederla. Mi frugai in tasca per prendere l'accendino e mi trovai fra le dita una pallina di carta. Mi tornò in mente il biglietto che avevo scritto a Camilla, e lo buttai nel posacenere. Lo avrei bruciato e avrei sparso le ceneri nei campi. Cercai di nuovo l'accendino e mi trovai in mano un altro foglietto appallottolato. Lo aprii e vidi che era il biglietto per Camilla. Allora l'altro cos'era? Poi mi ricordai, era il foglietto con i disegnini che Rachele mi aveva buttato dalla finestra. Ripresi la pallina di carta dal posacenere e la distesi con le dita. Andai a sedermi al tavolo, per osservare meglio quelle figure sotto la luce della lampada. Quattro disegni a matita blu, uno accanto all'altro. Erano molto essenziali, come quelli dei bambini. Il primo disegno a sinistra era una bimba abbracciata a un cane. In quello accanto si vedeva una donna con i capelli lunghi e la pancia scarabocchiata con insistenza, quasi fino a bucare il foglio. Anche il terzo raffigurava una donna, ma con i capelli legati sulla nuca e un fucile in mano. Ai suoi piedi era disteso un cane senza testa. Il quarto disegnino mi fece venire la pelle d'oca: una bambina teneva in mano la testa del cane, che gocciolava sangue. Forse da bambina Rachele aveva origliato i discorsi dei grandi sulla morte di sua madre, e sapeva tutto. Avevo davanti agli occhi il suo racconto, sullo stile della vita dei santi che si vedevano nelle chiese. Erano disegni elementari, ma molto efficaci. Senza motivo voltai il foglietto e vidi che c'era un altro disegno, una scenetta sola: una donna con le braccia in avanti, gli occhi grandi e la bocca formata da un cerchio ripassato molte volte, e di fronte a lei una specie di bestia ritta su due zampe, con le zanne che spuntavano dalle labbra, un grande cesto di capelli sulla testa e le mani alzate in aria in una posizione minacciosa. Insomma un lupo mannaro.

La storia di quel brutto giorno era tutta in quei disegnini, anche se trasformata dalla fantasia di Rachele. Poveraccia. Chissà se aveva mai disegnato una casa con un albero accanto e il sole nel cielo. La quinta scenetta dava la misura della sua follia. Viveva con quel segreto che le scoppiava dentro e aveva bisogno di raccontarlo. Ma non sapeva scrivere, e allora disegnava. L'unica cosa che non capivo era come mai avesse voluto raccontarlo a me, a uno sconosciuto. Continuavo a guardare il foglietto, affascinato da quelle figure infantili che a loro modo raccontavano la sciagura dei Rondanini. C'era qualcosa che mi sfuggiva. Magari quei disegni non erano il delirio di una matta, ma un messaggio che non riuscivo a decifrare. Forse Rachele voleva dirmi qualcosa e sperava nella mia intuizione... o forse mi stavo solo bevendo il cervello, e dovevo smettere di occuparmi di lupi mannari e di fantasmi. Ma non era facile rinunciare, soprattutto adesso che avevo le chiavi della villa. Spensi tutto e uscii di casa, con la torcia elettrica in tasca. Il sole era nascosto da una grande nuvola bianchissima. M'incamminai lungo la strada sterrata, salii su per la collina e poco dopo arrivai davanti al cancello della villa. Mi affacciai alle sbarre. Ora che avevo visto *quella* stanza, la bella casa dei Rondanini mi appariva diversa. Mi sembrava quasi che avesse un'aria addolorata.

Prima di entrare nel giardino costeggiai il muro di cinta, per controllare che nei paraggi non ci fosse nessuno. Arrivai sul retro e imboccai il viottolo che s'infilava nel bosco, curioso di vedere dove portava. L'aria era tiepida e ferma, e sentivo nel naso un forte odore di muschio. Era un peccato che non mi piacessero i funghi, ce ne dovevano essere a quintali. Il sentiero scendeva leggermente e a momenti si allargava, sempre costeggiato da cespugli fitti. Continuai ad avanzare lungo il sentiero, sotto la grandine di luce che filtrava dalle chiome degli alberi. Ero abituato a camminare in mezzo al traffico, e mi sembrava di vivere chissà quale avventura. Dopo un po' intravidi di lontano la fine del bosco e un grande oliveto abbagliato dal sole. Tornai indietro. Un fagiano volò via da un cespuglio facendo un verso intermittente, e lo vidi planare in mezzo agli alberi.

Arrivai di nuovo davanti al cancello della villa. Dopo un'ultima occhiata intorno tirai fuori le chiavi. Stavo per commettere un reato, ma ormai avevo deciso. Feci un bel respiro, e ci mancò poco che mi scappasse un segno della croce. Aprii in fretta il lucchetto ed entrai nel giardino, poi richiusi tutto e corsi verso il portone. Ci misi un po' ad aprirlo, mi sudavano le mani. M'infilai dentro la villa e mi chiusi il portone alle spalle. Accesi la torcia. Mi resi conto che per certe cose essere in due era molto meglio. Ripensai alle voci che avevo sentito, e stringendo i denti cercai di convincermi che i fantasmi non esistevano. Nulla da fare, in quel momento ci credevo. Sentivo gli spilli nei polpacci, come da bambino quando mio padre m'inseguiva facendo la voce da orco. Non stavo facendo una cosa sensata, lo sapevo. Guidato dalla luce gialla della torcia avanzai cercando di non fare rumore, attento a ogni minimo scricchiolio. Imboccai la scala. Salendo i gradini mi toccai la tasca, e non trovai il cellulare. L'avevo dimenticato a casa. Quella scoperta mi agitò. Ma i grandi eroi dell'antichità insegnavano che il coraggio è vincere la paura.

Arrivai al primo piano. M'incamminai lungo il corridoio e voltai l'angolo. Mi fermai davanti alla stanza della tragedia. Aprii la porta, e rimasi fermo sulla soglia. Illuminai il cappio, le lenzuola imbrattate di sangue, la macchia sul pavimento, le impronte delle scarpe, poi di nuovo il cappio, il letto, la macchia scura sul pavimento...

Avanzai nella stanza fino al lato sinistro del letto. Mi chinai per osservare meglio le impronte di sangue lasciate sul pavimento da molte scarpe. Erano impronte concitate. Cercavo di immaginare quei momenti di orrore... il cane impazzito, le grida della mamma di Rachele, il sangue... e finalmente il tonfo della fucilata. Poi il silenzio. E qualche giorno dopo quel povero disgraziato pendeva dal gancio del lampadario...

Era passato molto tempo, ma quei momenti erano stati vissuti secondo per secondo. Mi domandai se fosse da sadici pensare quelle cose. Illuminando tutto intorno notai delle piccole macchie scure sull'intonaco, vicino alla cornice dell'altra porta, quella che portava nella camera di Rachele. Mi avvicinai per osservarle meglio, senza un vero motivo. Erano tonde, più o meno a mezzo metro da terra. Quando capii cos'erano mi mancò il fiato. Tutte insieme, quelle macchioline formavano l'impronta insanguinata di una piccola mano. La mano di un bambino. Non poteva che essere la manina di Rachele. Mi morsi le labbra, pensando a quello che poteva essere successo. Tutti pensavano che la bambina stesse dormendo come un sasso... invece lei si era svegliata, e in un momento in cui non c'era nessuno era entrata nella stanza dei genitori. Aveva visto sua madre morta, il cane sparato, il sangue sparso dappertutto... e chissà in che modo si era imbrattata una manina. La stessa che poi aveva appoggiato sul muro, prima di tornare nella sua cameretta. Purtroppo mi sembrava la spiegazione più logica.

Illuminai il pavimento, e osservai bene le impronte di tutte quelle suole che avevano camminato sul sangue. Dopo un po' trovai quelle che cercavo: scarpe da bambino. S'intravedevano appena, ma ero convinto di non sbagliarmi. Le seguii con la torcia. Alcune andavano dalla pozza di sangue accanto al letto fino al punto dov'era stato ucciso il cane lupo, altre si dirigevano verso la porta della cameretta. Un pensiero mi fece gelare. Poteva essere andata molto peggio di quello che avevo immaginato: forse Rachele si era nascosta sotto il lettone dei genitori, come fanno spesso i bambini, e aveva visto Buch che assaliva la mamma...

Speravo con tutto il cuore di sbagliarmi, ma ero sempre più convinto che fosse andata proprio in quel modo. Rachele aveva visto tutto, mentre succedeva, e da quel giorno la sua mente folgorata mischiava insieme realtà e leggenda. Aveva trasformato Buch in un lupo mannaro. Nulla di più facile, povera Rachele. Viveva chiusa nella sua follia, segregata in quella cascina tenebrosa con una vecchia nonna che aveva sorriso per l'ultima volta trentasei anni prima...

Un rumore sopra la mia testa mi fece sobbalzare, e d'istinto illuminai il soffitto. Dovevano essere dei grossi topi che si rincorrevano nel sottotetto. A un tratto quel buio intorno mi fece paura... Uscii in fretta dalla stanza, girai l'angolo del corridoio e trottai giù per le scale. Socchiusi il portone e spiai fuori, per controllare che non ci fosse il contadino con le bretelle rosse. Attraversai il giardino quasi di corsa. Aprii il cancello, richiusi il lucchetto e me ne andai a passo svelto. Solo in quel momento mi accorsi che per tutto il tempo avevo trattenuto il respiro.

Appena entrai in casa ripresi in mano il foglietto di Rachele, e mi misi a osservare i disegnini con molta attenzione. Dopo la visita alla villa mi sembravano più chiari. Ormai ero quasi convinto: Rachele aveva visto azzannare sua madre, e in quel momento aveva perso l'uso della ragione. Per questo disegnava scenette macabre, ma al posto del cane ci metteva il lupo mannaro.

A un tratto mi vennero in mente i conigli straziati e lo sterminio di polli denunciato dalla Cianfroni. Forse era stata lei, Rachele. Non mi sembrava un'idea sbagliata, anzi la spiegazione era a portata di mano. Roba da manuale del piccolo psicologo: per il classico gioco perverso dell'inconscio, la mente malata di Rachele aveva bisogno di rivivere le emozioni devastanti di quei momenti orribili, e non potendo fare altro si aggirava di notte nella campagna uccidendo a morsi polli e conigli. Non faceva una piega.

Immaginai anche la scena, come in un film. La notte Rachele si chiudeva nella sua stanza e aspettava che la nonna si addormentasse. Scavalcando la finestra scendeva sul tetto del fienile, si calava giù in qualche modo e vagabondava nei campi alla ricerca di una fattoria per poi azzannare piccoli animali... così come aveva visto fare a Buch con la sua mamma. Era proprio lei che avevo visto correre nell'oliveto, quella notte. La massa di capelli che di giorno restava nascosta sotto il fazzoletto, la notte si agitava libera sulla sua testa. Tornava tutto. Era lei il lupo mannaro. Niente zanne, niente orecchie a punta, solo follia.

Mi tornò in mente anche la storia dello studente tedesco trovato morto in mezzo al bosco, e mi domandai se Rachele potesse arrivare a tanto. Ma era una domanda senza senso. La follia non ha limiti. Povera donna. Non aveva nessuna colpa.

Il mistero dei polli sembrava risolto. Un mistero un po' ruspante, ma sempre un mistero. Nonostante tutto mi sentivo soddisfatto. Rimaneva solo da capire cosa diavolo fossero le voci che avevo sentito alla villa. Forse erano davvero i fantasmi. Ero deciso a scoprirlo.

Accesi il computer e aprii il file *Orrore sulle colline*. Dopo aver riletto l'ultima frase cominciai a scrivere come un forsennato, sulle tracce di un vero lupo mannaro con le orecchie a punta e il corpo ricoperto di peli.

Quando mi fermai erano quasi le undici. Mi bruciavano gli occhi. Andai in cucina per mangiare qualcosa e sopra il tavolo vidi il cellulare. C'era una chiamata da parte di un numero che non conoscevo, e pensai subito a Camilla. Guardai a che ora mi avevano cercato: sedici e ventidue, quando ero su alla villa. Provai a richiamare. Al decimo squillo rispose una voce femminile.

«Pronto?»

«Buonasera, sono Emilio Bettazzi. Ho trovato questo numero sul cellulare» dissi, per non scoprirmi troppo.

«Ciao, sono Camilla.» Non capivo se era contenta o seccata.

«Ciao... come stai?» Una domanda magnifica. Lei rispose, ma ci fu un vuoto di segnale e non capii nulla.

«Non ti sento bene...» dissi.

«Ora mi senti?»

«Sì.»

«Dicevo che po... ee... ol... ai... set...» Il segnale se n'era andato di nuovo, questa volta del tutto. Aspettai inutilmente lo squillo del cellulare, e quando provai a richiamarla non era raggiungibile. Salvai il suo numero sulla rubrica e cominciai a scriverle un SMS: *Cosa fai dom...* in quel momento mi arrivò un messaggio. Era lei: *Ti chiamo un'altra volta. Buonanotte.* Tornai al mio messaggio e finii la frase: *Cosa fai domani sera? Perché non vieni a cena da me?* Lo inviai e aspettai la risposta. Nulla. Dopo dieci minuti chiamai di nuovo, ma era ancora irraggiungibile. Spensi il cellulare. Non volevo aspettare un messaggio che forse non sarebbe mai arrivato. Mangiai qualcosa, mi feci un'altra canna e per distrarmi tornai al computer.

... e quando Filippo sentì l'ululato del lupo mannaro si lanciò nel bosco a testa bassa, deciso ad affrontarlo. Aveva con sé soltanto una torcia elettrica e il suo coraggio, nulla poteva fermarlo. Sentì un altro lamento, e capì di essere vicino alla bestia. Adesso il bosco taceva. Avanzò ancora fra i cespugli, fino a una radura. A un tratto il silenzio fu lacerato da un rantolo. Alzò gli occhi, e in mezzo agli alberi vide una sagoma scura ritta su due gambe. La bestia era a una ventina di metri da lui e stava fissando la luna piena, con gli occhi luccicanti d'amore. Sotto quella luce livida il suo pelo brillava come seta. Con le

mani tremanti Filippo accese la torcia, e dopo qualche at-
timo di esitazione gliela puntò addosso. La bestia si voltò
verso di lui. Aveva il muso appuntito e due zanne lunghe
come coltelli da cucina. Dietro la sua schiena si agitava
una coda pelosa. Filippo pensò che doveva prendere in
fretta una decisione, ma la bestia fece un balzo e...

Mi lasciavo andare volentieri a quel linguaggio un po'
enfatico, che di solito mi disgustava. Era solo un gioco.
Battevo sui tasti con il sorriso sulle labbra, senza capire
da dove sbucassero le parole. Le vedevo apparire sullo
schermo una dopo l'altra, come sassolini presi uno a
uno da una buca profonda. Era una storia rocambole-
sca, ma a suo modo spirituale. La caccia al lupo mannaro aveva molto a che fare con i rivolgimenti dell'anima
di Filippo.

All'improvviso mi bloccai, non trovavo più i sassolini. Nulla di male. Chiusi il file, lo salvai sul drive USB e
me ne andai a letto. Erano quasi le tre. Accesi la luce
sul comodino e cercai di leggere, ma non riuscivo a seguire la storia. Ero un po' agitato. Mi resi conto di non
aver mai smesso di pensare a Rachele, e nemmeno a Camilla. Era stata una giornata piena di sorprese e di emozioni. Infilai un dito fra le pagine e mi lasciai andare il
libro sulla pancia. Mi misi a guardare le crepe dell'intonaco e le travi del soffitto, che ormai conoscevo a memoria.

Dovevo ancora mettere a posto gli ultimi tasselli, ma
ero sicuro di aver scoperto il mistero delle stragi di polli. Pensai se fosse il caso di andare dal maresciallo a rac-
contargli la mia illuminazione. Forse era giusto farlo.
Finalmente tutto il paese avrebbe saputo che i lupi
mannari non c'entravano nulla con i polli sgozzati. Si
trattava solo di una povera malata di mente che in quel
sangue cercava conforto. Mi dispiaceva dover smasche-

rare la follia di Rachele, mi sembrava di tradirla. Lei mi aveva dimostrato la sua fiducia lanciandomi quella pallina di carta con i disegni, e io la vendevo ai carabinieri. Ma forse era meglio anche per lei che la verità venisse a galla. Se andava avanti così, prima o poi un contadino le avrebbe sparato addosso.

C'era anche un altro motivo. Se le mie congetture erano giuste il suo male aveva un'origine precisa, e alla luce di questa consapevolezza uno psichiatra avrebbe potuto aiutarla... e forse guarirla. Perché no. Si doveva avere fiducia nelle risorse della mente. Ma la fine di quel mistero avrebbe avuto anche effetti più generali. Alla Casa del Popolo avrebbero ricominciato a parlare di vendemmie e di appostamenti ai cinghiali, e ovviamente delle topone che sculettavano in TV. Le donnine che facevano la spesa dalla Marinella non avrebbero più sussurrato frasi smozzicate per alludere a mostri misteriosi. Tutti i paesi là intorno sarebbero sprofondati nella tranquillità... almeno finché un'altra storia orribile non avesse fatto nascere nuove leggende. O forse era tutto inutile. La vita isolata di quei borghi medievali riusciva a creare leggende mostruose anche da un rospo schiacciato sulla strada. Era un'abitudine ben radicata, che nessuno poteva cancellare. Un modo come un altro per dare spessore all'esistenza. Feci uno sbadiglio, un po' annoiato da quei pensieri. Aprii di nuovo il libro, anche se mi sentivo molto stanco. Prima di addormentarmi mi piaceva leggere almeno una pagina. Era come darsi una pettinata al cervello. Dopo un po' mi accorsi che rileggevo le frasi due o tre volte. Mi si chiudevano gli occhi, ma mi sforzai di continuare. Volevo arrivare alla fine del paragrafo e mettere il segno. A un tratto sentii una specie di sospiro nella stanza, e abbassai il libro. Quello che vidi mi tolse il respiro. Dalla parte opposta della stanza, seduto sopra una sedia, c'era Franco. Aveva le gambe accavallate e un sorriso ironico sulle labbra. Mi guardava.

«Franco...» mormorai, tirandomi un po' su.

«Sto bene» disse lui.

«Che bello vederti.» Non avevo nessuna paura, anzi ero contento.

«Ti piace questa casa?» mi chiese lui.

«È magnifica... anche se in effetti... be', qua intorno succedono cose strane.»

«Lo so, lo so. Comunque ti sei sbagliato, il lupo mannaro dei polli non è Rachele.»

«Tu come lo sai?»

«Be'...» disse Franco. Alzò le labbra e scoprì due zanne degne di un lupo, facendo un ringhio sordo e prolungato... a quel punto mi svegliai. Guardai la sedia dov'era seduto Franco, ma era vuota. Mi sentii deluso. Avrei voluto parlare ancora con lui, nonostante le zanne. Mi passai una mano sulla faccia. Ero piuttosto rimbecillito. A un tratto sentii un rumore venire da fuori, proprio sotto la mia finestra... una specie di ringhio, seguito da un borbottio. Capii che il sogno di Franco era nato da quei rumori. Doveva essere il vento che muoveva qualcosa, ma non ne ero per niente sicuro. Rimasi immobile ad ascoltare, con il cuore accelerato. All'improvviso si alzò in aria una specie di lamento, e mi si gelò il sangue. Spensi la luce, mi alzai dal letto e a tentoni andai a spiare dalle persiane chiuse. Non vidi nulla di strano. L'aia era rischiarata dalla luna, e la macchina era al suo posto. Aiutandomi con l'accendino andai in una stanza sul retro. Aprii piano la finestra e trattenendo il respiro incollai gli occhi alle stecche delle persiane. Nulla di nulla, solo erbacce e sassi. Stavo per tornare in camera... a un tratto dall'angolo della casa vidi sbucare un'ombra, che si allontanò in direzione del bosco. Era una figura umana con un grande cesto di capelli sulla testa. Rachele, pensai. La sagoma passò accanto al fico e continuò a camminare. Senza fare rumore socchiusi appena le persiane per guardare fuori. Sotto la luce incerta della luna vidi l'ombra che si allontanava nel campo, curva in avanti, e mi sembrò di sentire nel naso un odore di circo. L'ombra era ormai lontana. Passò accanto al tronco nodoso di un grande olivo, chinò la testa per passare sotto ai rami e sparì dentro il bosco. Per un attimo pensai di uscire e di seguire quella *cosa*, ma cambiai subito idea. Restai con l'occhio alla fessura a spiare la campagna. Era tutto tranquillo. Quando sentii in lontananza un cane che latrava chiusi la finestra e tornai in camera. Accesi una sigaretta, e la fumai camminando su e giù per la stanza. Chissà se la giornata era finita o mi aspettavano altre sorprese.

Schiacciai con forza la cicca nel posacenere e m'infilai sotto le coperte, lasciando la luce accesa. Anche se ormai ero convinto di sapere come stavano le cose, quella figura umana che si muoveva nella notte mi aveva fatto un certo effetto. Il maresciallo poteva dire quello che gli pareva, ma dopo una scena così credere ai lupi mannari era più che naturale. Ci avrei creduto anch'io, se non avessi avuto in mente una spiegazione diversa. Rachele. Era lei l'uomo lupo. La notte se ne andava in giro a mordere la pancia alle galline, e prima o poi si sarebbe presa una fucilata...

Prima di andare dal maresciallo Pantano avrei fatto volentieri due chiacchiere con la signora Rondanini. E soprattutto mi sarebbe piaciuto parlare con Rachele... il lupo mannaro di Fontenera.

La mattina dopo mi svegliai prima del solito, con un pensiero fisso in testa. Presi un caffè al volo e montai in macchina. Arrivai sulla provinciale e voltai a sinistra. Il cielo era biancastro, e faceva quasi freddo. Nella vallata c'era ancora un po' di nebbia, ma il sole la stava già dissolvendo. La campagna ancora bagnata di brina luccicava come fosse cosparsa di diamanti. Era davvero un posto magnifico. Mi dispiaceva che Franco non avesse potuto goderselo nemmeno per un giorno. Risentii la sua voce nelle orecchie, *Ho affittato una casa in campagna*. Quella mattina non potevamo sapere come sarebbe andata a finire. Lui adesso era un mucchietto di cenere, e il suo amico Emilio era alle prese con i misteri di Fontenera.

Dopo qualche chilometro voltai nella stradina che portava alla casa dei Rondanini. Parcheggiando nell'aia vidi Rachele immobile nel vano della solita finestra, ma un attimo dopo non c'era più. Spensi il motore e scesi. Mi guardai intorno. Avevo ragione. Una finestra si affacciava sopra il tetto del fienile, e vicino al muro c'era un albero. Rachele poteva scappare quando voleva. Le bastava calarsi dalla finestra, camminare sulle tegole e scendere a terra appendendosi ai rami dell'olivo. Aveva tutta la notte a disposizione, e sua nonna non avrebbe mai scoperto nulla.

Mi avvicinai alla porta e bussai. Con tutto quel silenzio ero sicuro che la signora mi avesse già sentito. Ancora non sapevo cosa le avrei detto. Bussai ancora. Dopo un po' sentii girare la chiave. La porta si aprì e apparve la signora Rondanini, più vecchia che mai.

« Buongiorno, signora. »

« Cosa vuole? » Mi fissava, diffidente.

« Vorrei parlare con lei, se non è troppo disturbo. »

« Di cosa? »

« Le rubo solo un minuto. »

« Ci lasci in pace. »

« Ho una cosa molto importante da dirle. Riguarda sua nipote. »

« Mia nipote è pazza. »

« Vorrei parlarle proprio di questo » dissi. Lei mi guardò per qualche secondo, poi si fece da parte per lasciarmi entrare. Sembrava rassegnata a sopportarmi. In fondo era meno dura di quello che sembrava.

« Non ho molto tempo, sto facendo la marmellata » disse. In effetti nell'aria si sentiva un forte odore di frutta cotta. La seguii lungo il corridoio. Entrammo nella stessa sala dove avevo aspettato Camilla. Mi sembrò ancora più tetra. Le finestre erano sprangate, e da un angolo arrivava la luce giallina di una lampada.

Ci sedemmo una di fronte all'altro. La signora Rondanini appoggiò le mani sul pomo del bastone e mi piantò gli occhi addosso, aspettando che mi decidessi a parlare. Riordinai in fretta le idee e cominciai.

« Mi deve scusare se le ricordo una brutta storia, ma purtroppo non posso fare altrimenti... »

« Cosa vuole? »

« Ho motivo di pensare che sua nipote abbia assistito a... » Mi bloccai. Forse dirlo così era troppo brutale. Ma la signora aveva capito benissimo.

« Mia nipote dormiva » disse la signora, categorica.

« Forse no... forse si era nascosta sotto il letto dei genitori, e quando il cane lupo ha... »

« Dormiva! » m'interruppe lei.

« Signora Rondanini... Sono convinto che prima di quel brutto giorno Rachele fosse una bambina normale. »

« Non è vero. »

« Mi ascolti, la prego. Forse Rachele ha visto tutto e ha subito un trauma... Magari potrebbe essere curata. »

« Non ho altro da dirle. »

« Comunque sia, non credo che a sua nipote faccia bene stare sempre chiusa in casa » mi azzardai a dire.

« Ho la marmellata sul fuoco » fece lei. Si alzò aiutandosi con il bastone.

« Se non è troppo disturbo vorrei salutare Rachele » dissi, restando seduto. La signora sussultò e i suoi occhi torvi si dilatarono per un lungo istante, come spinti da dentro.

«Sta dormendo» disse.

«L'ho vista un minuto fa, era affacciata alla finestra.»

«Non può venire» disse lei, tormentando il pomo del bastone. Mi alzai, cercando la frase giusta per convincere la signora a farmi vedere sua nipote.

«Voglio solo farle un saluto» dissi alla fine, rassegnato a non trovare di meglio... In quel momento si aprì una porta e apparve Rachele, pallida come sempre, con le braccia fasciate e il fazzoletto annodato stretto sotto il mento. Appena mi vide abbozzò un sorriso.

«Ciao Rachele» dissi.

«Vai in camera tua» disse sua nonna. Rachele la guardò, senza espressione. Poi alzò un braccio e la indicò.

«Non è stato Buch... tu lo sai... tu lo sai...» disse. La nonna cominciò a tremare e alzò in aria il bastone.

«Vattene in camera tua!» Urlò così forte che sentii una fitta nelle orecchie. Ma Rachele non si mosse. Abbassò soltanto il braccio, i suoi occhi diventarono duri come pietre. Seguivo la scena con apprensione. La signora respirava forte, e il suo mento peloso ballava leggermente. Stavamo tutti e tre in silenzio. Rachele mi guardò, piegando appena le labbra come per sorridere, ma nei suoi occhi mi sembrò di leggere una disperazione infinita.

«Vuoi dirmi qualcosa?» dissi con un tono tranquillo. La signora Rondanini si voltò di scatto e mi guardò sbalordita.

«Esca subito di qua sennò chiamo i carabinieri» disse, con una voce cavernosa che non mi sarei mai aspettato. La ignorai e mi rivolsi di nuovo a Rachele.

«Se non è stato Buch, allora chi è stato?» le chiesi, per assecondarla... Prima ancora di finire la domanda vidi con la coda dell'occhio il bastone della vecchia che si alzava, e se non avessi fatto un passo indietro mi sarebbe arrivato sulla testa. Sentii un fischio accanto all'orecchio, la vecchia perse l'equilibrio e cadde in terra con un tonfo. Rachele fece una risatina. Non c'era nulla da ridere, era stata una brutta caduta. Mi avvicinai alla signora per aiutarla a rialzarsi.

«Tutto a posto?»

«Se ne vada!» gridò lei, allontanandomi con una mano. Si aggrappò alla spalliera di una poltrona e cominciò a tirarsi su con movimenti goffi, come una tartaruga caduta sulla schiena che cerca di voltarsi. Se fosse stato un altro momento avrei sorriso anch'io. Appena la signora fu in piedi, Rachele fece una cosa che mi diede i brividi... imitò il ringhio di un cane, e subito dopo cominciò a mordersi le braccia come se volesse staccarsele. Il bianco delle bende si macchiò di rosso e sua nonna si mise a battere la punta del bastone sul pavimento.

«Smettila! Smettila! Smettila! Smettila!» urlava, seguendo il ritmo dei colpi. Non era una scena piacevole. Mi sudavano le mani. A un tratto mi squillò il cellulare nella tasca dei pantaloni, e per un attimo quel suono mi riportò al mondo normale, dove le persone camminano per la strada, vanno al cinema e mettono su famiglia. Nonna e nipote erano prese dalla loro guerra, in un pianeta lontano. Rifiutai la chiamata senza guardare chi fosse. Magari era Camilla, ma non mi sembrava il momento adatto per invitarla a cena. Rachele continuava a mordersi le braccia, e sua nonna non smetteva un secondo di battere il bastone sul pavimento e di gridare «Smettila! Smettila! Smettila!»

Finalmente Rachele si fermò, con le bende rosse di sangue, e come se nulla fosse uscì dalla stanza. La signora mi guardò con odio.

«Adesso è contento?»

«Rachele può essere curata, ne sono certo» dissi ancora, credendoci solo a metà. La signora si avviò verso il corridoio senza dire più nulla, sbattendo il bastone a ogni passo. La seguii fino alla porta d'ingresso.

«Arrivederci» dissi uscendo.

«Addio» fece la vecchia. Stava per chiudere la porta, ma in quel momento si alzò in aria un pianto lamentoso e si bloccò. Per qualche secondo restammo in silenzio ad ascoltare i guaiti di Rachele, guardandoci negli occhi.

«Mia nipote non piange mai... è colpa sua» disse la signora fra i denti, poi chiuse la porta senza sbatterla. Mi allontanai dalla casa di qualche passo e alzai gli occhi. Rachele non c'era, ma dalla finestra aperta arrivava il suo pianto disperato. Anni e anni di quella vita. Forse mi sbagliavo, non era più possibile curarla. Provai a chiamarla un paio di volte a bassa voce, ma non si affacciò. A un tratto nel vano della finestra apparve sua nonna, che chiuse i vetri facendo un gran rumore. Forse era arrivato il momento di andarsene.

Montai in macchina e partii con calma. Allontanarmi da quella casa fu come uscire da un sarcofago. Rachele mi faceva sempre più pena. Viveva rinchiusa in quella cascina tenebrosa dove il tempo sembrava non avere nessun significato... Ma in fondo nessuno poteva sapere con certezza cosa fosse meglio per lei. Forse portarla via da quell'inferno equivaleva a ucciderla.

Il sole si stava alzando in un cielo velato, e nei campi si vedevano già i colori dell'autunno. Pensai a com'era diversa la campagna quando arrivava la notte, a come si trasformava. Era poco più di un mese che abitavo a Fontenera, ma ormai vedevo tutto con altri occhi. La prima bucolica impressione si era presto sbriciolata di fronte alle piccole verità quotidiane, e quei vigneti inondati di sole non riuscivano più a incantarmi. Era come se un velo nero si fosse steso su quella bellezza.

I turisti che si lanciavano alla scoperta del Chianti si godevano le dolci colline e le pittoresche case dei contadini, senza immaginare cosa potevano nascondere.

Mi ricordai della chiamata e guardai il cellulare. Come speravo trovai il numero di Camilla, e la richiamai. Rispose dopo molti squilli.

« Ciao, scrittore. » Sembrava allegra.

« Scusa per prima, ma non potevo rispondere. »

« Come stai? »

« Ho bisogno di parlarti. »

« Che è successo? »

« Ho scoperto chi è il lupo mannaro... »

« Cos'hai fumato? » fece lei, ridendo.

« Non sto scherzando. Vieni a cena da me e ti racconto tutto » dissi, sperando di incuriosirla. Ci fu una lunga pausa, e pensai che fosse caduta la linea.

« Ci sei? »

« Sono qui... »

« Non ti sentivo più. »

« A che ora? »

« Va bene alle nove? »

« Spero di farcela. Ma non ho capito bene dove abiti. »

« È facilissimo. » Le spiegai come arrivare a casa mia. Non poteva sbagliarsi, avrebbe visto la mia macchina parcheggiata sull'aia.

« C'è qualcosa che non mangi? » chiesi.

« Gli uomini. »

« Peccato... »

« Devo riattaccare, ci vediamo stasera. »

La dottoressa Camilla aveva detto sì. Ero emozionato come un ragazzino alle prese con il primo reggiseno, e la campagna mi sembrò subito meno cupa.

Accesi la radio per sentire il notiziario. La solita lagna di politica interna, i finti battibecchi dei potenti, le notizie dall'estero, l'economia... Un uomo era stato trovato morto in una cava di pietra con le mani tagliate, giù in Calabria, e in un incidente di lavoro a Torino erano morti tre operai per asfissia. Viva l'Italia. Quando cominciarono a parlare di moda spensi la radio.

Prima o poi tutti i TG nazionali avrebbero dato la notizia che lo scrittore Emilio Bettazzi aveva smascherato il killer dei pollai di Fontenera, e magari avrei venduto una valanga di libri. Ma ancora non me la sentivo di andare a parlare con il maresciallo. Dovevo avere pazienza. C'era qualcosa che mi sfuggiva, e soprattutto non avevo nessuna prova. *Coglionate*, avrebbe detto Pantano.

Anche le voci di villa Rondanini mi ossessionavano, ma come diceva mio nonno era meglio fare una cosa per volta. Adesso dovevo concentrarmi su Rachele. E se fosse stata proprio lei dieci anni prima a uccidere quel ragazzo tedesco in mezzo al bosco? Poteva farlo di nuovo, in qualsiasi momento. Se non la fermavo in tempo avrei avuto un morto sulla coscienza.

Innanzitutto dovevo mettere un po' di ordine nei miei pensieri. Sentivo il bisogno di raccontare a qualcuno tutta la storia da cima a fondo, per vedere se reggeva. Camilla andava benissimo. Abitava nella zona, conosceva luoghi e persone... e soprattutto mi piaceva.

Arrivai a Fontenera e m'infilai nell'alimentari della Marinella. Mi stupii di non trovare nessuno in coda, era la prima volta.

«Cosa le do?» fece lei, impassibile. Comprai cose buone per cena, compresa una bottiglia di vin santo del contadino. Mi resi conto che per i vini rossi mi sarebbe toccato andare a Siena. Non potevo invitare una donna e stappare un sangiovese da un euro e settanta. Mentre la Marinella faceva il conto su un foglio di quaderno presi in mano un barattolo di carciofini sott'olio, e lei alzò la testa.

«Metto anche quella?»

« Stavo solo leggendo l'etichetta... Conosce la signora Rondanini? »

« La conoscono tutti. » Continuò a fare il conto, borbottando numeri.

« Sua nipote Rachele... è *così* dalla nascita o da quando è morta sua mamma? »

« Che ne so. » Non si degnò nemmeno di alzare la testa.

« Dei polli sbranati cosa ne pensa? »

« Nulla. »

« Non sarà un lupo mannaro? » buttai lì, come se nulla fosse. La Marinella mi piantò addosso i suoi occhi storti. Passò un lungo secondo.

« Vuole altro? »

« Mi pare di no... »

« Quarantadue e venticinque. » Batté lo scontrino e lo lasciò cadere dentro il sacchetto. Pagai in silenzio. Era inutile insistere, non mi avrebbe detto nulla. Mentre uscivo mi scontrai quasi con la bella ragazzina demente. Sua madre si scusò con me e la strattonò per un braccio.

« Santamadonna! Non puoi guardare dove metti i piedi? »

Mi scostai per lasciarle entrare e rimasi sulla soglia. La poveretta mi guardava. Aveva sandali da bambina e una gonna blu a mezza coscia che le stava benissimo. La salutai con un cenno, e lei borbottò qualcosa storcendo la faccia. Era davvero una bestemmia che il suo cervello non fosse cresciuto insieme al resto. Se avesse avuto la luce giusta negli occhi... poveri maschietti.

La Marinella mi lanciò un'occhiata sospettosa, e me ne andai. Passai da casa a posare la spesa e ripartii per Siena a caccia di vini decorosi. Mi sembrava un secolo che non invitavo una donna a cena, e guidando sulla

Chiantigiana mi misi a cantare una vecchia canzone di Battisti.

Alle nove e un quarto Camilla non era ancora arrivata. Avevo apparecchiato in cucina, con i piatti più belli che avevo trovato nella vetrinetta. I due calici da vino erano diversi, ma in campagna era normale. Avevo anche acceso un bel fuoco. L'acqua per la pasta bolliva da troppo tempo, e la cambiai. Mi sedevo, mi rialzavo, controllavo l'ora, guardavo le fiamme che consumavano il legno. Avevo acceso un paio di lampade negli angoli, e la luce era piacevole. Mancava solo lei.

Alle nove e mezzo spensi l'acqua e ci lasciai sopra il coperchio. Ogni tanto davo un'occhiata alla tavola apparecchiata, per vedere se era tutto a posto. Dovevo mettere il cucchiaino per il dolce tra il bicchiere e il piatto, anche se il dolce non c'era? I tovaglioli erano più belli piegati a rettangolo o a triangolo? Cercavo solo di ammazzare il tempo. Non volevo chiamarla sul cellulare, per non fare la figura dell'impaziente. Prima o poi sarebbe arrivata.

Misi altri due tronchetti di legna nel camino e uscii sull'aia. L'aria era umida, e faceva piuttosto freddo. L'estate era proprio finita. La luna era quasi piena, e quella sera sembrava grandissima. Non riuscivo a stare fermo. Passeggiavo su e giù, guardando l'orologio ogni quindici secondi. Possibile che alla mia età fossi ancora a quel punto? In lontananza un cane cominciò a uggiolare in un modo che straziava il cuore. Dalle colline intorno risposero altri cani, e nella valle si levò un coro di dolore. Era facile credere alle leggende, in una notte come quella.

Tornai dentro e salii al primo piano. Mi affacciai alla finestra di camera mia. Uno dopo l'altro i cani smisero di lamentarsi, e tornò il silenzio. Lontanissime, due civette si rispondevano a intervalli regolari. I campi inondati di luce lunare erano cupi come nelle peggiori fiabe, e per questo bellissimi. Immaginai di camminare in mezzo alle vigne per godermi lo spettacolo, anche se sapevo che non l'avrei mai fatto. Non a Fontenera.

Dopo un po' chiusi le persiane e tornai di sotto. Uscii di nuovo sull'aia, e ripresi a camminare su e giù come un galeotto. Forse non sarebbe venuta. Non l'avrei mai più vista. Mi aveva preso in giro... Ero peggio di un adolescente affogato negli ormoni.

Alle nove e quarantadue sentii in lontananza il rumore di un motore, e subito dopo vidi un'onda di luce muoversi tra gli olivi. Corsi dentro con il cuore accelerato. Non volevo farmi trovare sull'aia ad aspettarla, come un innamorato ansioso. Nascosto dietro la porta sentii la macchina che si avvicinava. Appena il motore si fermò, in punta di piedi tornai in cucina. Aspettai di sentirla bussare, e con passo tranquillo andai ad aprire.

«Scusa il ritardo» disse lei entrando.

«Quale ritardo?»

«Che bella casa.» Tremava un po' dal freddo. Era bellissima. Jeans e scarpe basse, trucco leggerissimo. La guidai in cucina, sperando di non avere sulla faccia lo stesso sorriso idiota che mi sentivo nel cervello.

«Che bel fuoco...» disse lei. Era un ottimo inizio.

«Fame?»

«Muoio.»

«Fra dieci minuti si mangia. Un po' di vino?»

«Volentieri, grazie.» Si avvicinò al camino per scaldarsi le mani. Alzai la fiamma sotto la pentola. Riempii i calici di Teroldego e ne passai uno a Camilla. Penne alla polpa di granchio. Speravo di stupirla. Lei si sedette sul divano.

«Cos'è questa storia del lupo mannaro?»

«Bisogna che ti racconti tutto dall'inizio, sennò non capisci...»

« Comincia subito. » Mi fissava con due bellissimi occhi neri.

« Ti chiedo solo un favore. Niente commenti fino alla fine. »

« Giuro. »

« Bene. » Buttai la pasta e cominciai a raccontare, cercando di essere più chiaro possibile. Procedevo lentamente, per darle il tempo di riflettere. La sagoma umana che correva tra gli olivi, il maresciallo Pantano, la signora Rondanini, l'ispezione alla villa, la copia delle chiavi...

Ci sedemmo a tavola, davanti alla pasta fumante. Continuai a parlare con calma, senza tralasciare i particolari. Camilla mi ascoltava senza aprire bocca. Guardavo le sue labbra rosse e immaginavo di metterci sopra le mie.

Dopo la macedonia stappai la bottiglia di vin santo. Riempii due bicchierini tozzi e andammo a sederci sul divano, davanti al caminetto. Continuai il mio racconto, mentre le fiamme illuminavano il suo viso. Era un momento magico, che non si sarebbe mai ripetuto.

Al secondo bicchiere arrivai alla fine della storia. Dopo qualche attimo di silenzio mi alzai, e mi misi a camminare su e giù dietro la spalliera del divano.

« Ora che sai tutto ti riassumo la storia. Rachele ha cinque anni. Una sera si nasconde sotto il letto dei genitori e vede il cane lupo, Buch, che sbrana sua madre. Ovviamente subisce un trauma, e si chiude in se stessa. La sua mente è incapace di elaborare quella terribile verità, che per anni resta sepolta nel suo inconscio. Nella sua psiche si crea una specie di equilibrio malato. Da una parte le immagini della tragedia che cercano di venire a galla, dall'altra la coscienza di Rachele che vuole cancellarle. Forse è tutta qui la sua demenza. Due forze che combattendosi si annullano, senza lasciare spazio a nient'altro. Ma andiamo avanti. A un certo punto, per chissà quale motivo, l'equilibrio si spezza. Dall'inconscio di Rachele emerge una pulsione nuova, una volontà incontrollabile che la spinge a rivivere l'orrore che ha visto da bambina. E così la notte scappa da casa e vaga per la campagna, uccidendo dei poveri animali da cortile... Allora, che ne pensi?» Ero ansioso di sentirmi elogiare, ma Camilla era accigliata.

«Be'...» Non disse altro.

«Be' cosa?»

«Credi davvero che Rachele vada in giro di notte a...»

«Perché no?» la interruppi. Lei bevve un sorso di vino, pensierosa.

«Non so, mi sembra tutto così strano...»

«Dovevi vedere come si mordeva le braccia.»

«Questo non dimostra che sia lei a uccidere le galline.»

«L'ho anche vista due volte girovagare di notte nella campagna... sono quasi sicuro che fosse lei.»

«Hai detto *quasi*.»

«Un tributo all'imponderabile.»

«Non so...» ripeté lei, per niente convinta. Si mise a fissare il vuoto. Mi riempii di nuovo il bicchiere e restai in piedi. Ero un po' agitato.

«Se ci pensi bene non fa una piega. Sono successe spesso cose del genere. Ti ricordi il mostro russo che mangiava i bambini? A otto anni aveva visto divorare il fratellino, e dopo un sacco di tempo...»

«Non mi ricordare quella storia» disse Camilla con una smorfia. Andai a sedermi sul divano accanto a lei, e le riempii il bicchiere.

«Dimmi la verità. Credi davvero che Rachele sia nata demente, come dice sua nonna?»

«Non ho elementi per pensarla diversamente.»

«Nemmeno dopo quello che ti ho raccontato?»

«Ammetterai che non è facile crederci.»

« Ero convinto di sì. »

« C'è anche chi è convinto di essere Napoleone... » rise lei. Finsi di non aver accusato il colpo.

« Andiamo avanti. So che esiste il segreto professionale, ma quella notte che ti ho accompagnato dalla signora Rondanini, eri andata per lei o per Rachele? Non è una semplice curiosità, fai conto che sia un'indagine. » Aspettavo la risposta con aria drammatica, ancora scosso dal suo scetticismo. Camilla ci mise un po' a rispondere.

« E va bene, in fondo è una cosa da nulla... La signora mi ha detto che da qualche tempo non riesce più a dormire. Voleva un sonnifero, e le ho dato una scatola di compresse che avevo nella borsa. »

« Secondo me le schiaccia con un cucchiaio e le scioglie nell'acqua di sua nipote. Forse si è accorta che la notte scappa di casa e cerca di impedirglielo » dissi, cercando di trovare appigli alla mia teoria. Camilla fissava le fiamme che si agitavano nel camino, mordendosi le labbra. Mi alzai per mettere altra legna sul fuoco, sperando che la bella dottoressa non se ne andasse troppo presto. Tornai a sedermi accanto a lei, un po' più vicino di prima.

« E di quelle voci su alla villa cosa ne pensi? »

« Penso che devi cambiare pusher. » Sorrise.

« Credi che mi sia sbagliato, come dice il maresciallo? »

« Potrebbe essere... »

« Ti assicuro di no, ho sentito bene un uomo e una donna che litigavano. Una classica scenata di gelosia. »

« Ma la villa è disabitata da secoli. »

« Appunto. Magari ci sono i fantasmi. »

« Ma dai... »

« Trovami un'altra spiegazione. »

« Hai ancora le chiavi della villa? »

« Certo. »

« Andiamoci insieme. »

« Se ci tieni tanto... Domattina sei libera? »

« Io dicevo adesso. »

« Adesso? »

« Hai paura? »

« Macché paura... solo che non ho voglia di prendere freddo. » Mentivo.

« Io invece ho paura, ma mi piacerebbe andarci lo stesso. »

« Anche con questa luna? »

« Non è ancora piena... »

« Però è bella grande. »

« E allora? Noi lo sappiamo bene che i lupi mannari non esistono... e nemmeno i fantasmi. »

« Certo, ma preferisco stare di fronte al fuoco a bere vin santo. »

« Anche io, però vorrei andarci lo stesso » ripeté lei, staccando la schiena dalla spalliera. Alla luce della fiamma i suoi occhi neri luccicavano di curiosità e di paura. Non avevo mai visto una ragazza bella come lei. È vero, l'avevo pensato altre volte, ma non con quella intensità. Lei aveva qualcosa di veramente speciale...

« Allora? » disse lei. Non volevo deluderla, e soprattutto non volevo fare la figura del fifone.

« Andiamo. » Vuotai il bicchiere in un sorso e mi alzai. Un vero uomo.

Uscimmo di casa e montammo sulla Fiesta. Guidavo io. Salivamo su per la collina senza dire una parola, con le ruote che slittavano sui sassi. Eravamo tesi. Fuori dalla luce dei fari dominava il nero del bosco.

Parcheggiai davanti al cancello della villa. Accesi la torcia e scendemmo, scambiandoci brevi occhiate. Aprii il lucchetto ed entrammo nel giardino. Ci avviammo sulla ghiaia affiancati, sfiorandoci le spalle a ogni passo.

«Devo ammettere che fa un certo effetto» bisbigliò Camilla.

«È solo suggestione.» Lo dissi soprattutto per me stesso. A un tratto lei si attaccò al mio braccio e indicò il buio.

«Che c'è laggiù?» sussurrò, facendomi sobbalzare. Puntai la torcia e vedemmo un gatto che scappava. Ma ormai il cuore mi batteva nelle tempie.

«Non farlo mai più» dissi tra i denti.

«Scusa, ho visto un'ombra e...»

«Sssst.»

Arrivammo al portone senza fiatare, tendendo le orecchie. Aprii senza far tintinnare le chiavi e c'infilammo nella villa. Camilla mi stava appiccicata come una zecca. Trattenendo il fiato salimmo al primo piano. Era la terza volta che giravo l'angolo di quel corridoio.

«La stanza è questa» sussurrai. Spinsi la porta, e rimanemmo fermi sulla soglia. Illuminai per lei quello che avevo già visto due volte... il letto, le chiazze sul pavimento, gli schizzi sugli intonaci, le impronte delle scarpe che avevano camminato sul sangue. Per ultimo il cappio, che pendeva dal soffitto come una minaccia. Camilla si era attaccata di nuovo al mio braccio, e in quel momento era la sola cosa che mi piacesse. La invitai a entrare nella stanza, e avanzammo insieme. Fingevo di essere rilassato, ma non vedevo l'ora di andarmene. Le indicai l'impronta della manina sul muro, poi illuminai il pavimento per farle vedere quelle che a me sembravano tracce di scarpette da bambina.

«Sì, potrebbero essere...» bisbigliò Camilla.

«Ormai sono quasi certo che quel giorno Rachele si era nascosta sotto il letto.» Parlavamo sottovoce, come fossimo a teatro.

«Continuo a sperare di no» disse lei.

«Anch'io, certo. Ma se invece ho ragione... forse conoscendo la vera causa del suo male, qualcuno potrebbe tentare di guarirla. »

« Non ci giurerei. »

« Nemmeno io, ma non ci si deve sempre rassegnare al destino. » Continuai a illuminare per terra, con la sensazione che mi stesse sfuggendo qualcosa. Camilla seguiva la luce che correva sul pavimento, stringendomi il braccio. A un tratto capii cosa c'era che non tornava.

« Cazzo... Oh, scusa. »

« Non ti preoccupare, so cosa significa » sussurrò Camilla. Non mi sembrava il caso di aprire una discussione sull'argomento.

« Guarda bene. Non ti sembra che manchi qualcosa? » Feci scorrere la luce della torcia sul pavimento, nello spazio tra le due pozze di sangue più grandi, quella accanto al letto e quella lasciata dal cane.

« Le orme dello yeti? » fece lei.

« Dico sul serio, guarda... Non c'è una sola impronta del cane. »

« E allora? »

« Pensaci bene. Un cane sbrana una donna e non si macchia nemmeno le zampe di sangue... Non c'è una sola impronta di Buch, da nessuna parte. Ti sembra normale? »

« Non so... Secondo te che vuol dire? » Era un po' agitata, e le misi un braccio intorno alle spalle.

« Può significare solo una cosa. Il cane lupo è stato ucciso appena è entrato nella stanza, proprio lì, dove c'è quella macchia scura. Per questo non ha camminato sul sangue. »

« Scusa, mi stai dicendo che a uccidere la mamma di Rachele non è stato Buch? »

« Esatto. »

« E allora chi è stato? »

« Non lo so. Ma lo dice sempre anche Rachele... *non è stato Buch, non è stato Buch...* »

«Ti faccio presente che Rachele è malata di mente.»

«Non importa. Domani torno dalla signora Rondanini e la metto alle corde.»

«Perché non la lasci in pace, povera donna?»

«Vorrei, ma è più forte di me.» Era vero. Ormai quella faccenda mi ossessionava, più di quanto avrei mai immaginato. E ancora di più dopo quell'ultima scoperta. Se davvero Buch non c'entrava nulla, dietro la tragedia dei Rondanini si nascondeva qualcosa di ancora più orrendo. Magari un omicidio premeditato, oppure un raptus di follia suicida della povera donna. Cominciavo a pensare che in quei dintorni le malattie mentali fossero un prodotto locale.

«Andiamo via» sussurrò Camilla, tirandomi per un braccio.

«Perché non dormiamo qui?» Volevo fare il simpatico. Lei mi tirò più forte e ce ne andammo.

Uscire all'aria aperta fu un grande sollievo, anche se il giardino buio faceva più paura di prima. Lo attraversammo in fretta e uscimmo dal cancello. Richiusi il lucchetto. Dal bosco arrivavano strani rumori, come di grossi animali che si muovevano tra i cespugli.

«Cinghiali...» dissi, sperando di non sbagliarmi. Montammo in macchina e scendemmo giù per il sentiero, senza parlare. Non facevo che pensare a Rachele. Ero sempre più convinto che avesse assistito all'uccisione di sua mamma, e che fosse proprio quella la causa del suo stato mentale. Non era nata pazza.

In cucina l'aria era tiepida, ma il fuoco era quasi alla fine. Misi sulla brace un paio di ciocchi belli grossi, sperando di vederli consumare insieme alla dottoressa. Ci sedemmo sul divano e riempii i bicchieri. Camilla sorrise.

« Ho l'impressione di non essermi mai mossa da questa stanza. »

« Forse è davvero così. Ti va un po' d'erba? »

« Mi ci vuole proprio... » Feci una canna e cominciammo a passarcela. Continuammo a parlare di Rachele e di polli sbranati, di fantasmi, di lupi mannari, di libri, di film, di cucina... Spiavo i particolari del suo viso... la fronte, le orecchie, le sopracciglia, il naso, il mento, la bocca... mi fermai sulla bocca. Bevvi un sorso, appoggiai il bicchiere sul pavimento e mi alzai. O la va o la spacca.

« Alzati un attimo. » Ero immobile di fronte a lei.

« Perché? »

« Solo un attimo... »

« Spero che ci sia un buon motivo. »

« Per saperlo devi alzarti in piedi. »

Camilla si alzò con un sospiro. Le presi il viso tra le mani. Mi guardava con un sorriso strano, come se potesse manovrarmi come un burattino. Avvicinai la bocca alla sua, e lei non si mosse. Allora la baciai, senza stringerla. Volevo essere delicato. Le nostre lingue sapevano di vino e di sigaretta. Quando mi staccai lei si rimise a sedere.

« Mi hai fatto alzare solo per questo? »

« Posso anche farti vedere la mia collezione di farfalle. »

« Ne hai una portatile? »

« No, purtroppo è in camera mia... »

« Non scopo mai al primo invito » disse lei, sorridendo.

« Problemi morali? » chiesi, per fare il simpatico. Ero anche un po' imbarazzato dalla sua franchezza.

« Spero che non sia una domanda seria. »

« Guarda che nemmeno io scopo al primo invito. »

« Attento a non voltare la testa, potresti sbattere il naso contro il muro. »

«Non ci credi?»

«Meno che ai lupi mannari» disse lei, sempre sorridendo. Forse lo sapeva che il suo sorriso mi annebbiava la vista. Mi tirò giù per un braccio e mi baciò di nuovo. Una volta sola. Poi guardò l'ora e si alzò.

«Domattina devo svegliarmi presto» disse, con il tono più normale del mondo. Non era per niente sconvolta dalla potenza dei miei baci.

«Quando ti rivedo?»

«Andiamo sempre peggio, casanova... Se continui così posso dialogare da sola.»

«Sono un po' arrugginito» dissi arrossendo. Lei si mordicchiò le labbra, consapevole del suo potere. Prese il giubbotto e ci avviammo verso il grande distacco.

La Fiesta era ricoperta da un velo di umidità. Accanto alla portiera aperta ci baciammo ancora, questa volta stringendoci forte. Sentire quel corpicino tra le braccia mi fece sentire un gigante cattivo. La luna era bellissima, e in quel momento il lupo mannaro ero io.

«Il vino era davvero buono» disse Camilla, liberandosi dai miei tentacoli.

«Che poesia. Dopo una frase così posso anche morire.»

«Anche la pasta era ottima.»

«Come sei romantica...»

«Dico sul serio. Non immaginavo che un animale di sesso maschile potesse arrivare a tanto.»

«I soliti pregiudizi. Anch'io per anni ho pensato che le donne non avessero l'anima.»

«E avevi ragione» disse lei entrando in macchina.

«I maschi hanno *sempre* ragione.»

«Buonanotte, casanova.»

«Sogni d'oro.» Il rumore della portiera segnò la fine di tutto.

Rimasi a guardare la Fiesta che si allontanava sulla strada sterrata, pensando che Camilla non aveva mostrato nessuna curiosità per le vere opere del grande Emilio Bettazzi. Forse non lo faceva mai al primo invito.

Appena aprii gli occhi il primo pensiero fu lei, Camilla. Rivedevo le sue labbra rosse, gli occhi neri e pungenti, il culo stretto nei jeans. Dopo averla pensata fino alle quattro di notte giocando al solitario, l'avevo anche sognata. *Instrumentum diaboli*. Chissà Franco come se la rideva, vedendomi così stordito da una donna. Dovevo decidermi a lavorare, invece di baloccarmi con tutto quello che mi passava davanti. Non bastavano i fantasmi e i lupi mannari, ci mancava anche Camilla. Ero venuto quassù per lavorare, e invece mi ero addormentato continuando a immaginare le mosse del solitario... il re di fiori va qui, il due di picche lo metto là...

Mi consolavo pensando che il romanzo, se c'era, maturava nel suo nascondiglio anche durante le ore perdute. Poi un giorno sarebbe uscito fuori e si sarebbe fatto prendere. Ma ad essere sinceri non ci credevo più di tanto. Ero distratto da mille cose come un bambino dalla palla e non riuscivo a concentrarmi, era questa la verità. Stavo perdendo tempo dietro a un sacco di cazzate, soprattutto dietro a una femmina che non scopava al primo invito. Non ne valeva la pena. Cercai di convincermi che Camilla non fosse poi quella gran fica, ma non era facile.

Erano quasi le nove. Mi rotolai giù dal letto e andai a lavarmi la faccia con l'acqua fredda. Chissà dov'era Camilla in quel momen...

Spazzai l'aria con una mano e giurai che per tutto il giorno non l'avrei cercata, e nemmeno pensata. Toccava a lei chiamare. E se non lo avesse fatto, peggio per lei. Aprii la finestra per cambiare l'aria e mi affacciai fuori. Durante la notte aveva piovuto. Il cielo era foderato di nuvole scure, ma non mi fece nessuna tristezza. Avevo baciato Camilla...

Basta, avevo detto che non l'avrei pensata. Bevvi in fretta un caffè, finii di vestirmi e montai in macchina. Infilai nello stereo una sonata di Chopin e alzai il volume. Musica sublime, che mi ricordava l'esistenza di una civiltà occidentale al di là delle colline.

Al bivio con la provinciale voltai verso Fontenera. Prima di andare a rompere le scatole alla vecchia Rondanini volevo fare un salto dal maresciallo Pantano, per chiedergli se poteva farmi leggere il verbale della tragedia. Sentivo il bisogno di fare un passo avanti. Forse in quei documenti avrei trovato un particolare capace di confermare le mie ipotesi, oppure di smontarle. Ero sempre più convinto di aver visto giusto, ma era meglio non dare nulla per scontato.

Arrivai in paese e parcheggiai nella piazzetta della chiesa. In giro non c'era quasi nessuno. Qualche vecchia e grossi gatti con le orecchie spezzate. Solo ogni tanto mi era capitato di incrociare ragazzotti con l'aria da bulli e ragazzine truccatissime che sfrecciavano sugli scooter. Non li trovavo mai seduti da qualche parte a chiacchierare. Probabilmente scappavano nei paesi vicini o a Siena per cercare un po' di movimento.

In un vicolo, sei o sette bambini giocavano a pallone sull'asfalto. Mi domandai se conoscessero l'infernale PlayStation, il mostro elettronico che minava i cervelli dei bambini del mondo opulento. Non solo dei bambini, a dire il vero. Poi mi dissi che forse non sapevano chi fosse Molière o Mozart, ma la PlayStation la conoscevano di sicuro.

Una donna grassa si affacciò alla finestra canticchiando, per stendere un orrendo tappetino sul davanzale. Mi lanciò un'occhiata diffidente e tornò alle sue faccende. Ero ancora uno straniero, lo volessi o no.

Girai per i vicoli finché non vidi sopra un portone la

scritta *Carabinieri*. Davanti c'era una Panda blu con il lampeggiante sul tetto. Suonai. Aspettai. Finalmente si aprì uno spioncino quadrato e vidi due occhi.

«Desidera?» disse una voce. Riconobbi l'appuntato Schiavo. Lo salutai e gli chiesi del maresciallo.

«È andato in una fattoria qua vicino» disse Schiavo, senza aprire la porta.

«Ancora galline sgozzate?»

«Conigli.»

«Quando torna?»

«Questo non posso saperlo.»

«Più o meno?»

«Prima di Natale» disse Schiavo, ridacchiando. Era uno specialista di battute spiritose.

«È una cosa importante. Non può chiamarlo con la radio?»

«Dica pure a me, che poi riferisco.»

«Preferirei parlare con il maresciallo.»

«Come vuole» fece lui, e richiuse lo spioncino.

Tornai alla macchina e uscii dal paese. Era arrivato il momento di andare a trovare la signora Rondanini. Dovevo convincerla ad ascoltarmi... ma come? Con la persuasione? O era meglio un attacco frontale? *So con certezza che non è stato Buch a uccidere sua nuora.* Forse lei era l'unica a sapere la verità.

Guidando lungo la provinciale continuavo a rimuginare, assalito da mille dubbi. La cosa più sensata da fare era lasciar perdere tutto e non disturbare più nessuno, ma la smania di sapere era più forte della ragione. Dovevo andare avanti a ogni costo. In un attimo di esaltazione immaginai che il destino mi avesse spinto su quelle colline proprio per questo, per svelare i misteri di Fontenera... e un secondo dopo ripiombai nel dubbio. Magari stavo sbagliando tutto. Non dovevo frugare nel passato di quella famiglia, stavo andando a stuzzicare un equilibrio che reggeva da decenni. Poi pensavo:

se a uccidere la mamma di Rachele non è stato Buch, allora chi è stato? E perché? Come? Volevo conoscere la verità. *Fatti non foste a viver come bruti...*

Quando arrivai alla cascina dei Rondanini trovai una sorpresa. Un gigantesco fuoristrada polveroso parcheggiato di traverso sull'aia. La finestra di Rachele era chiusa. Spensi il motore e rimasi ad aspettare in macchina, per non accavallare le visite. Volevo parlarci a quattr'occhi, con la vecchia. Per ammazzare il tempo cercai di scrivere mentalmente una paginetta, senza risultati.

Finalmente dopo venti minuti si aprì la porta e uscì un uomo un po' grasso, che riconobbi. Era il vicesindaco di Montesevero. La signora Rondanini si era fermata sulla soglia, appoggiata al bastone, e guardava dalla mia parte. Il vicesindaco la salutò con un piccolo inchino e salì sul fuoristrada. Appena mise in moto scesi dalla macchina e rimasi in piedi accanto alla portiera, a guardare le manovre di quel carro armato. Dopo un'occhiata sospettosa, il vicesindaco se ne andò giù per la stradina. Aspettai di vederlo sparire dietro la prima curva e mi avviai verso la signora Rondanini, che era rimasta sulla porta a controllarmi. Mi fermai di fronte a lei sforzandomi di sorridere.

« Buongiorno. »

« Cosa vuole ancora? » Mi studiava, forse per capire quanto fossi pericoloso.

« Se non mi sbaglio era il vicesindaco » dissi, per prenderla larga.

« È un pidocchio rivestito » si fece sfuggire lei.

« Mi pare di capire che non le sta molto simpatico... »

« Ho da stendere i panni. » Era sempre molto indaffarata.

« È suo parente? »

« Non lo dica nemmeno per scherzo. »

109

«Se lo detesta tanto, come mai viene a trovarla?»

«Non sono affari suoi.» Stava per chiudere la porta, e mi affrettai a parlare.

«Signora Rondanini... Ho assoluta necessità di parlare con lei.»

«Lasci in pace questa casa» mormorò lei, gelida. La fissai dritta negli occhi.

«Sono convinto che sua nipote dica la verità. Non è stato Buch a uccidere la sua mamma.» Ecco, l'avevo detto. La vecchia dilatò gli occhi, fece un passo in avanti e accostò la porta alle sue spalle. Non voleva che Rachele ci sentisse.

«Lei non sa quello che dice» sussurrò furibonda.

«Se le dicessi che lo posso dimostrare?»

«Ci lasci vivere in pace.»

«Lei sa bene che ho ragione...» azzardai.

«Non ho altro da dire.»

«Sono io che ho molte cose da dire, se lei si degnasse di ascoltarmi.»

«Non m'interessa.» S'infilò in casa.

«Aspetti...»

«Se ne vada.» Chiuse la porta e sentii tirare i paletti. Mi sentivo un rompicoglioni, ma non riuscivo a rassegnarmi. Non potevo lasciarla andare via così. Bussai di nuovo. La porta non si aprì. Allora bussai più forte.

«Signora Rondanini» urlai. Bussai ancora più forte, con la mano aperta. A un tratto la porta si spalancò e la signora uscì fuori come un toro, costringendomi a indietreggiare. Aveva gli occhi infiammati.

«Non si vergogna?» sussurrò esasperata. Mi sentivo uno stronzo, ma continuavo lo stesso.

«Perché non vuole ascoltarmi?»

«Addio.» Si voltò per rientrare in casa.

«Aspetti... È possibile che Rachele esca di notte senza che lei se ne accorga?» dissi in un fiato, prima che sparisse dietro la porta. Lei s'irrigidì e si voltò di nuovo verso di me.

« Perché vuole saperlo? »

« Ho seri motivi per credere che sua nipote vada in giro di notte per la campagna a... »

« Non è possibile. »

« Come fa a esserne sicura? » Ero convinto che mi avrebbe chiuso la porta in faccia, invece mi guardò con occhi addolorati.

« Rachele è sempre stata sonnambula. Durante la notte chiudo tutte le porte dall'interno e le chiavi le tengo sempre appese al collo » disse con la voce stanca, appoggiandosi una mano sul seno. Voleva fare il mastino, ma era solo una povera vecchia demolita dal dolore.

« Non potrebbe darsi che... »

« No » m'interruppe, di nuovo dura. Sembrava sincera. Forse era arrivato il momento di lasciarla in pace.

« Scusi il disturbo. Arrivederci. »

« Addio. » E chiuse la porta.

Mi avviai verso la macchina appesantito dalla tristezza. Comunque stessero le cose, quella casa era una tomba.

Stavo per aprire la portiera quando sentii una specie di fischio. Mi voltai e vidi Rachele affacciata alla sua finestra. Aveva il solito fazzoletto annodato sotto il mento, e mi faceva dei cenni con le mani. Mi avvicinai di nuovo alla cascina, cercando di interpretare quei segni. Sembrava che m'invitasse ad andare sul retro della casa. Costeggiando il muro arrivai dalla parte opposta. Sentii un bisbiglio e mi avvicinai a una finestra bassa, protetta da un'inferriata. Di là dalle sbarre c'era Rachele, con lo sguardo acceso. Mi sembrava di essere nei *Promessi sposi*.

« Lo vuoi sapere un segreto? » sussurrò lei, lanciando un'occhiata furtiva alle sue spalle.

« Certo... »

« Anche io sono un lupo mannaro » disse, come se

fosse la cosa più divertente del mondo. Nonostante le sbarre feci un passo indietro.

«Lo so.» Allora era proprio lei che sbranava galline e conigli, lo aveva appena confessato.

«Però è un segreto, e non lo devi dire a nessuno.»

«Non lo dirò a nessuno.»

«Anche Buch viene a trovarmi, ogni tanto.»

«Sono contento.» Sudavo.

«Lo so che è morto, è stata la nonna a spargli nella testa. Bum. Ma Buch mi ama, e la notte esce da sotto terra e viene a trovarmi.»

«Che cagnolino gentile...»

«Mmmm, che bello il mio Buch» fece lei, dondolandosi come una bambina.

«Quando c'è la luna piena vai a correre nei boschi?»

«Quella schifosa della luna sta sempre lassù.»

«Ti piacerebbe toccarla?»

«Questo non te lo posso dire...»

«Perché?»

«Perché no» disse lei, sorridendo. Si sentì la voce della signora Rondanini, ovattata dai muri.

«Racheleeee... Dove sei?»

«Tua nonna ti chiama» dissi. Rachele si morse le labbra e chiuse la finestra con un tonfo.

«Racheleeee...»

Corsi fino alla macchina e me ne andai facendo slittare le ruote sui sassi. Non dovevo scordarmi le cose belle della vita. Annullai il giuramento e provai a chiamare Camilla. Aveva il cellulare staccato.

Tirai dritto fino a Fontenera, per fare un po' di spesa. Ormai mi capitava spesso di vedere facce conosciute. Nessuno mi salutava, ma ci scambiavamo lunghe occhiate.

Appena scesi dalla macchina sentii il suono ovattato di una banda che suonava una marcia. Entrai dalla Marinella. C'era un sacco di gente in coda, non solo donnine, anche un paio di uomini. Ma il borbottio era lo stesso di sempre. Ormai in paese avrei dovuto conoscere tutti, invece ogni volta spuntava fuori qualcuno che non avevo mai visto. Salutai, ma nessuno mi rispose. Solo occhiate, come sempre, ma più diffidenti del solito. Forse si era sparsa la voce che ficcavo il naso in cose che non mi riguardavano. Anche la Marinella mi sembrava più scostante degli altri giorni.

«Chi è che suona?» chiesi a tutto il negozio.

«La banda, fanno le prove» disse una donnina.

«Le prove per cosa?»

«Non lo sapete?»

«Cosa?»

«Domani c'è la festa...»

«Quale festa?»

«Il patrono» fece la Marinella, scattivando un grosso salame.

«Che santo è?» chiesi.

«Sant'Agostino» dissero tutte in coro.

«Ah, mi piace un sacco sant'Agostino.» Lo dissi sorridendo. Le donnine mi guardavano per capire se dietro le mie parole si nascondesse qualcosa di sacrilego, e per lasciarle nel dubbio mi chiusi in un sibillino mutismo. Aspettai il mio turno. Comprai, pagai e andai.

La vita di paese era difficile, per uno straniero. Ci sarebbero voluti anni per conquistare quelle donnine avvizzite che avevano disperso la loro giovinezza nei campi.

Appena arrivai a casa accesi il fuoco. Dopo mangiato mi sedetti sul divano davanti al caminetto, con un libro in mano. Ero in campagna, dovevo rilassarmi. Anche per quello ero venuto a vivere quassù, per fare una vita tranquilla, leggere bei romanzi e lavorare serenamente. Anche se non lo sapeva, Franco mi aveva fatto un regalo. Prima di tornare in città volevo sfruttarlo nel migliore dei modi.

Ma la mia testa continuava a macinare. Avevo di nuovo mille dubbi su tutto. Era proprio Rachele il killer dei pollai? Ero confuso. Non volevo restare impigliato in ipotesi che non avevano nessun fondamento. Sentii un pensiero che tentava di farsi largo in mezzo agli altri. Cercai di tirarlo fuori, ma non si faceva prendere. Avevo come l'impressione che nel meccanismo delle mie supposizioni ci fosse un ingranaggio che girava a vuoto. Forse avevo solo bisogno di far riposare il cervello. Aprii il libro e andai avanti a leggere per un bel pezzo.

Alle cinque uscii a fare due passi. Quelle lunghe passeggiate in mezzo alla natura avrebbero dovuto rilassarmi, ma ci riuscivano solo in parte. O forse per niente. Avevo sempre in testa quelle maledette domande. Evitai la villa e feci un lungo giro in mezzo ai campi. Quando vidi il sole abbassarsi sull'orizzonte tornai a casa.

Rollai una canna e andai a fumarla affacciato alla finestra di camera. C'era uno di quei tramonti che fanno sentire l'uomo piccolo e insignificante. Contro il cielo rosso fuoco si stagliava la linea ondulata e scura delle colline, ricoperte di boschi. Aspettai che il sole fosse sparito dietro l'orizzonte e andai in cucina a riaccendere il fuoco. Perché Camilla non telefonava? Mi sdraiai sul divano e mi addormentai.

Mi svegliai alle nove e mezzo con la testa pesante. Mangiai qualcosa davanti alla TV, saltando da un canale all'altro senza interesse. Dopo la frutta spensi il televisore. Misi altra legna nel camino e mi allungai sul divano per leggere un po'. Aprii il libro. Dopo appena mezza pagina mi tirai su di scatto.

«Cazzo...» dissi a voce alta. Come avevo fatto a non pensarci prima? Che idiota. E che figura di merda con Camilla...

La figura umana che vagava di notte nei campi non

poteva essere Rachele. La spiegazione era semplice, e io ero un coglione. Dalla cascina dei Rondanini all'oliveto dove avevo visto quella sagoma la prima volta, c'erano più di quindici chilometri. Avevo visto Rachele poco prima, forse mezz'ora. Nemmeno un campione olimpionico su una pista di terra battuta ce l'avrebbe fatta. Di notte in mezzo ai campi era un'impresa impossibile. Insomma non poteva essere Rachele. Ma allora chi avevo visto? Chi era?

Non riuscivo a stare fermo. Mi alzai in piedi e mi misi a camminare su e giù a piccoli passi, con le mani in tasca. L'avevo fatta troppo facile. Avevo preso tre cose separate tra loro, e le avevo messe insieme come se fossero unite da una logica inoppugnabile: la tragedia della villa, l'ombra che correva nella notte, i conigli sbranati. Tirare le somme era stato fin troppo semplice. E come ci credevo, alle mie cazzate... Ma erano proprio tutte cazzate?

Stavo già cercando di salvare il salvabile. Non dovevo scoraggiarmi. A volte anche gli errori potevano portare alla verità. Cos'era successo, in fondo? Avevo scoperto che la figura misteriosa non era Rachele... E allora? Nulla impediva che lei scappasse dalla finestra e andasse in giro a staccare la testa alle galline. Le due cose non si escludevano. Ero così affezionato alla mia teoria che facevo di tutto per salvarla.

Ma la vera domanda era un'altra: chi diavolo era quella creatura che si aggirava nella notte? Mi ricordai di quando l'avevo vista passare sotto le mie finestre, e mi tornò in mente un particolare. Salii al primo piano e andai ad affacciarmi alla stessa finestra di quella sera. La luce livida della luna schiacciava delicatamente la campagna. Prima di sparire fra gli alberi la *creatura* era passata sotto i rami di un grande olivo, e mi ricordavo bene che aveva chinato la testa. Bastava dare un'occhiata da vicino a quell'olivo, e avrei saputo più o meno la sua altezza.

Avrei potuto farlo con comodo la mattina dopo, alla luce del sole... ma la curiosità era troppo forte. Mi feci coraggio e uscii di casa con la torcia in mano. La luna non era ancora piena, ma sembrava enorme. Nel silenzio si sentiva un cane abbaiare in lontananza, e a momenti il vento frusciava tra gli alberi. Facendomi strada con la torcia camminai in fretta fino al grande olivo. Quando illuminai il ramo sentii un vuoto allo stomaco... Avrei potuto passarci sotto con un cappello da cardinale sulla testa. Se la creatura era stata costretta a chinarsi, doveva essere alta più di due metri. Un gigante.

Mi accorsi di avere le mani un po' sudate... Magari i lupi mannari esistevano davvero. Altro che polli e conigli, in quella campagna era stato ammazzato un ragazzo tedesco, non dovevo dimenticarlo. Sentii un rumore di cespugli dentro il bosco e tornai in fretta verso casa, illuminando tutto intorno.

Mi chiusi dietro la porta e feci scorrere i paletti, come la signora Rondanini. Non mi stava facendo bene, la campagna. Ci mancava anche il gigante... Come avevo fatto a confonderlo con Rachele?

Mi sedetti davanti al camino con un bicchiere di vin santo, e mi misi a guardare il fuoco. Immaginai la vecchia Rondanini che girava per casa con le chiavi appese al collo, e mi sentii opprimere dalla tristezza. Dovevo smetterla di pensare a quelle cose, almeno per un po'.

Guardai l'ora. Non era poi così tardi, e provai a chiamare Camilla. Era irraggiungibile. Probabilmente in tutti i sensi. Due o tre baci non volevano dire nulla. Per me sì, ma per lei magari no.

Le scrissi un messaggio: *Appena puoi chiamami, anche tardi, c'è una grossa novità.* Appoggiai il cellulare sul divano, sperando che suonasse presto. Un ciocco ancora troppo fresco sputava fumo denso, soffiando come un serpente. Tic... Tac... Tic... Tac... Tic... Tac... Tic...

Com'è che aveva detto Rachele, mentre chiacchieravamo allegramente di lupi mannari? *Uno viene spesso sotto la mia finestra, siamo amici.* Non poteva che essere quel gigante. A meno che...

Quando mi svegliai, nel camino era rimasta solo la brace. Mi sentivo a pezzi. Fuori era ancora buio. Camilla non aveva telefonato. Andai in camera a spogliarmi e m'infilai a letto. Spensi la luce. Volevo dormire, ma la testa aveva ricominciato a camminare da sola. Aprii gli occhi e mi misi a fissare il buio. C'erano davvero i fantasmi nella villa? Rachele aveva visto uccidere sua madre? E da chi? E quelle povere galline? E il gigante?

Dovevo fare un passo alla volta, con calma. Separare le cose e ripartire dall'inizio, senza dare nulla per scontato. Basta chiacchiere, era arrivato il momento di fare sul serio. Con metodo.

Volevo sapere se Rachele di notte riusciva a evadere dalla sua prigione? Bene. Innanzitutto dovevo verificare la questione principale: era davvero possibile uscire da quella finestra, camminare sul tetto del fienile, calarsi giù dall'albero... e soprattutto fare il percorso all'inverso? Dovevo andare a controllare.

E i fantasmi della villa? Come potevo fare a capirci qualcosa? A un tratto mi venne un'idea, mi alzai e andai a collegarmi a internet. Il bello della Rete era che non esisteva un orario di ufficio. Dovetti cercare per una mezz'ora, ma alla fine sul sito di una certa *Elektra-International* trovai quello che cercavo: una radio-spia. Sembrava una cosa seria. Due trasmettitori ad alta sensibilità, piccoli come un pacchetto di svedesi e alimentati da batterie a lunga durata (*una settimana di autonomia!*, assicuravano), corredati di magnete al neodimio, adesivo multiuso e gancetti di vario genere, per ogni più diversa esigenza. Un caricabatterie a doppia sede con indicatore di livello di carica. Un ricevitore auricolare, e un secondo ricevitore a due canali con connettore USB per registrare i suoni captati sul computer. Fino a cinquecento metri di portata in campo aperto. Non si capiva da quale parte del mondo spedissero i loro prodotti, ma garantivano la consegna in tre o quattro giorni lavorativi. Duecentodieci euro più le spese. Nemmeno troppo.

Poteva funzionare. La villa era a metà della collina. Per arrivarci a piedi ci volevano quasi venti minuti, ma in linea d'aria non doveva essere a più di duecento metri da casa mia. Ordinai la radio-spia della *Elektra-International*, pagando con la carta di credito. Un altro piccolo passo.

Mi affacciai alla finestra per guardare l'alba, con il giubbotto chiuso fino al collo. Chissà cosa avrebbe detto mia madre, se avesse saputo come passavo il mio tempo. Una luce verdognola aveva appena schiarito il cielo all'orizzonte, e il bosco cominciava già a svegliarsi. Davanti a quello spettacolo sentii come sempre un brivido di esaltazione accompagnato da una infinita sensazione di inutilità. La vita non aveva alcun senso, ma ugualmente ognuno riusciva a trovare un motivo per vivere e il mondo continuava ad andare avanti.

Chiusi la finestra lasciando gli scuri aperti e mi sdraiai di nuovo sul letto, senza nemmeno togliermi il giubbotto. Mi addormentai come un sasso.

Mi svegliai con il sole che mi batteva sugli occhi. Mi sembrava di avere una corda di contrabbasso legata intorno alla testa. Stavo facendo una vita assurda. Scesi dal letto barcollando e andai in cucina a fare una nuotata nel caffè. Mancava poco alle dieci.

Dopo una lunga doccia telefonai alla stazione dei carabinieri, e chiesi di parlare con il maresciallo Pantano. Dopo una serie di bisbigli me lo passarono.

« Pronto... »

« Buongiorno maresciallo, la disturbo solo un minuto. »

« Nessun disturbo. » Dal tono sembrava il contrario.

« Le volevo chiedere un favore... »

« Mi dica. »

« Mi domandavo se era possibile dare un'occhiata al verbale di quella brutta storia... quella del cane lupo, su alla villa. »

« Sta scherzando? »

« Perché? »

« Non ne capisco il motivo. »

« Gli scrittori sono come gli avvoltoi, maresciallo. Si cibano di qualsiasi carogna. » Forse una battuta avrebbe ammorbidito la situazione.

« È una storia vecchia e sepolta, dottore. Lasci perdere il passato e guardi avanti. »

« Mi sta dicendo che non posso vedere quel verbale? »

« Se vuole può fare una richiesta scritta al tribunale, ma non credo proprio che otterrà qualcosa. Non sapranno nemmeno in che minchia di scatolone è finito. »

« Ma in caserma non avete una copia? »

« Quindici anni fa c'è stato un allagamento e gli archivi sono andati distrutti. »

« Peccato. » Ero sicuro che mentisse, ma non mi sembrava il caso di insistere.

« La saluto, dottore » disse Pantano.

« Posso farle l'ultima domanda? »

« Dica. »

« Lei sa nulla di un gigante che va in giro di notte ringhiando in mezzo alla campagna? »

« Che minchia sta dicendo? »

« Sto dicendo che ho visto un gigante vagare di notte per i campi... Potrebbe essere lui l'assassino dei polli. »

« Glielo dico io cos'ha visto, un bracconiere a caccia di cinghiali. »

« Se i bracconieri sono alti più di due metri e ringhiano, può essere. »

« Questo è un paese tranquillo, dottore. Lasci stare giganti e fantasmi e si goda l'aria buona. »

« Ha ragione, maresciallo. Solo un'ultima cosa. Davvero non avete mai avuto problemi con i lupi mannari, da queste parti? »

« Come no, pure mia nonna era un lupo mannaro... e anche il mio pappagallo » disse Pantano, senza ridere.

« Ah, lei ha un pappagallo? »

« Parla pure, ma per fortuna non sa usare il telefono. » Feci finta di non aver colto l'allusione.

« Mi sembra di aver capito che non crede nemmeno ai fantasmi... »

« Se ne vede uno gli dica di venire da me, che mi faccio dare i numeri buoni. »

« Non le voglio rubare altro tempo, maresciallo. »

« Stia bene dottore, e non lavori troppo con la fantasia. »

« Farò del mio meglio. Buona giornata. »

« Anche a lei. » Clock. In caserma dovevano avere ancora i telefoni a forcella.

Forse aveva ragione Pantano, era meglio lasciar perdere tutto e mettersi a scrivere. Non ci si poteva fare nulla se Fontenera era una gabbia di matti. Non si salvava nessuno. Nemmeno Camilla... quella povera pazza che non correva da un uomo meraviglioso come me. Avrebbe pagato caro quell'imperdonabile errore, con amare lacrime e notti insonni in preda al delirio. Siccome io invece ero una persona intelligente provai a chiamarla.

Il primo squillo mi mozzò il respiro. Rispose dopo un'eternità.

« Ciao... Ho solo un minuto, poi devo chiudere. »

«Hai avuto il mio messaggio?»

«Ah sì... Cos'è questa grande novità?»

«Te lo dico solo se vieni a cena.»

«Meglio di no, arriverei troppo tardi.»

«Non importa, ti aspetto.»

«Sono commossa...»

«Significa che accetti?»

«Facciamo domani?»

«Benissimo. A che ora?»

«Dopo le dieci.»

«Bene.»

«Ciao.»

Era stato fin troppo facile. Dovevo solo aspettare un giorno... porca miseria. Bevvi un altro caffè. Avrei voluto sedermi davanti al computer per guadagnarmi il pane, ma purtroppo avevo una cosa importante da fare.

Parcheggiai a un centinaio di metri dalla cascina dei Rondanini e continuai a piedi. Il sole era già alto nel cielo, ma l'aria era fredda. Passando dai campi arrivai dalla parte del fienile. Dalla casa non potevano vedermi. Mi fermai di fronte all'albero cresciuto vicino all'angolo del muro. Aveva il tronco rugoso, di un colore scuro. Provai ad arrampicarmi, e per arrivare all'altezza del tetto mi ci volle molta più fatica e più incoscienza di quello che immaginavo. Mi ritrovai abbracciato al tronco, con il respiro grosso e le mani graffiate. Ripresi fiato, e con un ultimo sforzo afferrai un ramo e mi tirai su, con il cuore che mi batteva nelle orecchie.

Il tetto del fienile era troppo lontano per poterci saltare sopra. Era un'impresa da atleti, e non ci provai nemmeno. Osservai con attenzione le tegole. Erano ricoperte di muschio verdognolo dall'aspetto molto scivoloso, e se qualcuno ci avesse camminato sopra sarebbero rimaste delle tracce. Ma era intatto. Dovevo rassegnarmi. Rachele non poteva evadere da casa in quel modo, non ci sarei riuscito nemmeno io. E se invece usciva tranquillamente dalla porta? Magari aveva una copia delle chiavi e sua nonna non...

«Che ci fate costassù?» urlò una voce. Era il contadino con le bretelle rosse.

«Buongiorno.» Sorrisi come uno scemo.

«Che ci fate costassù?»

«Nulla...» Scesi in fretta dall'albero, scorticandomi le mani e un ginocchio.

«Che ci facevate costassù?»

«Guardavo il panorama.»

«Che si monta in codesto modo sugli alberi degli altri?» Sparò anche una bestemmia. Mi spolverai i vestiti con calma. Forse prendendola larga potevo strappargli qualche informazione.

«È andata bene la vendemmia?» dissi, accennando alla campagna.

«Poteva andare meglio.»

«È molto che lavora per la signora?»

«Son qui da sempre.» S'incamminò muovendo la testa come un cane che fiuta la lepre, e gli andai dietro.

«Allora avrà visto nascere Rachele...»

«Ma che son domande da fare?» Altra bestemmia.

«Mi chiedevo solo se prima di quella brutta storia Rachele fosse una bambina normale.»

«Devo governare il ciuco» fece lui, fermandosi. Eravamo arrivati sull'aia. Feci un ultimo tentativo.

«Il vicesindaco è amico della signora?»

«Non so nulla e non voglio sapere» disse bretelle rosse. Mi voltò le spalle e s'incamminò lungo un sentiero di sassi che scendeva in mezzo alla vigna.

«Mi scusi... aspetti un secondo...»

«Devo lavare la gramola, sennò ci resta l'appiccicoso» urlò senza fermarsi. Lo lasciai perdere.

Le persiane di Rachele erano le uniche chiuse. Chissà

se mi stava spiando dalle stecche. Mi avviai verso la macchina, lungo la stradina sterrata. Prima della curva mi voltai indietro, e mi sembrò di vedere la tendina di una finestra che si muoveva. Rachele o sua nonna?

Incrociai una vecchia contadina che saliva. Magra come un bastone, con un fazzoletto variopinto e scolorito legato sotto il mento.

«Buongiorno» dissi sorridendo. La vecchia mi lanciò appena un'occhiata e continuò a camminare. Mi affiancai a lei e tenni il suo passo, che non era poi così lento.

«Mi scusi, posso farle una domanda?»

«Ho fretta... ho fretta...»

«Le rubo solo un minuto...»

«Cos'è che mi rubate?» fece lei, senza guardarmi.

«Nulla, arrivederci.» Mi fermai e rimasi a guardarla arrancare su per la salita. Mi sembrava di essere in un paesino governato dalla mafia. Tornai alla macchina e scesi giù per il sentiero sobbalzando sulle buche, fino alla provinciale.

Guidando verso Fontenera continuavo a riflettere. Se Rachele non poteva scappare da casa, l'assassino dei pollai non poteva che essere il gigante... e io sarei riuscito a dimostrarlo, alla faccia di Pantano. Non sapevo ancora come, ma ce l'avrei fatta. Se il gigante fosse passato un'altra volta sotto le mie finestre l'avrei seguito. Con molta cautela, ovviamente. Sapevo bene che non era un lupo mannaro, ma a conti fatti nemmeno lui doveva avere tutte le rotelle a posto. Due metri di demenza potevano diventare pericolosi.

Ma questa volta sentivo di non sbagliarmi. Era lui il killer delle galline. A volte ammazzava anche topi e lucertole, per portarli in dono a Rachele. Giulietta e Romeo. Avrei dato una mano per vedere quella scena almeno una volta.

Attraversai il paese e mi fermai nel piazzale di Romero. Lui stava spaccando la legna in canottiera, sotto una tettoia di plastica ondulata. Gli andai incontro con un sorriso da cliente affezionato. Romero mi vide e conficcò la scure nel ceppo.

«Quanta ne vuole?»

«Due quintali.»

«Bene.» Riprese l'accetta e continuò a spaccare tronchetti in verticale, con un colpo solo. Stun.

«Lei conosce Rachele, la nipote della Rondanini?»

«E chi non la conosce?»

«Mi chiedevo se prima di quella brutta storia era una bambina normale o se invece...»

«Tanto va la gatta al lardo...» Stun.

«In che senso, scusi?»

«In tutti i sensi.» Stun. Ero sicuro che avrebbe risposto così. Cominciavo a conoscerlo.

«Sa chi ho visto uscire dalla casa dei Rondanini?»

«No.» Stun.

«Il vicesindaco.»

«Sai che novità...»

«Ho avuto l'impressione che la signora non vada pazza per lui.»

«Eeeh, lo so.» Stun.

«Perché?»

«Non lo può vedere.»

«Come mai?»

Stun.

«Sono anni che il dottor Fallani cerca di convincere la signora.»

«A fare cosa?»

«Si è messo in testa di comprare la villa con la meridiana, ma la signora non ne vuole sapere.» Stun.

«Ci va spesso a trovarla?»

«Ci ha fatto il solco.»

«Come mai insiste tanto?»

Stun.

« A sentir lui lo fa per il bene della signora. »

« Perché? » Evitai di chiedere: *in che senso?*

« Dice che alla signora farebbe un gran bene liberarsi di quella villa sciagurata. » Stun.

« Forse non ha tutti i torti. »

« È bugiardo fino al buco del culo. Non gliene frega un cazzo della vecchia, vuole farci degli appartamenti da vendere ai tedeschi. »

« Una speculazione... »

« È il suo mestiere. Tutti i mesi va a rompere i cosiddetti alla signora e aumenta l'offerta di cinque milioni. » Parlava ancora in lire. Stun.

« Si sa a quanto è arrivato? »

« Centonovanta milioni. » Tradussi la cifra in euro: nemmeno centomila. Una miseria. La villa valeva almeno un milione di euro, se non di più.

« È un'offerta ridicola. »

« C'è una filastrocca, qui in paese... (Stun) *Se passi da Fontenera e non rimani inculato, Fallani non c'era o s'era addormentato.* » Stun.

« Molto suggestiva. »

« Per i soldi il dottor Fallani lo metterebbe nel tapanaro anche a sua madre, (stun) ma finché è viva la signora la villa resta dov'è. »

Stun.

La sera andai alla festa del patrono. Sant'Agostino. Un uomo capace di intuire l'inconscio quindici secoli prima di Freud. Chissà cosa avrebbe pensato di Fontenera e dintorni...

Intorno a dieci bancarelle girellava senza meta una folla smisurata di persone vestite a festa. Dovevano essere arrivati anche dai paesi vicini. Porchetta, brigidini di Lamporecchio, torrone, liquerizie arrotolate e altre cose buone per il fegato. Le stesse porcherie di quando ero bambino. Le feste del patrono si trasformavano più lentamente dei dettami della Chiesa.

Camminando fra la gente riconoscevo delle facce, anche se come sempre nessuno mi salutava. Vidi anche la Marinella, Romero e la bella minorata con sua mamma. C'erano perfino due extracomunitari, una cinese che vendeva accendini luminosi e un senegalese più nero delle sue sculture in legno. I movimenti del mondo arrivavano anche su quelle colline. Mancava solo il Nero. Dopo la Casa del Popolo non l'avevo più visto.

Sopra un palco alto un metro c'era la banda. Stavano per cominciare. Mi sentivo bene. Quella festa paesana mi distraeva da Camilla e mi aiutava a far passare il tempo. La banda attaccò a suonare un'aria di Verdi, e tutti applaudirono. Seguì il resto del repertorio fino a *Bella Ciao*, in una versione cadenzata e trionfale, triste come non mai. Quasi mi commossi, e ne fui felice. Da qualche tempo riuscivo a intenerirmi solo davanti a un piatto di pasta. Alzai gli occhi. In alto nel cielo la luna piena dominava su tutto. Era la notte giusta per i lupi mannari, ma in paese facevano festa.

Alle dieci tiro alla fune tra vecchi ubriachi, incitati dalle mogli. Alle dieci e mezzo i fuochi d'artificio, belli come in città. Alle undici e un quarto la piazza si svuotò. La luna era sempre lassù, e per non rimanere in giro da solo tornai a casa.

Riaccesi il fuoco e mi misi a guardare la televisione, fumando canne leggere. Non vedevo l'ora di arrivare al giorno dopo. Ma in fondo era bella anche l'attesa, con la sua carica di desiderio e d'immaginazione. Riempii il bicchiere e mi ritrovai a pensare alle mie donne passate, soprattutto le più lontane nel tempo. Nella marea sbiadita dei ricordi spiccavano momenti indimenticabili, i più belli ma anche i più stupidi. Gli innamorati sono sempre stupidi, è la loro grande forza. Soltanto dopo la sbornia si rendono conto di quanto erano ridicoli.

Adesso ero maturato, riuscivo a sentirmi innamorato e ridicolo nello stesso momento.

E finalmente il giorno dopo arrivò. Appena sveglio sistemai la legna che Romero aveva scaricato accanto alla mia macchina, forse all'alba. Feci due lunghe passeggiate nei campi, una la mattina e una nel tardo pomeriggio, dopo una dormita.

Alle nove accesi il fuoco e preparai la tavola. Misi sul fornello una pentola d'acqua con la fiamma al minimo, e mi sdraiai sul divano con il libro. Avevo dodici stanze ma ne usavo solo tre: la cucina, la camera e il bagno. Cominciai a leggere. Tra una parola e l'altra pensavo a Camilla, e spesso mi toccava rileggere la frase.

Alle dieci e mezzo passate sentii il rumore di una macchina che parcheggiava davanti a casa, e riconobbi la Fiesta di Camilla come un cagnolino che aspetta il padrone. Anche se non si poteva vedere, scodinzolavo. Corsi ad alzare il fuoco sotto la pentola dell'acqua. Feci un bel respiro e andai ad aprire.

«Ciao.» Sembravo l'immagine della serenità.

«Non ce l'ho fatta a venire prima.» Era stanchissima, un po' spettinata, ma nulla poteva offuscare la luce del suo sguardo. Anzi, era ancora più bella. Mi seguì in cucina. Si lasciò andare sul divano, davanti al fuoco. Si tolse le scarpe e tirò su i piedi. Vederla così a suo agio mi elettrizzava. Presi in mano due bottiglie di vino.

«Senti un po'...»

«No, ti prego... Stasera niente lupi mannari» m'interruppe lei.

«Obbedisco.»

«Sei ossessionato.»

«Forse è vero, però adesso volevo solo chiederti se preferisci un Bruciato o un Fonterutoli.» Alzai le bottiglie.

« Scegli tu. »

« Agli ordini. » Stappai il Bruciato, poi magari avrei stappato anche l'altro. Insieme al calice di vino portai a Cleopatra una scodellina con delle schegge di parmigiano.

« Oh, grazie » disse lei, impressionata dalla mia gentilezza.

« Non dirmi che non ti è mai successo. »

« Sempre. Ma mi stupisco ogni volta. »

« Ah, ecco... »

Andai a buttare gli spaghetti, e li girai finché non furono tutti dentro. Quando la schiuma bianca salì oltre il bordo della pentola ci soffiai sopra e abbassai un po' la fiamma. Il fuoco che avevo dentro, invece, non si poteva abbassare.

« Ti sei fissato con quelle storie assurde... » disse Camilla.

« Lo ammetto. »

« Io ho deciso, non voglio farmi coinvolgere da queste cose. »

« Fai bene. »

« E poi stasera ho bisogno di rilassarmi. »

« Giusto. »

« Non sono mica come te. »

« Ci mancherebbe... »

Silenzio. Lei fissava il fuoco passandosi le mani sui pantaloni, vagamente imbronciata. Io giravo un po' la pasta e un po' la salsa di pomodoro. L'unico rumore era quello della legna che bruciava. Detti ancora un'occhiata alla tavola per vedere se mancava qualcosa. Camilla stese le gambe sul divano, occupandolo tutto, e sbadigliò senza coprirsi la bocca. Si comportava come una fidanzata, e invece non sapevo nemmeno com'era il suo seno. Lo intuivo sotto il maglione, doveva essere non grande ma perfetto. Coppa di champagne, le tette che preferivo. Mi piaceva tutto di lei. Gli occhi malin-

conici, ma luccicanti di vita. La voce appena un po'
rauca, quasi infantile ma decisa... e il naso, le orecchie,
le mani...

« Sei sveglio? » disse lei.

« Eh? Mi ero distratto. »

« Dicevo... riguardo a quelle faccende di cui non voglio assolutamente parlare, mi puoi dire solo una cosa? »

« Dipende... »

« Sei stato a trovare la signora Rondanini? »

« Sì. »

« Ci hai parlato? »

« Sì, ma non ho cavato un ragno dal buco. »

« Non voglio sapere altro. »

« Bene, non parliamone più. Ancora un po' di vino? »

« Grazie » sospirò lei. Presi la bottiglia e andai a
riempirle il bicchiere. Lo sguardo mi cadde in mezzo
alle sue gambe, anche perché le teneva leggermente
aperte. Sotto la cucitura dei jeans c'era il tesoro, la caverna oscura che muove l'universo. E tutto intorno c'e-
ra una donna...

« Ti sei incantato? » sorrise Camilla.

« Controllo la pasta... » Arrossendo corsi a girare gli
spaghetti. Ero ancora capace di arrossire, che bello. Tirai su uno spaghetto e lo assaggiai. Erano ancora duri.

« Però ho fatto due chiacchiere molto interessanti
con Rachele. »

« Ah... »

« Scusa, dimenticavo che stasera non vuoi sentirne
parlare. »

« Dimmi solo cosa ti ha detto. »

« Che anche lei è un lupo mannaro. »

« Allora avevi ragione, è Rachele che ammazza le galline » disse lei, tirandosi su.

« No, non è lei. Ho controllato il tetto... »

«Quale tetto?»

«Lascia perdere, ho una notizia molto più interessante.»

«Non so se voglio saperla.»

«Sì o no? Devi decidere.»

«Sentiamo...» fece lei, con l'aria di farmi un favore. In effetti non aspettavo altro, a parte la collezione di farfalle.

«La figura umana che ho visto correre nei campi... non è Rachele.»

«Ah, no?»

«No. È un gigante.»

«Che?»

«Un bestione alto più di due metri.» Le raccontai in due parole come avevo fatto a scoprirlo. Camilla si sdraiò di nuovo.

«Non sei mica normale...»

«Perché?»

«Non fai altro che pensare a quelle storie.»

«Che c'è di male? Voglio solo scoprire come stanno le cose... e prima o poi ci riuscirò. Forse è proprio per questo che il destino mi ha fatto arrivare su queste montagne.»

«Ah, non per me?»

«Anche per te, certo. Per tutte e due le cose. Il destino è generoso, a volte.»

«Non è che stai facendo un corso di seduzione su internet?» Tratteneva a stento il riso.

«Perché?» Ero quasi offeso.

«Be'...» Mi guardava con tenerezza. Era umiliante. Mi affacciai sulla pentola.

«Dev'essere quasi cotta.»

«Se parli di me ti sbagli» disse lei. Feci finta di non aver sentito, ma era stata una pugnalata. La prima volta che la scopavo me le pagava tutte. A ogni colpo di reni le avrei ricordato una delle sue battute. Sarebbe stato bellissimo.

Con aria indifferente tirai su uno spaghetto e lo assaggiai. Mancava poco.

« È pasta integrale, devi beccare il momento giusto sennò scuoce » dissi, con aria da grande cuoco.

« Ti avverto, non scopo mai al secondo invito » disse lei. Restai con uno spaghetto a mezz'aria.

« Senti, parliamoci chiaro. Se credi di portarmi a letto con questi trucchi da quattro soldi ti sbagli di grosso » dissi. Forse avevo fatto la battuta più idiota della mia vita. Mi aspettavo una delle sue frasette taglienti, invece dopo un secondo di silenzio... scoppiò a ridere. Allora forse avevo fatto la battuta più bella della mia vita. Scolai la pasta e ci mettemmo a tavola.

« Ti assumo come cuoco personale » disse Camilla, dopo il primo boccone. Ringraziai con un piccolo inchino.

« Sai che il vicesindaco sta cercando disperatamente di comprare la villa con la meridiana? » buttai lì.

« Ah, sì? Come fai a saperlo? »

« Romero, l'uomo della legna. » Le raccontai che avevo visto il vicesindaco uscire da casa della signora.

« Questo almeno non è un mistero » disse lei, alzando le spalle.

« Chissà... » Guardai le sue labbra che si appoggiavano al bordo del bicchiere, e quando il vino sparì nella bocca sentii un brivido. Avevo una gran voglia di sentire il sapore della sua lingua, anche con gli spaghetti al pomodoro... ma non sapevo se era il momento giusto. Non restava che provare. Mi alzai, feci il giro del tavolo e mi abbassai su di lei per baciarla. Mi lasciò fare, come se fosse una prigioniera che non poteva ribellarsi. La baciai a lungo, e tornai tranquillamente davanti ai miei spaghetti. Bevvi un bel sorso di vino. Lei mi guardava con il sorriso sulle labbra.

«Comincio a pensare sul serio che sei un degenerato.»

«Forse è l'aria di questo paese... Sono tutti un po' strani.»

«Se uno vede tutti strani dovrebbe farsi delle domande importanti.»

«Non faccio altro.»

«Mi servi un po' di vino?»

«Con piacere.» Le versai il vino.

«Ti avverto che l'alcol non mi fa nessun effetto.»

«Ti avverto che non ho mai avuto bisogno di far ubriacare una donna... Mi sa che hai in mente un sacco di stereotipi.»

«Siete voi maschi gli stereotipi. Fate tutti le stesse cose per arrivare alla stessa cosa.»

«Cambiamo discorso?»

«Basta che non parli di licantropi o di polli sbranati...»

«Certo.»

Un minuto di silenzio. La pasta era buona, frutto di esperienza decennale.

«Secondo te chi è quel gigante?» disse lei.

Mi svegliai di traverso sul letto. Camilla se n'era andata verso le due, dopo una serata di chiacchiere e vino. Non avevamo scopato, però ci eravamo dati un sacco di baci. L'ultimo accanto alla sua macchina. Mi sembrava di essere tornato alle medie, ma a dire il vero non mi dispiaceva per niente.

«Dimmi a quale appuntamento scopi, così mi metto l'anima in pace» le avevo detto, prima che chiudesse la portiera.

«Finalmente una domanda sensata» aveva detto lei sorridendo, ma non mi aveva risposto.

Dopo il caffè andai a sedermi davanti al computer,

con l'intenzione di fare il mio dovere. Mi ritrovai a giocare a quel maledetto solitario, aspettando che succedesse qualcosa. Dopo un paio di partite sentii una storia che mi girava nella testa. Aprii un nuovo file e cominciai subito a scrivere, senza mai staccare le dita dalla tastiera. Non avevo idea di come sbucassero fuori le parole, mi sentivo più un dattilografo che uno scrittore. A metà racconto mi venne il titolo, *Tutina bianca*. Alle sei lo avevo finito. Lo stampai e lo rilessi. Non era male. Raccontava di un tipo che veniva preso in giro da una donna. Non mi restava che telefonare a Camilla per invitarla a cena ancora una volta, sperando che accettasse. Era una mossa giusta? Prima di cambiare idea afferrai il cellulare e la chiamai.

«Sono Emilio, ti disturbo?»

«Sto visitando.»

«Vengo subito al dunque. Posso invitarti a cena?»

«Anche stasera?»

«Perché no...»

«Ti annoi, tutto solo?»

«Purtroppo il casinò di Fontenera stasera è chiuso, e così ho pensato a te.»

«A un invito così non si può dire di no.»

«Per che ora ti aspetto?»

«Anche oggi farò un po' tardi.»

«Vieni quando vuoi.»

«Ti devo lasciare.»

«Ciao.»

«Ciao.» Nulla di più semplice. Troppo. Mi aspettavo che da un momento all'altro mi richiamasse per dirmi che aveva cambiato idea.

Andai in cucina ad accendere il camino. Sentivo il bisogno di vedere le fiamme. Mi sdraiai sul divano e mi misi a leggere. Dopo un paio di pagine mi posai il libro sulla pancia. Pensavo al gigante. Avrei dato non so cosa per fotografarlo. Così potevo farlo vedere al maresciallo: *Eccolo qua il bracconiere*, gli avrei detto. Ci sarebbe rimasto come un coglione. C'era solo un problema. Ci voleva una macchina fotografica, magari digitale. A Firenze ne avevo una da poco, a rullini. Forse Camilla...

Le mandai un messaggio, *Se hai una macchina fotografica digitale portala per favore, poi ti spiego. Bacio*. Le avevo scritto più per il bacio che per la macchina.

Alle nove e mezzo apparecchiai la tavola. Camilla non mi aveva risposto. Misi la solita pentola d'acqua sul fuoco, sistemai due ciocchi nel camino e continuai a leggere, cullato dal poderoso tic tac dell'orologio a parete.

Alle undici sentii la macchina di Camilla che si fermava sull'aia. Scodinzolai, alzai la fiamma sotto la pentola e andai ad aprire.

«Oddio che paura...» disse lei entrando. Le tremava un po' la voce.

«Che ti succede?»

«Dammi qualcosa da bere.» Andammo in cucina, e le servii un bicchiere di vino. Camilla bevve un lungo sorso e si lasciò andare sul divano. Inutile dire che era bellissima. Aveva i soliti jeans stretti stretti e un giubbotto di pelle nera.

«Ora ci credo, ai lupi mannari...» sussurrò.

«Sono tutto orecchi.» Ero un po' preoccupato.

«Stavo guidando sulla provinciale... A un tratto mi sono trovato davanti un colosso mezzo nudo, con un cesto di capelli sulla testa...»

«Il mio gigante.»

«Non so come ho fatto a non andargli addosso.»

«Probabilmente avresti sfasciato la macchina...»

«È rimasto immobile davanti al cofano, a guardarmi. Non sapevo cosa fare... Mi sono attaccata al clacson, e finalmente lui si è buttato in mezzo ai campi.»

«Perché non usciamo a cercarlo?» proposi.

«Non ci penso nemmeno.»

«Come non detto.»

«Mi domando come hai fatto a scambiare quel ciclope per Rachele.»

«Era notte, l'ho visto di lontano... e poi si muoveva con agilità, non sembrava così grosso» mi giustificai, anche se sapevo che a ingannarmi era stata la volontà di confermare le mie teorie.

«E se fosse davvero lo yeti?» fece lei.

«Se ti sente il maresciallo ti arresta. Una cannetta?»

«Oh, sì...»

Buttai la pasta, spaghettini De Cecco. Alla carrettiera. Rollai una canna leggera e la passai a Camilla insieme all'accendino.

«Avevi ricevuto il mio messaggio?»

«La macchina digitale?»

«C'era anche un bacio, a dire il vero.»

«A che ti serve?» fece lei.

«Il bacio?»

«La macchina...»

«L'hai portata?»

«Ce l'ho sempre dietro, ma non so se è un granché» disse lei, aprendo la borsa. Tirò fuori una digitale e me la passò. Era una bella Canon a cinque megapixel, con un obiettivo ottico niente male.

«È perfetta. Me la presti?»

«Vuoi fotografarti nudo allo specchio?»

«Voglio fare un servizio sull'accoppiamento dei cinghiali. È tutta la vita che aspetto questo momento.»

«Dai, a che ti serve?»

«Dobbiamo fotografare il lupo mannaro che azzanna le galline» dissi, serio.

«Il gigante?»

«Proprio lui.»

«Vacci da solo, non ci tengo a rivederlo.»

«Come vuoi, ma ti perdi la vera emozione.»

«Ho fame.»

«Dev'essere quasi pronta.» Appoggiai la digitale sopra la credenza e assaggiai la pasta. Mancavano ancora un paio di minuti, e ne approfittai per mettere altra legna nel camino.

«E come fai a fotografarlo?» disse Camilla.

«Semplice. Lo chiamo sul cellulare e gli chiedo un appuntamento.»

«Una bella cena a lume di candela?»

«Già, le candele...» Ne avevo viste un paio, dentro un cassetto. Semplici candele bianche per quando saltava la corrente, ma andavano benissimo. Le accesi e le misi sul tavolo infilate in due bicchierini.

«Come ti sembra?»

«Ci manca solo un teschio nel mezzo, poi è perfetto.»

«Ti sembra così macabro?»

«Ma no, è carino...» Sorrise. Anche lei aveva un cuore, in fondo.

Scolai la pasta, molto al dente, e ci sedemmo a tavola. Le candele facevano il loro effetto. Continuammo a parlare degli arcani di Fontenera, bevendo un ottimo Primitivo.

Dopo cena ci sedemmo sul divano, davanti al fuoco. Le fiamme erano magnifiche, il divano era magnifico, le crepe sui muri e il tic tac dell'orologio erano meravigliosi... e capii che stavo perdendo la testa per quella bella dottoressa dai capelli neri. Calma, Emilio, calma.

Le raccontai della radio-spia che avevo ordinato, e della mia idea di piazzarla dentro la villa con la meridiana. Lei mi guardò con un certo stupore, ma non disse nulla.

Esauriti i misteri di Fontenera mi lasciai andare. Le raccontai di Franco, la nostra amicizia, la sua morte in ospedale e tutto il resto. Mi stavo avventurando lungo una strada che tirava in ballo il Caso e il Destino... a un tratto lei mi si avvicinò e mi prese la faccia fra le mani.

Aveva le dita calde. Mi baciò, poi mi sussurrò all'orecchio.

«Non avevi una collezione di farfalle, in camera da letto?»

«L'ho venduta ieri a un marocchino.»

«Anche il letto?»

«Quello no...»

«Fai una canna, ti aspetto di sopra» fece lei, alzandosi.

«Sai dove andare?»

«Abbi fiducia» disse lei con un sorriso appena accennato, simile a quello della Gioconda. Si avviò verso le scale e non riuscii a evitare di guardarle il culo, stretto in quei jeans micidiali. Rimasi un po' stordito per qualche secondo, poi mi svegliai e cominciai a occuparmi della canna. Non era facile, in quella situazione. Cercavo di fare le cose con calma, ma la fretta era più forte di me. Arrotolai la cartina, la leccai e mi ritrovai in mano la canna più brutta della mia vita. La disfeci e ci provai di nuovo, cercando di concentrarmi. Questa volta mi venne bene. Me la infilai in bocca e salii le scale, con la sensazione di andare incontro al mio destino.

Entrai in camera mia. Camilla era sdraiata sul letto con un libro in mano, e appena mi vide lo chiuse. L'unica luce accesa era la lampada sul comodino, e la stanza era piena di ombre. Mi sedetti sul bordo del letto, le passai la canna e gliela accesi. Lei ne fumò più di metà, poi me la infilò tra le labbra.

«Tutta tua» disse.

«Stai parlando di te?»

Sorrise. Mi abbassai su di lei e la baciai. La sua lingua sapeva di bacco e di tabacco, e lei era Venere. Mi sentivo poetico. Alzai la testa per spegnere la canna nel posacenere, poi mi sdraiai accanto a lei e continuai a baciarla. Cominciammo ad accarezzarci. Si aprì qualche bottone e calarono un paio di cerniere, ma restammo vestiti. Due ragazzini alla scoperta del sesso. Il suo odore mi stordiva. Il cuore mi batteva svelto. Mi sentivo più o meno come da bambino la vigilia di Natale, quando attraverso una porta a vetri vedevo lampeggiare le palline colorate dell'albero. Davanti a me avevo una persona tutta da scoprire, e non sapere quasi nulla di lei era più emozionante di un salto nel vuoto. Riuscivo addirittura a non pensare ai lupi mannari e alle galline decapitate. Un bacio più lungo, poi ci guardammo negli occhi. I suoi luccicavano come sassolini bagnati.

« Starò via qualche giorno, parto domattina. »

« Vai da tuo marito? » chiesi, un po' per gioco e un po' no.

« Vado dai miei, è il compleanno di mia mamma. »

« Sono sicuro che è una donna bellissima. »

« Più bella di me di sicuro. »

Un altro bacio.

« Sai già quando torni? »

« Giovedì. »

« Ma sono quattro giorni... »

« Sopravviverai? »

« È proprio quello che mi domandavo... Meno male che esistono i cellulari. »

« Preferirei il silenzio radio, ho bisogno di riflettere. »

« Su di me? »

« Non sentirti sempre il centro del mondo. »

« Le donne che riflettono mi fanno paura... »

« Perché sei un porco » fece lei, e mi strizzò il naso.

« Preferisco essere un lupo mannaro » sussurrai alzando il labbro di sopra. Lei mi tirò sopra di sé e mi baciò ancora, abbracciandomi con le gambe.

Non scopammo nemmeno quella sera, ma i baci continui e la sua pelle caldissima sotto i vestiti erano un'attesa bellissima... ecco, quando usavo i superlativi voleva dire che mi stavo innamorando sul serio. Speravo di non essere il solo.

Camilla se ne andò verso le quattro. Rimasi a guardare la sua macchina che spariva nel buio della campagna, e continuai a sentire il rumore del motore per almeno un minuto. Poi silenzio. Prima che chiudessi la porta in lontananza si alzò un verso lamentoso, ma non riuscii a capire se era un uomo o una bestia.

La mattina uscii come sempre a camminare, ormai era diventata quasi una droga. Il cielo era coperto, e a momenti veniva giù una pioggerella innocua. Non vedevo l'ora che tornasse Camilla. Telefonai a un paio di amici per dire che ero ancora vivo, e feci fatica a non parlare di lupi mannari.

Dopo mangiato accesi il fuoco e mi allungai sul divano. Mancava solo lei. Aprii il libro, e tra una botta di sonno e l'altra andai avanti a leggere fino alle nove.

Dopo cena infilai nello zaino una bottiglia d'acqua, la macchina fotografica e la torcia. Montai in macchina e imboccai la provinciale verso Fontenera. Il cielo si era aperto, e soffiava un vento caldo che stordiva. Mi ero preparato una canna leggera, e l'accesi. Pregavo tutti gli dei di vedere il gigante e di immortalarlo con la digitale. La luna era stata piena appena due giorni prima ed era ancora grande, alta nel cielo. La sua luce copriva le colline e le vallate con un velo di madreperla.

J.J. Cale accompagnava il mio viaggio notturno nella campagna, a volume bassissimo. Vagavo nelle stradine sterrate in cerca del mostro. Non ero normale. Potevo essere al Noctambule di Parigi con una bella ragazza a bere un calvados, invece setacciavo le colline del Chianti sperando di incrociare un umanoide alto due metri. L'erba stava facendo effetto, e quel paesaggio livido mi appariva magico come quello di una fiaba. Non facevo che pensare a Camilla. Avevo una gran voglia di chiamarla, ma lei aveva detto che *preferiva* di no.

Non volevo fare la figura del bambino. Ero uno che sapeva aspettare, io. Alle tre passate tornai verso casa stanco e deluso, ma deciso a continuare la caccia.

La notte successiva uscii di nuovo in perlustrazione, con la macchina fotografica di Camilla che mi teneva compagnia. Passai per le stesse stradine un'infinità di volte, spiando la campagna. Le case dei contadini emergevano dal buio all'improvviso, misteriose come castelli abbandonati, e ogni tanto al mio passaggio si accendeva il rettangolo di una finestra.

Vidi un branco di cinghiali al margine del bosco, un daino che attraversava la strada, un istrice passeggiare tranquillo. Del lupo mannaro nessuna traccia. Ma quelle notti passate in macchina non erano buttate via, mi aiutavano a far passare il tempo. Contavo le ore che mi separavano da Camilla.

Anche la terza notte uscii per la mia missione. La luna era in fase calante, ma riusciva ancora a rischiarare la campagna. Guidavo lentamente sulla provinciale, con un sottofondo di musica, e imboccavo uno dopo l'altro i sentieri laterali che si perdevano nel buio. Nulla di nulla.

Tornai a casa alle quattro passate, e m'infilai subito a letto. Mi sentivo un po' scoraggiato, ma non volevo darla vinta al maresciallo. Era diventata una sfida tra lui e me, anche se ero il solo a saperlo. Dovevo fotografare il gigante a ogni costo. Prima o poi lo avrei trovato, ne ero più che sicuro. Ci voleva solo un po' di pazienza, e una notte valeva l'altra. Le fasi lunari non c'entravano nulla, non stavo cercando un lupo mannaro... dovevo smetterla con quelle cazzate. Era solo un matto che uccideva galline e conigli. E forse all'occasione anche prede più grosse, come quel ragazzo tedesco. Ci voleva una bella foto ricordo del mostro. Non vedevo l'ora di sbatterla sul muso a Pantano. Che lo volesse o no, sarebbe stato costretto a ringraziarmi. La soluzione di quel caso poteva addirittura fargli comodo per la carriera...

Sdraiato al buio mi misi a riflettere su quello che stavo facendo: andavo in giro di notte nella ridente campagna toscana alla ricerca di un gigante. Mi sentivo ridicolo... E se invece i lupi mannari esistevano davvero? Non stavo mettendo a repentaglio la mia vita?

Ma no, quale lupo mannaro. Magari era un eremita, un dimenticato da Dio. L'unica certezza era che non aveva il cervello a posto. Non restava che dormirci sopra e aspettare il giorno dopo. Ridicolo o no, non mi sarei arreso. Avrei fotografato il mostro. E se Pantano non si fosse dato da fare, ci avrei pensato io stesso a chiarire quella faccenda. Il destino non si sarebbe fermato di fronte a un maresciallo...

Sotto ogni altro pensiero scorreva il viso di Camilla, e non riuscivo a dormire. Vedevo la sua bocca rossa, il suo sorriso scintillante... e mi mordevo le labbra. Vedevo due occhi neri che mandavano luce e spalancavo i miei nel buio. Ancora un giorno e l'avrei rivista, solo un giorno...

Niente, non riuscivo a dormire. Ci voleva un rimedio. Accesi la luce e mi feci una canna potente. Finalmente mi addormentai.

Stavo sognando Franco che camminava sull'acqua a piedi nudi, indicando qualcosa davanti a sé. Guardavo in quella direzione e vedevo delle persone che cadevano dal cielo, producendo dei tonfi sordi che mi facevano una grande impressione... tunf... tunf... tunf... tunf...

Mi svegliai. Qualcuno stava bussando alla porta, e dalla delicatezza delle mazzate non doveva essere Camilla. Il sole filtrava attraverso le persiane. Guardai l'ora, le otto e un quarto.

... tunf... tunf... tunf...

Chi cazzo poteva essere? Il contadino con le bretelle rosse? I testimoni di Geova? Il maresciallo che veniva a interrogarmi sulle mie scorribande notturne?

... tunf... tunf... tunf...

Mi rotolai giù dal letto e sbirciai dalla persiana. Sull'aia c'era un furgone della UPS. Certo, la radio-spia della *Elektra-International*. Aprii la finestra.

« Arrivo » urlai. I colpi cessarono e sentii borbottare qualcosa. Mi vestii in fretta e scesi ad aprire. Era un ragazzo di vent'anni, alto e pallido.

« Mi scusi se l'ho svegliata... Ho visto la macchina e... Sennò poi mi toccava tornare quassù. »

« Hai fatto benissimo. » Firmai e portai il pacco in cucina. Misi la caffettiera sul fuoco, e aprii la scatola come se fosse un regalo di Natale. Sembrava una cosa seria, c'erano anche le istruzioni in italiano. Per prima cosa misi le batterie in carica, e mi accorsi che erano già al massimo. Una ditta seria, la *Elektra*. Bevvi il caffè in fretta e lessi con attenzione il manualetto. Semplicissimo.

Andai a mettere una cimice davanti al televisore acceso, e uscii di casa con il ricevitore auricolare. Si sentiva benissimo. Mi allontanai in direzione della villa. Salutai un contadino e con aria indifferente attaccai la salita. La ricezione era ancora buona. C'era il telegiornale, parlavano di un attentato in Iraq. A un centinaio di metri dalla villa la qualità del suono era peggiorata di pochissimo. Si sentiva un lieve fruscio di fondo, ma riuscivo a capire ogni parola. Stavano parlando di calcio. Quando arrivai davanti al cancello costeggiai il muro di cinta e feci tutto il giro. Ogni tanto c'era una breve interruzione del suono, ma per il resto si sentiva bene. Adesso c'erano le previsioni del tempo. Al centro Italia, sole per i prossimi due giorni.

Tornai a casa e provai anche l'altro trasmettitore, allontanandomi solo di un centinaio di metri. Funzionava bene anche quello. Decisi di andare subito a piazzare i trasmettitori. Montai in macchina e salii di nuovo su per la collina. Parcheggiai la macchina in uno spiazzo, a una cinquantina di metri dalla villa. Mi avvicinai al cancello con le orecchie tese, stringendo le chiavi nella tasca. Si sentivano solo i versi degli uccelli, come sempre. Aprii in fretta lucchetti e serrature e m'infilai in casa. Qualche filo di sole entrava dalle fessure degli scuri, ma non bastava nemmeno per vedere dove si mettevano i piedi. Accesi la torcia. Ogni volta che entravo là dentro mi sentivo stringere l'intestino. Non vedevo l'ora di andarmene, ma al tempo stesso ero catturato dall'emozione... soprattutto quel giorno.

Avanzai nell'ingresso, attento a cogliere ogni minimo rumore. Il brivido della paura mi piaceva, era quasi tonificante, ma se immaginavo presenze ultraterrene correvo a chiedere aiuto alla ragione. Questa lotta mentale mi faceva sudare anche la faccia.

Imboccai le scale. A un tratto sentii un rumore sordo e qualcosa mi passò fra i piedi. Feci un balzo e mi trovai quattro gradini più su. Illuminai le scale. Un ratto grosso come una mano stava scendendo a salti gli ultimi scalini. Se avessi avuto una pistola gli avrei sparato.

Mi asciugai la fronte con la mano e aspettai che il cuore rallentasse un po'. Avevo la bocca secca. Feci un bel respiro e continuai a salire.

Arrivai davanti alla camera maledetta e spinsi piano la porta. Puntai la torcia verso il letto. Quelle vecchie lenzuola insanguinate raccontavano la loro storia per l'eternità. Avevo davanti agli occhi le immagini di quella notte... sentivo nelle orecchie le urla di quella povera donna che veniva sbranata... Ma da chi? Vedevo penzolare quello sventurato di suo marito, con la lingua fuori dalla bocca e gli occhi spalancati... e vedevo una bambina nascosta sotto il letto...

Strinsi i denti e illuminai tutto intorno, cercando il nascondiglio più sicuro per la prima trasmittente. Avevo scelto quella stanza, sicuro che le voci provenissero proprio da lì. Questo pensiero mi fece accapponare la pelle. Dovevo concentrarmi su qualcosa di concreto, allontanare quella sensazione di pericolo che negli ultimi secondi era diventata troppo forte. Fingevo con me stesso di essere tranquillo, fischiettando mentalmente la fanfara dei bersaglieri.

Nelle istruzioni avevo letto che era meglio posizionare il trasmettitore in alto, e lo appoggiai in cima al grande armadio. Andava benissimo. Non stavo mettendo una cimice nell'ufficio di un uomo politico, che magari poteva aspettarselo. Nessuno l'avrebbe mai trovato, nemmeno i fantasmi.

Mi venne la curiosità di guardare dentro l'armadio, per vedere se anche là dentro fosse rimasto tutto fermo a quel giorno. Dopo qualche esitazione socchiusi un'anta, e una nuvola di farfalline brillò sotto la luce della torcia. Spalancai l'armadio e illuminai dentro. Dalle grucce pendevano i resti di eleganti abiti femminili, divorati dalle tarme. Sul ripiano in basso c'erano dei vestitini da neonato ancora nelle confezioni. Avevo la sensazione di profanare un tempio antichissimo. Aprii un cassetto. Dentro erano allineate molte paia di scarpe da donna, misura trentasei o al massimo trentasette. Un paio erano argentate, linea molto chic, con il tacco a spillo ma non troppo alto. Ne presi una in mano, era leggera come una piuma. Roba d'altri tempi... per certi versi tempi lontanissimi, anche se in fondo erano vicini.

Richiusi l'armadio. Possibile che non ci fosse nemmeno una foto dei due sposi? Aprii i cassetti del comò, ma c'era solo biancheria imputridita. Cercai nei comodini e finalmente trovai una foto, incorniciata in un ovale di velluto rosso. Passai un dito sul vetro per togliere la polvere, ma era così appiccicosa che dovetti aiutarmi con un fazzolettino inumidito di saliva. Mi apparvero i visi allegri dei due sposi al banchetto nuziale. Accanto a lui la signora Rondanini, giovane e fiera. Accanto a lei un signore raffinato e giovanile con i capelli tutti bianchi. Forse suo padre? Erano tutti vestiti molto eleganti, alla moda degli anni Sessanta. Tutti sorridenti. Nessuno di loro sapeva ancora quello che doveva succedere. Le fotografie avevano qualcosa di crudele, nel far scavalcare il tempo a momenti che non esistevano più. Rimisi la foto a posto e chiusi il cassetto. Ormai avevo guardato dappertutto. Prima di uscire controllai di nuovo le impronte di sangue che imbrattavano il pavimento, per vedere se me ne fosse sfuggita una del cane. Non ce n'erano. Uscii dalla stanza e chiusi la porta con rispetto.

Cominciai a scendere i gradini spazzando il buio con la torcia, per non farmi sorprendere da un altro maledetto topo. La seconda trasmittente volevo piazzarla a piano terra. Arrivai in fondo alle scale, e utilizzando la parte adesiva attaccai la radio-spia sotto il bordo sporgente dell'ultimo scalino. Non mi restava che andarmene.

Appena arrivai in camera attaccai il ricevitore USB al computer, e installai il software per la registrazione. Era possibile ascoltare i suoni dall'altoparlante e al tempo stesso salvarli sul disco rigido. Misi tutto in funzione. Era emozionante. Potevo ascoltare non visto i rumori della villa, come se le mie orecchie fossero lassù. La sensazione di spiare mi aveva sempre dato brividi di piacere. Mi ricordai di quando ero bambino e i miei invitavano amici a cena. Facevo finta di andare a dormire, ma dopo un po' mi alzavo e camminavo a piedi nudi lungo il corridoio buio, strusciando le dita sul muro per camminare diritto. Gli ultimi metri li facevo a quattro zampe, con il sorriso sulle labbra e il terrore di essere scoperto. Arrivavo alla porta del salotto e mi sdraiavo in terra. Dallo spiraglio che mia madre lasciava sempre aperto spiavo i miei genitori e gli invitati che ridevano, mangiavano, bevevano... inondati di luce come se fossero in paradiso. In quei momenti sentivo nella pancia un formicolio così forte che per non scoppiare a ridere dovevo mordermi le labbra...

Quando mi sdraiai vestito sul letto erano appena le undici. Chissà a che ora tornava Camilla. Avrei aspettato che mi chiamasse lei. Per rispetto. E un po' anche per non fare l'innamorato ansioso. Anzi, a dire il vero, solo per questo. Ero stanchissimo, ma la tensione m'impediva di dormire. La visita alla villa mi aveva lasciato addosso una sensazione sgradevole. Avevo come il presentimento che stesse per succedere qualcosa di brutto... ma era sicuramente colpa della stanchezza. Avevo dormito sì e no tre ore, e il cervello affaticato non era un buon amico. Non dovevo lasciarmi suggestionare. Ma il sonno non arrivava, e fuori c'era il sole. Cosa ci facevo a letto? Mi alzai di nuovo e bevvi un altro caffè.

Montai in macchina. Arrivai in fondo allo sterrato e imboccai la provinciale nella direzione opposta a Fontenera. Infilai nel lettore un quartetto di Schubert, e la campagna diventò più bella. L'aria era così limpida che si potevano contare le olive sulla collina di fronte. La stanchezza sembrava passata, e mi sentivo quasi allegro. Magari incontravo Camilla e scopavamo in un campo, con i grilli che ci saltavano intorno. Nascosi il numero del mio cellulare e provai a chiamarla. Irraggiungibile. Se avessi trovato libero avrei riattaccato. Doveva essere lei a cercarmi.

Mi lasciavo portare dalla macchina come se fosse il mio vecchio cavallo, tenendo il vetro un po' aperto per sentire l'aria sulla faccia. Dopo qualche chilometro, in fondo a un rettilineo vidi alcune macchine ferme sul ciglio della strada, attorniate da un gruppetto di persone. Avvicinandomi riconobbi un'ambulanza e due Fiat dei carabinieri... e mi ricordai del brutto presentimento. Parcheggiai dietro alle altre macchine e scesi. C'erano solo contadini e contadine. Chiesi cos'era successo.

« Hanno ammazzato una donna » disse un tipo grasso.

« Cosa? »

« Una donna... ammazzata... » fece una contadina.

« Come ammazzata? »

« Ammazzata... ammazzata... »

« Morta » precisò una voce.

« E chi l'ha ammazzata? »

« Lo sa Dio... » fece una donna.

« Non si sa chi è? » chiesi preoccupato. Stavo pensando a Camilla.

« Ancora non lo sanno » fece il tipo grasso.

« L'avete vista? Di che colore ha i capelli? » chiesi guardando tutti.

« Non si sa nulla. »

« Dov'è? »

« Su di là, ma non si può andare » disse il grasso, indicando la strada di sassi che saliva sulla collina.

« L'ha trovata il cane di un cacciatore, stamattina alle sette » fece un altro.

« Era dietro un cespuglio » disse una contadina larga come un armadio. Mi allontanai di qualche passo e riprovai a chiamare Camilla. Era staccata. Sudavo. M'incamminai su per la strada sterrata.

« Non si può andare » dissero in due o tre. Alzai le spalle e continuai a salire. Più avanti cominciava una pineta.

Sentii un motore alle mie spalle, e mi voltai. Stava arrivando una macchina nera. Quando mi passò accanto sbirciai dentro. Due uomini in borghese, tutti e due attaccati al cellulare. Doveva essere il sostituto procuratore con un assistente. Vidi sparire la macchina in mezzo al bosco e affrettai il passo. Subito dopo passò un furgone a vetri. Quattro facce giovani con gli occhiali neri. Forse la scientifica. Anche loro sparirono dietro la curva.

Continuai a camminare con il cuore accelerato. Non poteva essere Camilla, mi ripetevo ogni secondo. Seguendo il sentiero m'infilai in mezzo al bosco. Dopo un paio di curve vidi a un centinaio di metri il furgone e la macchina, parcheggiati in mezzo alla stradina. Più avanti c'era una Panda blu, e di lontano riconobbi il maresciallo Pantano. Stava parlando con un uomo in abiti borghesi. Un po' in disparte c'era un vecchio con il fucile appeso alla spalla, e ai suoi piedi era accucciato un bracco marrone. Doveva essere il cacciatore che aveva trovato il cadavere.

Il maresciallo si voltò e mi vide. Ero sicuro che mi avesse riconosciuto. Per un po' fece finta di nulla e continuò a parlare, poi strinse la mano al tipo in borghese e mi venne incontro con una certa decisione. Mi intercettò a una trentina di metri dalla zona calda. Ci stringemmo la mano.

«Passavo sulla provinciale e ho visto tutta quella gente...»

«Lei passa sempre dai posti sbagliati.»

«È sempre stata una mia caratteristica... Ma che è successo?» chiesi, prendendola larga.

«Ha l'aria molto stanca, dottore» fece lui, allusivo.

«Ho dormito poco.»

«E come mai?»

«Ho lavorato fino a tardi, e alle otto mi ha svegliato... il telefono» mentii. A pensarci bene non avevo mica l'obbligo di rispondere. Ma non mi piaceva il modo in cui Pantano mi guardava.

«Non è che lei va un po' troppo in giro di notte, dottore?» fece lui, ancora più allusivo. Forse qualcuno mi aveva visto, non conveniva raccontare balle.

«A volte non riesco a dormire, e guidare ascoltando un po' di musica mi rilassa.»

«Ma guarda che bello...»

«Mi scusi, ma che è successo?»

«Sono sicuro che lo sa già.»

«Mi sembra di aver capito che hanno ammazzato una donna.»

«Infatti...» disse Pantano. Se gli avessi chiesto di che colore erano i capelli della morta, chissà che palle mi avrebbe fatto. Era meglio evitare.

«Si sa chi è?» chiesi, con aria indifferente.

«Ancora no.»

«Non aveva documenti?»

«No.»

«Com'è stata ammazzata?»

«Non posso dirle nulla, mi dispiace. Adesso devo andare.» Mi salutò con un cenno e tornò indietro.

M'incamminai verso la provinciale a passo lento, con le mani in tasca. Volevo apparire tranquillo, ma non lo ero per niente. Non mi era piaciuta quella conversazione. Le insinuazioni del maresciallo mi avevano molto infastidito, e anche un po' preoccupato. Mi ero sentito in pericolo, e avevo dovuto fare attenzione a quello che dicevo e a come lo dicevo. Non mi piaceva.

Mi voltavo indietro ogni tre passi, per tenere d'occhio il cacciatore. Era lì dalle sette, non potevano trattenerlo in eterno. Intanto mi domandavo quale logica dominasse la mia fantasia. Pensavo che la donna ammazzata fosse Camilla solo perché lei non era lì con me. Ero peggio di un bambino. Ma quella sensazione non mi abbandonava.

Mi voltai e vidi il cacciatore che stava camminando nella mia direzione, con il cane accanto. Rallentai il passo, e aspettai con pazienza che mi si affiancasse. Il bracco mi annusò.

«Buongiorno» dissi.

«Salve.»

Continuammo a camminare uno accanto all'altro, senza guardarci.

«Mi hanno detto che è stato lei a trovare la donna...»

«Già.»

«Ha i capelli neri?»

«Bionda» fece lui. Sentii i muscoli allentarsi. Non era Camilla. Ci sarebbe stato qualcun altro a disperarsi al posto mio.

«Come è stata ammazzata?» chiesi, quasi allegro.

«Un cinghiale o un grosso cane.»

«Sbranata?»

«È conciata malino» fece lui.

«Ha detto bionda, vero?»

«Tutta bionda, anche in mezzo alle gambe.»

«Grazie.» Mi fermai.

«Addio» fece lui, continuando per la sua strada.

Provai di nuovo a chiamare Camilla, avevo bisogno di sentire la sua voce. Cellulare spento. Aspettai che il cacciatore fosse lontano, e ripresi a camminare.

Pensare a certe cose era inevitabile. Una donna era stata uccisa da un *cinghiale* o da un *grosso cane*... e un bestione vagava nella notte ringhiando come un lupo. Mannaro o no, forse il gigante si era rotto i coglioni dei polli e si era dedicato a una preda più grossa, come quella volta del ragazzo tedesco. Cazzo. Dovevo assolutamente fotografarlo. Mi ci voleva una prova concreta. Non avevo nessuna voglia di passare da visionario e di finire sui giornali, anche se forse avrei venduto qualche libro in più.

Sulla stradina apparve un furgone nero, e passò oltre a venti all'ora. Nessuna fretta, erano i facchini dell'obitorio. Mi scusai mentalmente con quella povera donna, per aver provato sollievo alla notizia che la morta fosse lei invece di Camilla.

Arrivai alla provinciale. Erano ancora tutti lì. Senza salutare nessuno montai in macchina e tornai indietro.

Superai Fontenera, e dopo un po' imboccai la stradina dove abitava Camilla. Avanzavo a passo d'uomo, e appena vidi la casa mi fermai. La Fiesta non c'era. Voltai la macchina, tornai sulla provinciale e me ne andai a casa.

Prima di entrare provai ancora una volta a chiamare Camilla, passeggiando sull'aia. Irraggiungibile. Non era stata uccisa, ma quel silenzio cominciava a preoccuparmi. Forse aveva un amante da qualche parte, o addirittura un orrido marito che la scopava in modo animalesco... Scacciai quel pensiero, per non sentire i coltelli nella pancia. Mai più sarei stato male per una donna, l'avevo giurato. Mai più. Le cose sarebbero andate come dovevano andare. Avrei aspettato che fosse lei a cercarmi. E se avesse deciso di non tornare da me, pazienza. Porca puttana.

Entrai in casa e salii in camera. Controllai le tracce sonore registrate sul computer, ma non trovai nulla. Comunque non mi sarebbe servito a molto. Per poter intervenire in tempo dovevo sentire le voci in diretta.

Lasciai tutto acceso e andai in cucina per mangiare qualcosa. Avevo lo stomaco chiuso, e mi ci entrò solo una mela. Accesi la TV per guardare il telegiornale. C'era un lungo servizio sulla donna uccisa. Maria Conti, ventisette anni, impiegata di banca. Viveva da sola a Siena. Morta da almeno tre giorni. Al momento si ignorava in che modo e con chi fosse arrivata in quel bosco. La pioggia di qualche giorno prima rendeva difficile l'analisi del terreno, ma i primi indizi facevano pensare che la Conti fosse stata uccisa sulla stradina, quasi certamente da un *grosso cane*, e poi trascinata in mezzo ai cespugli. Gli inquirenti stavano indagando in ogni direzione...

Altro che grosso cane, lo sapevo io chi era stato. Dovevo correre subito dalla polizia? E se non mi avessero creduto? Il maresciallo avrebbe tirato fuori che Bettazzi sentiva le voci e parlava di lupi mannari, e si sarebbero messi tutti a ridere. Era meglio fare le cose per bene. Dovevo avere in mano una prova, una foto del gigante.

Ripensai alle ipotesi della polizia. Ero molto perplesso. Non era strano che un cane si preoccupasse di trascinare il cadavere tra i cespugli? In effetti anche per un lupo mannaro era strano... Era tutto strano, in quel cazzo di posto. Forse era per questo che in fondo mi ci sentivo bene.

Squillò il cellulare. Mia madre.

«Tesoro, stai bene?» Era agitata.

«Che succede, mamma?»

«Al telegiornale hanno parlato di una donna sbranata...»

«Lo so, l'ho appena visto.»

«Torni a Firenze?»

«Non vedo perché.»

«Come sarebbe? Hanno ammazzato una donna davanti a casa tua e...»

«È successo a trenta chilometri da qui, mamma.» Non erano nemmeno dieci, ma era meglio mentire.

«Torna a casa, tesoro... Ho un brutto presentimento.» Lo diceva sempre, e io sempre mi toccavo.

«Mamma, per favore... Va tutto bene...» Sapevo come prenderla, e in pochi minuti riuscii a tranquillizzarla. Mi salutò schioccando un bacio nel telefono. Avevo rassicurato lei, ma non me stesso. Avevano sbranato una donna, e forse io ero l'unico a sapere chi era stato. Avrebbe ucciso ancora? E quando?

Provai un'ultima volta a chiamare Camilla, ma era sempre spenta. Mi lasciai andare vestito sul letto, e finalmente mi addormentai.

Mi svegliai per via di un lamento, alzai la testa e mi guardai intorno. La finestra era abbagliata di sole. Sentii un urlo, poi un altro lamento... Ci misi un po' a capire che le voci venivano dal computer.

«La villa...» Saltai giù dal letto e mi avvicinai agli altoparlanti. Erano suoni ovattati, come se arrivassero da una stanza lontana dal ricevitore. Un uomo e una donna, come le altre volte. M'infilai le scarpe e corsi a lavarmi la faccia. Ero fortunato, la radio-spia era arrivata da poco e... O forse ero sfortunato, perché lassù mi aspettava una verità raccapricciante. Ma ormai non potevo tirarmi indietro. Presi al volo il ricevitore auricolare e la macchina fotografica, e mi precipitai fuori. Saltai in macchina, e partii sgommando. Imboccai il sentiero che portava alla villa, continuando a sentire nell'orecchio l'eco delle voci.

«...uaaa.... naaa... aiii.... eeeoo... aaaa....» L'uomo urlava come sempre, ma non potevo capire le parole. La donna si lamentava e basta. Se erano davvero fantasmi, sarei riuscito a fotografarli?

Fermai la macchina in uno slargo lontano dalla villa e scesi, con il cuore che mi batteva nelle tempie. Mentre avanzavo in mezzo al bosco le voci s'interruppero... anzi no, si sentiva ancora la voce dell'uomo, ma più calma... sembrava che stesse parlando del più e del meno... la donna invece non si sentiva più... il borbottio dell'uomo sparì... silenzio... un rumore di passi, sempre più chiari... forse si stavano avvicinando al ricevitore in fondo alle scale... a un tratto l'uomo parlò...

«Bella cavalla...» disse. Bella cavalla? Quelle parole le avevo sentite chiaramente. Ma che cazzo di fantasma era? Il fascino del mistero svanì di colpo.

Ormai ero davanti alla villa. Nell'auricolare indovinai dei passi che si allontanavano... poi più nulla. Un secondo dopo sentii una porta che si chiudeva sul retro della casa, e passi sulla ghiaia. Erano usciti. Ecco chi erano i fantasmi, due che scopavano. Quasi certamente una coppia clandestina. Ma come facevano ad avere le chiavi?

Volevo vederli in faccia. Mi ficcai in tasca l'auricolare e camminai in fretta lungo il muro di cinta. Mi fermai sull'angolo a spiare... appena in tempo per vedere un uomo sui cinquanta e una ragazza che uscivano dal cancellino di servizio. Mi cascò la mascella. Li conoscevo tutti e due, anche se soltanto di vista.

Lui era vestito più o meno elegante, la ragazza aveva un vecchio cappotto scuro sulle spalle. Avanzarono lungo il sentiero che dal retro della villa scendeva in mezzo al bosco. Camminavano affiancati. La ragazza aveva il passo esitante, e teneva le braccia penzoloni. L'uomo le appoggiò una mano aperta sulla testa come se lei fosse una cosa sua.

Accesi la macchina digitale. Puntai, massimo zoom, click, click, click... Click silenziosi, che catturavano immagini ad alta definizione. Aspettai di vederli sparire tra i castagni e li seguii, tenendomi a distanza di sicurezza. Il sentiero era pieno di curve, non era difficile nascondersi. I raggi del sole filtravano tra le chiome degli alberi. Un'atmosfera molto suggestiva, adatta per due innamorati... ma non era quello il caso.

Mi riparai dietro un albero. Click, click, click, click... ma non ero ancora soddisfatto. L'uomo si voltava ogni tre secondi a guardare la ragazza, come se le stesse parlando. Lei teneva la testa bassa. Dopo qualche centinaio di metri intravidi sulla destra una macchina bianca, parcheggiata fra gli alberi. Più avanti il bosco s'interrompeva di colpo e cominciava un oliveto immenso, tagliato in due da una strada sterrata dritta come un palo. M'infilai tra i cespugli un secondo prima che i due si fermassero accanto alla macchina. Era una Punto. Nascosto dietro un ginepro puntai di nuovo l'obiettivo, sperando che almeno uno dei due si voltasse. Volevo fotografare le facce.

L'uomo aprì la portiera. La ragazza era ferma accanto a lui. Sfioravo il bottone della digitale come se fosse il grilletto di una pistola e avessi davanti un nazista. L'uomo si voltò per una frazione di secondo... Scattai, ma in ritardo. Lo vidi montare in macchina e tirare giù il finestrino, ma la sua faccia rimaneva sempre nascosta. La ragazza annuiva. Dopo una pacca sul sedere, l'uomo mise in moto e si allontanò stirando le marce. Quando diventò un puntino in mezzo alla polvere mi tirai un pugno in testa... che coglione, avrei potuto almeno fotografare la targa. La ragazza aspettò un paio di minuti, con le braccia penzoloni lungo i fianchi, poi s'incamminò verso l'oliveto.

Poteva sembrare una banale storia di corna o di prostituzione, ma sapevo bene che non era così. La ragazza era la bella minorata che vedevo spesso dalla Marinella.

Le andai dietro e la raggiunsi quando era già in mezzo all'oliveto, illuminata dal sole radente. Lei mi sentì arrivare e si voltò per un attimo a guardarmi, senza smettere di camminare.

«Ciao» dissi, affiancandomi a lei.

«Ciao.»

«Allora parli...»

«Allora parli.»

«Come ti chiami?»

«Come ti chiami.»

«Dove stai andando?»

«Dove stai andando...» Era molto carina, si era messa anche il rossetto.

«Vai dalla mamma?»

«Dalla mamma?»

«Divertente questo gioco.»

«Divertente.»

«Senti...»

«Senti.»

«Ti posso fare una foto?»

155

«Foto.»

«Una bella foto...» Corsi avanti e puntai la macchina. Click. Aveva davvero un bel viso, e con un po' di fantasia il suo sguardo demente poteva sembrare il vezzo di una viziatissima ragazza milanese. Mi affiancai di nuovo a lei.

«Non devi andare con quello...»

«Con quello, con quello.»

«Lui è cattivo, non devi andare con lui.»

«Cattiva...»

«Non tu, lui è cattivo. E anche brutto.»

«Cattiva... Puttana... Brutta puttana...»

Non ci potevo pensare. Quel porco che se la scopava si eccitava a trattarla come una puttana... una minorata di quindici anni che aveva la sfortuna di avere un corpo da modella.

«Dove abiti?»

«Dove abiti...»

«Ti accompagno?»

«Ti accompagno...»

Non mi sembrava il caso di continuare.

«Ciao.»

«Ciao... Ciao... Ciao.»

La lasciai andare e tornai indietro, impregnato di squallore. Rientrai nel bosco. Camminavo in fretta, e arrivai alla villa sudato fradicio. Andai a prendere la macchina e scesi giù per il sentiero. Ecco, avevo svelato il mistero dei fantasmi. Un rispettabile riccone di cinquant'anni si sbatteva una ragazzina squilibrata.

Appena arrivai a casa scaricai le foto sul computer. La prima che apparve mi fece sobbalzare... Quanto tempo era che Camilla non scaricava la digitale? Sullo schermo c'era un tipo barbuto sdraiato in un letto, evidentemente nudo, che mi sorrideva. Chi cazzo era? Un altro mistero da chiarire. Lo guardai bene. Quarant'anni. Una faccia che non mi piaceva per niente, lo sguardo torbido. Insomma brutto... Una lama di gelosia mi trapassò il petto, e mi sentii un imbecille. Cosa credevo? Che Camilla fosse vergine? E io, quante donne avevo avuto?

Ma vedere in faccia un uomo che era stato a letto con lei era tutta un'altra cosa. Forse quella foto era stata scattata poco dopo l'accoppiamento... porcaccia miseria. Cercai di non pensarci, e andai avanti con il cuore il gola. C'erano altre immagini del barbuto, sempre a letto... Le scorsi in fretta, e finalmente arrivai a quelle che aspettavo. La bella coppia del bosco.

Le foto erano molto nitide, anche se le facce non si vedevano chiaramente. Ma chiunque conoscesse quelle due persone le avrebbe riconosciute all'istante. Questa volta il maresciallo doveva darmi retta. I reati erano gravi. Provai a elencarli... circonvenzione d'incapace, violenza sessuale, sequestro di persona... forse c'era anche qualcos'altro che mi sfuggiva.

Erano le cinque passate. Provai a telefonare a Camilla. Morivo dalla voglia di dirle cosa avevo appena scoperto, e magari anche di sapere chi fosse il barbuto... ma il suo cellulare era ancora spento. Le mandai un messaggio: *Chiamami subito, è urgente. Baci.*

Non avevo mangiato quasi nulla in tutto il giorno, e non ci vedevo dalla fame. Andai in cucina e divorai un panino con il miracoloso prosciutto della Marinella tagliato a mano.

Ero in dubbio se telefonare subito al maresciallo. Ci pensai bene, e decisi di aspettare. Le foto dimostravano soltanto che *quell'uomo* stava passeggiando tra i castagni con la matta del villaggio. E allora? Non era mica un reato. E soprattutto non ero riuscito a prendere bene la sua faccia, poteva anche essere un altro che gli somigliava. Non avevo nemmeno la targa della macchina. In tribunale non ci sarei nemmeno arrivato. Quel porco avrebbe potuto cavarsela. Per poter andare da Pantano dovevo prima beccarlo sul fatto, mentre si scopava la matta. La radio-spia mi serviva ancora.

Lavorai a *Orrore sulle colline* quasi fino alle otto, poi andai in cucina a preparare qualcosa per cena. Accesi la TV con il volume a zero, e alzai solo quando vidi la sigla del TG1. Un politico aveva dato del terrorista a un altro politico, vertice europeo sulla criminalità, le indagini sulla morte di Maria Conti continuavano senza sosta, rapina nel vercellese da tre milioni di euro, una mostra tematica per il centenario del tostapane, il rigore sbagliato da Toni nella trasferta a Palermo...

Girai sul secondo Rai e azzerai l'audio. Aspettavo il TG2, per vedere se dicevano qualcosa in più su Maria Conti. Buttai la pasta. Lo squillo del telefono mi fece sobbalzare. Guardai lo schermo, *Camilla*. Pensai subito al barbuto.

« Ciao. »

« Ciao... Ma che è successo? » disse lei.

« Dove sei? »

« Sono ancora a Firenze. Che succede? »

« Hai sentito della donna sbranata? »

« Non vivo mica in una caverna... »

« Però non sai che sono stato sul luogo del delitto. E ho anche visto arrivare la scientifica. » Non le dissi di aver pensato che la morta era lei, e nemmeno che avevo fatto la conoscenza del barbuto.

« Figurati se te ne perdevi una » fece Camilla.

« È più o meno quello che mi ha detto il maresciallo. C'era anche lui. »

« Se penso che è successo a pochi chilometri da casa mia... »

« E se ci fosse davvero un lupo mannaro? »

« Basta... Finirò per crederci sul serio. »

« Comunque non è per questo che ti cercavo. »

« Volevi dirmi quanto ti manco? »

158

« Sono riuscito a capire cosa succede alla villa con la meridiana » buttai lì con noncuranza.

« Parli di quelle voci? »

« Esatto. »

« Non dirmi che ci sono davvero fantasmi... »

« Te lo dico quando ci vediamo. »

« Stronzo... dimmelo ora... »

« Saprai tutto appena ci vediamo. »

« È un ricatto? »

« Sì. »

« Se me lo dici subito, appena torno... ti faccio contento » sussurrò lei.

« Questa è corruzione. »

« Siamo in Italia, no? »

« Sii più chiara. Mi fai contento in che senso? »

« Sto parlando di sesso. »

« La regina della delicatezza... » Ce l'avevo già mezzo ritto, e lo considerai un buon segno. Non mi capitava spesso di eccitarmi per telefono.

« Ci sono i fantasmi o no? » insisté lei.

« Nulla da fare. Quando ci vediamo? »

« Dopodomani. »

« A cena da me? »

« Va bene... stronzo. »

« Ti aspetto per le nove? »

« Alle otto. »

La notte era mia. Ero pronto per l'ennesima battuta di caccia. Alle dieci montai in macchina con una canna in bocca e scivolai verso la provinciale, accompagnato dal violoncello di Baldovino. La luna calante aveva la forma di un limone, e il cielo era così nero e pulito che sembrava dipinto.

Ero molto più preoccupato delle altre volte, ma anche più deciso. Qualcosa mi diceva che quella notte avrei finalmente incontrato il gigante, anche se una parte di me sperava il contrario. Ero pieno di contraddizioni.

Passavo e ripassavo in quelle stradine sterrate, con la digitale a portata di mano e la sigaretta facile. Le *Suites* per violoncello di Bach mi entravano nel cervello come un verme caldo, impedendo al barbuto di guadagnare terreno.

Mi venne in mente il racconto che stavo scrivendo... *Orrore sulle colline*, appunto. Era una storia molto simile a quella che stavo vivendo, ma si svolgeva in un mondo dove i lupi mannari esistevano davvero. C'era questo Filippo che si era messo in testa di fare tutto da solo...

L'atmosfera del racconto avvolgeva il mio viaggio notturno, e le chiazze nere dei boschi che si stagliavano in mezzo alla campagna mi sembravano imperi del male. Forse era anche merito dell'erba. Ormai conoscevo ogni avvallamento di quelle stradine. La luce degli abbaglianti si scontrava con muraglie di cespugli e distese di olivi. Scene memorabili.

Dopo l'ultima *Suite* ringraziai Baldovino, e misi il CD di *Transformer*. Basso basso. Il suono sembrava nascermi dentro la testa.

Vidi un paio di cinghiali che passeggiavano tranquilli in mezzo alla strada, e poco dopo una lepre s'incantò davanti ai fari della macchina. La notte era piena di vita.

Tornai sulla provinciale. Magari in quel momento il gigante era sotto le mie finestre. Guidavo lentamente verso casa, ipnotizzato dalla voce di Lou Reed. Le tre e mezzo. Ero rassegnato ad andarmene a letto a mani vuote. Imboccai una curva, e quando entrai sul rettilineo mi sembrò di vedere un'ombra in fondo alla strada, più o meno a un centinaio di metri. Sentii una contrazione al collo, e rallentai. Spensi i fari e la musica. Non mi ero sbagliato. C'era qualcuno che camminava, dandomi le spalle. Mi avvicinai ancora... Era lui, il gigante. Stava avanzando a grandi passi sul ciglio della strada.

Afferrai la digitale, ma in quel momento il mostro scartò di lato e s'infilò nel vigneto. Fermai la macchina e scesi. Al chiarore della luna vedevo la sua sagoma muoversi tra le vigne ormai ingiallite. Più avanti cominciava il bosco. Mi feci il segno della croce e gli andai dietro, nascondendomi dietro le viti. Avevo la torcia in tasca e la digitale appesa al collo. Il gigante era a una cinquantina di metri da me, e continuava a dirigersi verso il bosco. Riuscivo a sentire i suoi borbottii, a volte sembrava addirittura che ridesse...

Ero un coglione, lo sapevo. Stavo seguendo un colosso che aveva sbranato una donna. Pensai a Camilla. Ancora poche ore e forse avremmo fatto l'amore. Perché non tornavo indietro? Vidi mia madre che andava all'obitorio per il riconoscimento del cadavere, e stentava a capire dove fosse la mia faccia...

Il gigante sparì in mezzo agli alberi e affrettai il passo, tenendo ferma la digitale con una mano. Entrai nel bosco una decina di secondi dopo di lui. Era buio pesto, e dovetti fermarmi. Non volevo accendere la torcia. Dopo un po' cominciai a scorgere i contorni delle cose, e m'inoltrai nel bosco. Non dovevo pensare troppo a quello che stavo facendo.

Avanzai lentamente in mezzo alla vegetazione. Davanti a me, forse a una trentina di metri, sentivo il fruscio del gigante che camminava nella boscaglia. Possibile che non mi avesse ancora visto?

A un tratto calò il silenzio, e mi bloccai. Il gigante doveva essersi fermato. Magari mi aveva sentito. Mi accucciai e presi in mano la torcia elettrica. Trattenevo il respiro, ma a parte il vento che passava tra le foglie non si sentiva nessun altro rumore. Mi accorsi che stavo sudando. Forse avrei fatto bene a tornare indietro... E se il gigante mi avesse inseguito? Avrei dato una mano per essere già a casa con la spranga alla porta. Quel silenzio non mi piaceva per niente. Perché non si muoveva più? Che stava facendo?

A un tratto sentii dei passi, e il rumore di qualcosa di grosso che strusciava contro i cespugli. Rimasi immobile, schiacciato per terra. I passi si avvicinavano, irregolari, e sentivo anche un borbottio sordo. Forse i miei capelli erano già diventati tutti bianchi. Aspettavo solo l'urlo dell'uomo lupo... Sarei morto senza aver scopato Camilla, ero un vero coglione...

I passi erano sempre più vicini. Sentii un ringhio prolungato, vidi muovere il cespuglio di ginepro di fronte al mio naso... Mi alzai in piedi di scatto puntando la torcia nel buio, cacciando un urlo disumano. Mi rispose un grugnito isterico, e nel cono di luce apparve un grande occhio attorniato di peli neri, luccicante di sorpresa. L'occhio mi fissò per un paio di secondi, poi il cinghiale si lanciò in una fuga fragorosa in mezzo alla boscaglia, sfondando ogni ostacolo che gli si parava davanti. Un cinghiale, cazzo. Accidenti alla sua mamma puttana. Speravo che il cuore non mi scoppiasse.

Feci scorrere lentamente la torcia tutto intorno... tronchi d'albero, piante, cespugli, grovigli di ogni tipo, e a un tratto... il gigante. Era a una decina di metri, e ci separava soltanto un largo cespuglio di rovi spinosi. Gli puntai la torcia in faccia come se fosse un fucile, senza sapere cosa fare. Lui agitava in aria le mani per scacciare la luce. Aveva mani enormi. Torceva il collo uggiolando come un cane, ma non se ne andava...

Ora o mai più. Con la mano libera accesi la macchina digitale, zoom al massimo, scatto continuo... Cli-cli-cli-cli-click. Il flash illuminò a giorno il bosco e il gigante si abbassò con un muggito. Ce l'avevo fatta, ma ora veniva la parte più difficile: uscirne vivo. Spensi la torcia e cominciai a strisciare verso il vigneto, cercando di fare meno rumore possibile... ora mi salta addosso, pensavo... mi fa a brandelli come il ragazzo tedesco... come Maria Conti...

Ci voleva un fucile a pallettoni, per bloccare un bestione del genere. Ogni tanto mi fermavo e tendevo l'orecchio, ma l'unico fruscio era quello del vento. Finalmente sbucai fuori dal bosco. Mi alzai in piedi e cominciai a correre verso la provinciale, senza voltarmi, accompagnato dalla mia ombra che la luna proiettava sul terreno. La macchina sembrava lontanissima... non dovevo perdere tempo a voltarmi, dovevo solo correre e guardare avanti... ma la curiosità di Orfeo vinse sulla prudenza, e mi voltai...

Per un istante vidi tra i filari la sagoma del mostro che correva verso di me, ma era solo un'allucinazione. Non c'era nessuno. Solo una leopardiana luna indifferente.

Ormai ero quasi arrivato. La mia adorata macchina era là ad aspettarmi. Mi passavano in mente le classiche scene dei film dell'orrore: il faccia a faccia con il mostro, la fuga in preda al terrore, la speranza che perde punti... a un tratto invece la salvezza sembra a portata di mano, è lì davanti... ancora pochi passi, e quando il poveraccio sta per salire in macchina...

Avevo già le chiavi in mano. Mancavano gli ultimi metri. Senza smettere di correre feci il giro della macchina e mi ci tuffai dentro. Un'occhiata veloce all'oliveto e alla collina. Nessuno. Il motore partì al primo colpo, alla faccia dei film dell'orrore. Stirai la prima, poi la seconda, e quando misi la terza sentii la bocca che sorrideva da sola. Mi sganciai la digitale dal collo e l'appoggiai sul sedile accanto, con amore. Nella sua memoria al silicio erano imprigionate le immagini del gigante, il lupo mannaro di Fontenera. Avevo rischiato la vita per quelle foto, ma ce l'avevo fatta. Accesi lo stereo, e quando sentii la chitarra di quel drogato di Lou Reed alzai il volume.

Appena arrivai a casa mi feci una canna. Me la meritavo. Accesi il computer e ci infilai dentro la scheda della digitale. Scaricai le foto. Lo avevo centrato in pieno. Ci andai dentro con lo zoom. Aveva una testa enorme e lo sguardo animalesco. Faceva paura. Forse era un uomo cresciuto isolato nella foresta, come Kaspar Hauser. Un caso interessante da studiare. Ma soprattutto andava fermato il prima possibile. Aveva ucciso una donna.

Controllai le tracce sonore dei trasmettitori, e come mi aspettavo erano piatte. Ormai avevo capito. I muggiti di quel maniaco sessuale li avevo sempre sentiti con la luce del giorno, e così sarebbe sempre stato. Di notte non doveva essere piacevole entrare in quella villa, dove il tempo si era fermato trentasei anni prima. Senza contare che dopo cena era più difficile inventare balle alla moglie, in un paese sperduto sulle colline.

Spensi tutto e mi sdraiai sul letto, lasciando la luce accesa. Ero spossato. Fissando le travi del soffitto ripensavo alle sorprese di quei giorni... il lupo mannaro... il barbuto mezzo nudo...

Alle nove ero già in piedi. Avevo dormito poco, ma mi sentivo riposato. Giurai che fino al ritorno di Camilla non avrei pensato al barbuto. A che sarebbe servito? Solo a farmi venire il mal di stomaco.

Andai in cucina a preparare il caffè. Con la tazzina in mano tornai in camera e accesi il computer. Senza guardarle isolai le foto del barbuto in una nuova cartella, che per semplicità nominai *Barbuto*. Non volevo trovarmele sempre tra i piedi.

Feci scorrere lentamente le altre immagini sullo schermo. La povera matta con il porco, il gigante mannaro... Non vedevo l'ora di raccontare a Camilla le novità della settimana, per cogliere nei suoi bellissimi occhi lo stupore e la paura. E magari anche qualche lampo di ammirazione. Ma prima di tutto dovevo fare una cosa. Alzai il telefono e chiamai la stazione dei carabinieri. Chiesi del maresciallo, e come al solito mi fecero aspettare un sacco di tempo. Sembrava che dovessero andare a cercarlo nell'ala opposta di un'immensa caserma. Finalmente sentii raccogliere il telefono.

« Mi dica Bettazzi, che c'è ancora? » disse Pantano, annoiato. Non mi aveva chiamato *dottore*, notai.

« Vorrei vederla un minuto, maresciallo. »

« Non mi può dire per telefono? »

« Non è possibile, devo farle vedere una cosa. »

« Cosa? »

« Una fotografia. »

« Di che? »

« Non è facile da descrivere, è meglio se la vede con i suoi occhi. »

« Non ho tempo da perdere, Bettazzi. »

« Forse so chi ha ucciso Maria Conti » buttai lì, per impressionarlo. Ci fu un attimo di silenzio.

« Non mi dica che è stato lei... » Si sentiva bene che non scherzava del tutto.

« No, è stato il mio criceto. Quando c'è la luna piena diventa un orso bruno » dissi, ma il maresciallo non rise.

« Venga al dunque, Bettazzi. »

« Dieci minuti e sono da lei... D'accordo? »

« Va bene, l'aspetto » sospirò, rassegnato.

« A tra poco. » Riattaccai e misi il computer nella valigetta. Altro che coglionate. Chissà che faccia avrebbe fatto Pantano...

Montai in macchina e pigiai sull'acceleratore, mordendomi le labbra dalla soddisfazione. Arrivai a Fontenera in pochi minuti. Il maresciallo stava per vivere la sua Caporetto. Parcheggiai davanti alla stazione dei carabinieri e suonai il campanello. Mi aprì Schiavo, con un sorrisino sulle labbra. Mi accompagnò nell'ufficio del maresciallo e mi chiuse dietro la porta.

«Sentiamo la grande novità» disse Pantano, senza alzarsi. Non mi strinse nemmeno la mano. Dietro la sua testa era appeso il presidente della Repubblica, e più in basso c'era una fila di calendari dei carabinieri agganciati per il cordoncino.

Mi accomodai con calma sulla sedia. Sfilai il PC dalla borsa, lo appoggiai sulla scrivania sommersa di fogli e lo accesi. Il maresciallo mi guardava senza dire nulla, con aria svogliata. Dopo aver scelto la foto più chiara del gigante, lanciai a Pantano un'occhiata ricca di significato.

«Ecco qua.» Voltai il computer e lo fissai bene in faccia, per cogliere il suo stupore... invece lui sorrise.

«È Angiolino» disse, guardandomi come si guarda uno scemo. Facevo fatica a inghiottire.

«Chi?»

«Angiolino.»

«E chi è?»

«Un trovatello che sta su dalle monache.»

«Ah, sì?» Ero arrossito. Angiolino il trovatello, cazzo. Avevo una novità in più da raccontare a Camilla, dopo la nostra prima scopata. Il maresciallo continuava a dondolare la testa, piuttosto divertito.

«Quel poveraccio non ha mai fatto male a una mosca.»

«Davvero?»

«Se trova un passerotto zoppo si toglie un osso dal dito per fargli la stecca.»

«Mi scusi, ma come mai quando le ho detto che avevo visto un gigante non mi ha spiegato subito chi era?»

«Se sto dietro a tutte le coglionate che sento posso chiudere bottega» disse Pantano, sorridendo.

«Insomma lei esclude che Angiolino sia capace di...»

«Lo escludo» m'interruppe Pantano, di nuovo annoiato.

«Però magari è lui che ammazza le galline...»

«Ecco un'altra coglionata.»

«Ne è proprio sicuro?»

«Come i tafani sulla cacca di mucca.»

«E queste monache dove stanno?» chiesi, rimettendo a posto il computer.

«Cosa vorrebbe fare?»

«Ho bisogno di un aiuto spirituale.»

«Bettazzi, perché non se ne sta tranquillo a scrivere le sue poesie?»

«Faccio male a qualcuno?»

«A se stesso, Bettazzi... a se stesso.»

«In che senso?»

«Prima o poi si ficcherà in qualche guaio, me lo sento.»

«Sembra quasi una minaccia, maresciallo» dissi con un sorriso freddo.

«È solo un consiglio, Bettazzi. Solo un consiglio.» Ci fissavamo negli occhi. Aveva vinto lui, ma era solo il primo round.

«La ringrazio, maresciallo. Ci vediamo alla prossima coglionata.»

«Si goda la campagna, Bettazzi...»

«Arrivederci.» Dopo un'ultima occhiata intensa, carica di sfida, me ne andai. Avrei dato non so cosa per scoprire che il lupo mannaro dei pollai era Pantano. O magari l'appuntato Schiavo.

Passai dall'alimentari della Marinella per fare un po' di spesa, ma soprattutto per scoprire dov'era il convento delle monache. Lanciai la domanda all'esercito di donnine in coda.

«Quali monache? Le oblate o le domenicane?»

«Le domenicane» dissi a caso. Da qualche parte dovevo cominciare. Le donnine si misero a gesticolare, come se il convento fosse lì fuori.

«È su per andare da Gino...»

«... nel viottolone dopo il capanno di Beppe...»

«... sopra il podere del Troia...»

«... dove hanno ammazzato quel cinghiale grosso come una mucca...»

«Sì, ma... da dove passo?» chiesi. Intervenne la Marinella, con la sua concretezza da mercante.

«Prenda la provinciale verso Montesevero, un chilometro più avanti c'è un cartello di legno con scritto CASCINA VECCHIA, vada su di là e dopo un po' se lo trova davanti.»

«Grazie.»

«Che ci andate a fare al monastero?» chiese una vecchietta.

«Voglio farmi monaca» dissi, serio. Calò il silenzio. Per ogni donnina che se ne andava ne entravano due, e le nuove arrivate venivano informate a bisbigli sull'ennesima bizzarria dello straniero. Aspettai con pazienza il mio turno, e comprai qualche affettato. Mentre uscivo sentii un borbottio della Marinella, ma non capii nemmeno una parola.

Montai in macchina e presi la provinciale verso Montesevero. Un chilometro più avanti c'era un cartello di legno con scritto CASCINA VECCHIA, andai su di là e dopo un po' mi trovai davanti il convento. Era piuttosto grande, mezzo nascosto dagli alberi, con i muri altissimi. Parcheggiai davanti al portone principale e scesi. C'era un silenzio perfetto. Tirai una maniglia arrugginita, e di là dal muro suonò una campanella. Dopo un po' sentii dei passi lenti che si avvicinavano. Si aprì uno spioncino protetto da due ferri messi in croce, e apparve un viso rugoso.

«Sia lodato Gesù Cristo.» Due occhi mi fissavano.

«Sempre sia lodato.»

«Cosa volete?»

«Scusi il disturbo, sorella. Vive qui al convento un certo... Angiolino?»

«Perché lo volete sapere?» Il suo tono allarmato mi fece capire che avevo trovato il gigante.

«Se fosse possibile, vorrei... vederlo.»

«Gesummaria! E perché volete vederlo?» Ancora una volta mi sembrava di essere finito nei *Promessi sposi*. La monaca mi fissava senza sbattere gli occhi. Aveva tre sopraccigli, uno sopra la bocca.

«Be'... ecco...» cominciai, senza sapere cosa dire. Sentii dei passi avvicinarsi. La vecchia monaca si scostò e apparve un altro viso.

«Sia lodato Gesù Cristo» disse in fretta la nuova arrivata. Era più giovane dell'altra, e aveva due enormi occhi neri.

«Sempre sia lodato...»

«Prego, mi dica.» Non mi dava del voi come la vecchia.

«Ecco... stavo dicendo alla sua colleg... cioè, alla consorella... mi piacerebbe, sempre che sia possibile... parlare con Angiolino.»

«Parlare?» disse lei, stupita.

«Ho detto qualcosa che non va?»

«No, ma... Angiolino non sa parlare.»

«Ah, no?»

«Il Signore non ha voluto concedergli il dono dell'intelligenza.»

«Il Signore ha voluto così» ribadì l'altra monaca, fuori campo.

«Posso vederlo lo stesso?» chiesi, con un tono da confessionale.

«Sta dormendo.»

«Sta dormendo» fece eco la monaca vecchia.

«Non importa, mi basta vederlo solo un secondo. Poi me ne vado.»

169

«Come mai vuole vederlo?»

«Se mi fa entrare le spiego tutto.» Qualche secondo di occhi negli occhi, poi lo spioncino si richiuse. Silenzio. Passavano i secondi. Non sapevo cosa fare. Dopo un po' sentii il rumore metallico di serrature e paletti, e finalmente il portone si aprì. Mi trovai in una specie di paradiso. Un chiostro leggero, un praticello con un vecchio olivo al centro, il pozzo di pietra in un angolo, dappertutto vasi di gerani e rose rampicanti...

La vecchia richiuse i chiavistelli senza fretta, e quel rumore di ferro non fece che amplificare il senso di pace.

«Per di qua» disse la giovane. Era magra e dritta, e camminava come un militare. La vecchia avanzava ondeggiando. Erano vestite di bianco, ma con il velo nero. Le seguii sotto il portico, poi lungo un corridoio che sbucava in un chiostro più piccolo, con un orto elegante nel mezzo. Da qualche parte oltre gli spessi muri di pietra arrivava il canto ovattato di un coro tristissimo, che a momenti sembrava uscire da sottoterra. Mi sentivo come sospeso nel tempo.

Oltrepassammo anche quel chiostro, entrammo in una porta, c'infilammo in un corridoio stretto e buio e sbucammo in un cortiletto. C'erano degli attrezzi da lavoro appoggiati in un angolo, e lungo il muro un altro orto ben curato. La monaca giovane aprì una porticina.

«È qua...» disse, senza entrare. L'altra monaca mi guardava, muta. Mi affacciai dentro, e il puzzo di circo mi mozzò il fiato. In un angolo della vecchia stalla, sdraiato sopra un cumulo di paglia dormiva il gigante, con la bocca mezza aperta. Disteso sembrava ancora più ciclopico. La testa era grande come un cocomero, e le braccia sembravano rami nodosi. Con un osso del dito poteva fare la stecca per la zampa di un cane lupo, altro che passerotto. Sfilai la testa dalla porta e la monaca la richiuse. Mi tossii nel pugno.

«Scusate, secondo voi Angiolino potrebbe... fare del

male a qualcuno? » chiesi, gentilissimo. Le monache si scambiarono un'occhiata.

« Angiolino è assolutamente incapace di fare del male » disse la giovane.

« Esce mai dal convento? »

« Mai... »

« Mai! » aggiunse la vecchia.

« Siete sicure? »

« Sicurissime. » In coro.

« Eppure... ho visto per tre volte Angiolino passeggiare di notte nella campagna, qua intorno » dissi, rispettoso. Le monache si scambiarono un'altra occhiata.

« Qualche volta riesce a scappare » ammise la giovane.

« Nel senso che... lo tenete rinchiuso? »

« Oh no, ma ringraziando il Signore di solito non si allontana » si affrettò a spiegare la vecchia.

« Succede molto raramente, ringraziando il Signore » raddoppiò la giovane, vagamente imbarazzata.

« Mi sembra di capire che se Angiolino va in giro da solo può diventare pericoloso... »

« Assolutamente no, ma potrebbe farsi del male. »

« Capisco... »

« Ha l'animo di un bambino » affermò la vecchia.

« Cosa fa tutto il giorno? » chiesi.

« Lavora... » La giovane.

« Nell'orto, in cucina... » La vecchia.

« ... lava i piatti, le pentole... »

« ... pulisce le celle... »

« Avete saputo di quella donna di Siena che è stata uccisa? » dissi, fissandole negli occhi. Si fecero il segno della croce nello stesso momento, ma la vecchia fu più veloce a finire.

« Non abbiamo il televisore » disse la giovane.

« A qualche chilometro da qui hanno trovato il cadavere di una donna. Sembra che sia stata sbranata da un grosso animale. »

«Pace all'anima sua.»

«Poverina» aggiunse la vecchia, accennando un altro segno della croce.

«Non voglio allarmarvi... Ma se il *grosso animale* che ha sbranato la donna fosse proprio Angiolino?» Vidi quattro occhi che si dilatavano, e due bocche aprirsi da sole.

«Gesummaria! Ma cosa state dicendo?» protestò la vecchia.

«Angiolino è buono come il pane.» La giovane strinse i pugni, ma solo per un secondo. Sembravano tutte e due molto convinte, e anche un po' offese... ma forse si sbagliavano.

«Non si può mai dire, i disturbi mentali sono imprevedibili. Magari una volta ogni tanto gli prendono i cinque minuti e...»

«Angiolino no» disse la giovane, ferrea.

«Ovviamente non ne avrebbe nessuna colpa...» dissi.

«Angiolino non sarebbe capace di fare del male a una formica» insisté la vecchia.

«Abbiamo molto da fare» disse la giovane, lanciando un'occhiata all'altra monaca. S'incamminarono insieme verso l'uscita e le seguii. Attraversammo di nuovo il chiostro piccolo. Il coro si sentiva ancora, lontano e vago come un sogno. Era come essere nel medioevo. Se avessi potuto vivere molte vite, una l'avrei vissuta là dentro.

Arrivammo all'uscita senza dire una parola. La vecchia aprì le serrature e tirò i chiavistelli, con movimenti bruschi. Il portone si aprì. Il mondo era là fuori, con i suoi misteri e le sue infinite perversioni.

Le monache erano silenziose. Non sapevo come salutarle. Non avevano l'aria di volermi stringere la mano.

«Sia lodato il Signore» mormorò la giovane.

«Sempre sia lodato» dissi, insieme alla vecchia.

Subito dopo pranzo mi sedetti davanti al computer e cominciai a scrivere, tenendo accuratamente il barbuto lontano dai miei pensieri. Ogni cosa a suo tempo. *Orrore sulle colline* stava andando avanti bene. Ci mettevo dentro tutto quello che avevo immaginato, e mi sembrava più vero di quello che avevo vissuto.

Ogni tanto facevo un pausa e camminavo su e giù per la stanza, pensando al gigante. L'idea che a uccidere Maria Conti fosse stato Angiolino non mi aveva ancora abbandonato... Per non parlare delle stragi di galline. Sarà stato anche un agnellino, ma era soprattutto un ciclope senza cervello, e magari quando s'innervosiva...

Mi era rimasta addosso l'atmosfera del convento, con quel coro che esalava dalle pietre. Se mi fossi rinchiuso in una di quelle celle, chissà cosa avrei scritto.

Appena il portone del monastero si era chiuso alle mie spalle avevo incontrato un contadino sdentato che passava a piedi. Gli avevo chiesto se conosceva Angiolino, e lui si era messo a ridere a tutte gengive.

«Lo conosco, lo conosco.»

«Le monache dicono che è tranquillo... lavora nel convento, coltiva l'orto, lava le pentole...»

«È vero, fa tutto lui, ma proprio tutto... Non so se mi spiego.»

«Cioè?»

«Le monache saranno anche monache, ma sono anche femmine...»

«Che?»

«S'è mai vista una gallina senza il gallo?» aveva detto lo sdentato ridacchiando, e si era incamminato lungo il sentiero. Mi rifiutavo di credere a una cosa del genere.

Mangiai in cucina davanti al televisore. Su Maria Conti non c'era nessuna novità. Cosa dovevo fare? Andare alla polizia e raccontare di Angiolino? Cercavo di immaginare la scena. *Tutti dicono che sia buono e dolce come un cucchiaino di miele, commissario, ma forse in certi momenti diventa aggressivo...* E se invece avevano ragione le monache? Se Angiolino era buono come il pane? Vedevo già i titoli dei giornali: *Lo scrittore Emilio Bettazzi prende fischi per fiaschi.* E se invece... Che palle! Non ne potevo più di tutte quelle domande. Dopo il caffè presi la bottiglia di vin santo e tornai in camera. Accesi una canna leggera, e continuai a scrivere.

Alle dieci e mezzo squillò il cellulare. Lessi sullo schermo *Mamma*, e sospirai.

«Ciao mamma.»

«Ciao tesoro... Ti devo dare una brutta notizia.»

«Che è successo?» Mi alzai in piedi.

«Zia Cecilia...»

«Morta?»

«Sì.» Era una zia di mio padre, novantasette anni. Tutte le sere come aperitivo beveva un bicchierino di cognac.

«Cazzo, mi dispiace.»

«Non dire parolacce, soprattutto di fronte alla zia.»

«Ma è morta...»

«Appunto, ora ti vede.»

«Come è successo?»

«Bianchina l'ha sentita gemere in salotto e si è precipitata, ma ormai la zia era già morta.» La Bianchina era la sua governante, ottantacinque anni. Non poteva essersi precipitata.

«L'avete vista?» chiesi.

«Ci stiamo andando adesso, siamo in macchina.»

«Povera zia.» Mi era sempre stata simpatica...

Sentii in sottofondo la voce di mio padre che diceva: *Dammi quel cazzo di telefono.*

«Monta in macchina e vieni a casa» disse.

«Adesso? Non è meglio se vengo domattina? Pronto?»

«Sono la mamma... Se sei stanco vieni pure domani, tesoro...»

«No, deve venire ora» disse mio padre a voce alta.

«Va bene, digli che vengo.»

«Dice che viene... Ciao, tesoro.»

«Ciao mamma.»

Da qualche anno sentivo che mio padre non aveva più nessun potere su di me, e il mio atteggiamento verso di lui era cambiato. Per non deludere la sua necessità di dominio lo accontentavo in tutto, sentendo nello stomaco un benefico senso di libertà. Avevo passato la vita a illudermi di cambiarlo, come un bambino che cerca di afferrare la luna alzandosi sulla punta dei piedi. Adesso invece era bello guardarlo negli occhi e pensare: *Mi piaci così, pieno di difetti.*

Finii di battere sulla tastiera una frase che avevo lasciato a metà, poi spensi tutto e montai in macchina. Povera zia Cecilia, era da un sacco di tempo che non andavo a trovarla.

Appena arrivai sulla provinciale chiamai Camilla.

«Ciao Mata Hari, dove sei?»

«In un bordello di Bangkok...»

«Purtroppo la cena di domani è rimandata. È morta una vecchia zia di mio padre, sto andando a Firenze.»

«Mi dispiace. Quanti anni aveva?»

«Novantasette, lucida fino all'ultimo.»

«Che fortuna.»

«Magari poteva arrivare a cento.»

«Ha sofferto?»

«Non più di qualche secondo.»

«Falle una carezza da parte mia» disse lei.

«Grazie.»

«Starai via molto?»

«Non so, ti chiamo appena so qualcosa.»

«Non importa, ci sentiamo quando torni.»

« Come vuoi... Non vedo l'ora di raccontarti cosa è successo. »

« Parli della villa? »

« Parlo del gigante. L'ho fotografato. »

« Cosa? Ti sento male... »

« Ho fotografato il gigante. Ma pare che sia un bravo ragazzo che ripara le zampe agli uccellini. »

« Non ti seguo più... »

« È un trovatello. Sta dalle monache, cura l'orto e spazza le stanze. »

« Ma di che parli? »

« Sto parlando del lupo mannaro. »

« Eh? »

« Magari è stato proprio lui ad ammazzare quella donna... »

« Lui chi? »

« Nulla, ti spiego quando ci vediamo. »

« Forse è meglio, non ho capito niente. »

« Nemmeno io » dissi.

« Ah, dimenticavo... Se torni sabato non ci sono. »

« Ah, no? »

« Devo andare a Torino per un convegno, torno lunedì. »

« Buon viaggio. » Perché mi era venuto in mente il barbuto?

« Ora vado, sennò mia mamma comincerà a pensare che sono fidanzata. »

« Non sia mai... »

« Ciao. »

« Ciao. »

« Emilio... »

« Sì? »

« Nulla. »

« Dimmi... »

« Nulla, buonanotte. »

« Cosa mi volevi dire? »

« Dai, niente... »

« Va bene. Buonanotte. »

« 'Notte. »

« Ciao. »

« Ciao. »

« Ciao. »

« Ciao » e riattaccò. Cosa mi stava per dire? Un altro mistero, cazzo. Accesi la radio e misi una stazione di musica classica. La strada era bellissima. Non c'era quasi nessuno in giro.

Mi era sempre piaciuta, zia Cecilia. Mi ricordavo bene il suo viso punteggiato di macchioline scure. Anche da vecchia aveva due occhi vispi da ragazzina curiosa. Sembrava sempre sul punto di dire qualcosa di memorabile, e a volte succedeva davvero. Aveva cominciato da ragazzina a partecipare alle sedute spiritiche. Le erano capitate avventure di ogni genere e a volte ce le raccontava, fissandoci con gli occhi sbarrati. Quando ero bambino mi faceva paura.

L'avevo vista l'ultima volta qualche giorno prima di Natale. Ero andata a trovarla un pomeriggio, per portarle un regalino di mia madre. Viveva con la Bianchina, una vecchietta minuscola che camminava piegata in avanti. Non facevano che litigare, ma era un modo di tenersi vive.

Per fare contenta la zia mi ero fatto raccontare per l'ennesima volta una vecchia storia... quando da bambina era andata in *trance* al posto di una famosa medium, in un antico appartamento vicino a piazzale Donatello. Era appena finita la Grande Guerra, lei aveva compiuto da poco otto anni. L'avevano mandata a letto presto e si erano riuniti nel salotto grande, intorno a un tavolo tondo. C'era una famosa medium arrivata apposta da Roma. La seduta era appena cominciata. A un tratto la porta del salotto si era aperta ed era apparsa lei, la piccola Cecilia. Aveva la faccia stravolta e gli occhi gi-

177

rati all'indietro. Aveva indicato un uomo: «Tu domani morirai», poi si era fatta la pipì addosso e si era svegliata piangendo. Il giorno dopo quell'uomo era morto, investito da un omnibus...

«Stai bene, tesoro?» Mia madre mi baciò sulla guancia e mi toccò la fronte per sentire se avevo la febbre.

«Sono solo un po' stanco, sto lavorando molto.»

«Lavorando?» fece lei, sinceramente stupita. Per mia madre scrivere non era un lavoro, era un passatempo. Non importava se vendevo migliaia di copie.

«Sto scrivendo un romanzo.»

«Non può essere quello, hai un'aria così stanca...»

«Sto benissimo, mamma. Dov'è la zia?»

«Il babbo l'ha sistemata sul letto.» La seguii lungo il corridoio, illuminato appena da una lampada a muro. Entrammo nella camera della zia e vidi il suo corpicino disteso sopra una coperta scura. Aveva le mani intrecciate sul seno e un rosario tra le dita. Sul comodino bruciava una candela.

La Bianchina era seduta in un cantuccio a pregare. Appena si accorse di me si alzò e mi venne incontro. Mi baciò sullo zigomo, lasciandomi un'impronta bagnata.

«Se n'è andata» disse, con le lacrime agli occhi.

«È in paradiso» dissi, purtroppo senza crederci. La Bianchina sorrise tristemente e tornò sulla sua sedia a pregare. Mi avvicinai alla zia. Sembrava che dormisse, anche se le guance le erano scivolate un po' verso le orecchie. Aveva la labbra socchiuse, e dal naso le usciva un lungo pelo bianco.

Visto il suo passato di medium, mi aspettavo da un momento all'altro di vedere il suo spirito alzarsi in piedi e venirmi ad abbracciare. Le posai una mano sulla fronte, come avevo fatto con Franco, e quel gelo mi si attaccò alle dita. Il bisbiglio della Bianchina andava di pari passo con il tremolio della candela.

« Babbo dov'è? »

« È andato a fare due passi, adesso arriva. » Come fosse stato evocato, mio padre arrivò. Sentii la porta d'ingresso che si apriva e i suoi passi decisi nel corridoio. Aveva settant'anni ma non li accettava.

« Ciao » disse, stritolandomi la mano.

« Hai avvertito gli zii? » Parlavo dei suoi fratelli.

« Giampiero è già passato, Marcello viene dopodomani per il funerale. » Lo zio Marcello abitava a Roma.

Restammo in silenzio di fronte alla zia, uno accanto all'altro. Quel corpo immobile sul letto aveva qualcosa di assurdo. Era zia Cecilia, potevo toccarla... ma lei dov'era? Tra le sue labbra sbocciò una bolla di saliva bianca, simile alla bava di una lumaca.

« Vieni a dormire a casa? » disse mio padre. La mamma mi guardò, speranzosa. Alzai le spalle.

« Preferisco andare a casa mia. »

« Fai come ti pare » disse mio padre, fissando la zia con le mani allacciate dietro la schiena. Non aveva mai digerito che la famiglia si fosse *smembrata*, cioè che a venticinque anni suo figlio fosse andato a vivere da solo. Era lui la vera chioccia della famiglia.

« Una volta tanto potresti anche dormire a casa » disse mia madre. Aspettava la mia risposta.

« E va bene, dormo a casa. »

« Hai la tua camera, nessuno ti disturba. » Era felice. Mio padre guardò l'ora.

« Bianchina, lei cosa fa? Vuole dormire da noi? »

« Faccio la veglia » disse la vecchietta, con un sorriso avvilito. Mio padre andò a darle una pacca sulla spalla.

« Noi andiamo. Domani ci sarà da fare... »

« Bianchina, non si strapazzi troppo » disse la mamma.

« Sto bene, sto bene » borbottò la Bianchina.

« Buonanotte... »

« Io resto ancora un po' » dissi.

« Hai le chiavi? »

« Sì. »

« Non fare troppo tardi. »

« No. »

« Allora noi andiamo. »

« A dopo. »

« Non tornare troppo tardi... »

« No, mamma. » Finalmente se ne andarono.

Portai una sedia accanto al letto funebre e mi sedetti. Mi ricordai della carezza di Camilla, e passai una mano sulla guancia di zia Cecilia. La Bianchina continuava a biascicare, persa nel suo mondo di preghiere. Era come se fossi da solo. Dalla fiamma della candela saliva a momenti una striscia sottile di fumo nero. Ero molto stanco, e mi si chiudevano gli occhi di continuo...

A un tratto zia Cecilia si tirò su, aiutandosi con le mani. Sbatté gli occhi e mosse le spalle come se fosse intorpidita. Mi sorrise.

« No Emilio, non è stato Angiolino a sbranare quella povera ragazza. »

« Eh? »

« È stato un animale. »

« Zia... » Mi svegliai. Dopo qualche secondo di smarrimento vidi la Bianchina piegata sul viso della zia, con gli occhi sgranati.

« Si è mossa » sussurrò.

« Non mi sembra » dissi, drizzandomi sulla schiena.

« Ha tirato su il capo, l'ho vista. »

« Sarà stato un sogno... »

« No no, l'ho vista. Si è mossa. »

« Bianchina, le dispiace se vado a casa? Sono molto stanco » dissi, alzandomi.

« Vada pure. Resto io con la signora. »

« Non vuole andare un po' a riposare? »

«Faccio la veglia» ripeté la Bianchina.

«Buonanotte.» Le feci una carezza sui capelli stopposi. Salutai la zia con un cenno e me ne andai.

Arrivai a casa dei miei. Mia madre era in cucina a scaldare dell'acqua per una tisana. Aveva voglia di parlare. Rievocò qualche aneddoto sulla zia Cecilia, e mi aggiornò sulle disgrazie di amici e parenti. Poi mi parlò del figlio di una sua amica, un grande studioso che scriveva saggi importantissimi. (Non la robaccia che scrivevo io, aggiunsi da solo.)

«Ah, bene... e i suoi libri li hai letti?» dissi, fingendo che fosse una domanda innocente.

«Ancora no.»

«Allora come fai a dire che sono *saggi importantissimi*?» Cosa mi stava succedendo? Mi sentivo un po' acido.

«Lo sanno tutti» disse mia madre, come se fosse ovvio.

«Come si chiama?»

«Alcide Bonechi.»

«Mai sentito nominare.» Oddio, ero geloso.

«Questo che c'entra, tesoro? Tu non leggi mica quelle cose...»

«Certo che leggo *quelle cose*... Leggo anche libri di filosofia e di storia, se è per questo.» Sapevo di essere antipatico. Con mio padre ormai mi sentivo in pace, con mia madre invece i giochi erano ancora aperti. Lei aveva letto solo il mio primo romanzo, o almeno ci aveva provato. A pagina cinque aveva chiuso il libro. Le era sembrato osceno, e mi aveva telefonato per dirmelo. Ci avevo riso sopra, anche con gli amici, ma a quanto pareva non avevo ancora digerito quello che a me era sembrato disprezzo.

«C'è nulla da mangiare?» dissi, per cambiare discorso.

«Ci sono le lasagne. Te le scaldo?»

«Posso fare io...»

«Ci vuole solo un minuto.» Accese il forno e tirò fuori le lasagne dal frigo.

«Solo un pezzetto» dissi.

«Sentirai che buone.»

«Non voglio andare a dormire con la pancia piena.»

«Le ho fatte oggi a pranzo.»

Mangiai un piatto enorme di lasagne, seduto a tavola davanti alla TV accesa. Mia madre era già andata a letto. Portai il piatto sporco in cucina e lo posai nell'acquaio, come quando ero ragazzo. Tornai nella stanza da pranzo con una bottiglia di grappa e aprii la finestra. Guardando un vecchio film di vampiri fumai una canna, con la stessa emozione di quando da ragazzino mi masturbavo in bagno con le foto in *lingerie* di Elsa Martinelli e di Barbara Bouchet...

Entrai in camera mia. Quanti secoli erano che non ci dormivo più? Qua e là si vedevano antichi residui dell'adolescenza. Adesivi mezzi strappati sulle ante dell'armadio, scritte a pennarello sui muri. Quanti sogni avevo fatto in quella stanza... Ricordare certe cose mi faceva sentire un vecchio appesantito dai rimpianti. Mi spogliai e m'infilai a letto... Zia Cecilia si era mossa per davvero o la Bianchina aveva avuto una visione?

Sabato mattina verso le undici, dopo una breve messa con pochi discorsi, accompagnammo zia Cecilia al cimitero di Pratolino, chiusa in una cassa modello base. C'erano i fratelli di mio padre con le mogli. I miei due cugini erano all'estero per lavoro. Non mi sarebbero mancati, li consideravo dei coglioni e loro pensavano lo stesso di me. L'unica cugina era in vacanza in Vietnam. Ero stato sempre un po' innamorato di lei, e mi dispiaceva non rivederla.

I necrofori spinsero la zia dentro il loculo comunale. Un ragazzone con la faccia impassibile costruì in pochi minuti un muretto di mattoni, ci spalmò sopra uno strato di cemento e lo lisciò a lungo con la cazzuola, poi con un dito ci scrisse, *Cecilia Marescalchi*. Mia madre aveva portato dei fiori, e li sistemò alla meglio. Restammo qualche minuto a guardare il loculo, parlando della lapide da fare. Quando la carovana si mosse salutai mentalmente la zia, promettendole che prima o poi sarei tornato a trovarla.

Mangiammo tutti insieme a casa dei miei, come succedeva a Natale quando ero bambino. Dopo i primi minuti di mormorii diventò un pranzo come tutti gli altri. Si mangiava e si beveva di gusto, e si rideva. Avevo lasciato la TV accesa con l'audio muto, e quando vidi la sigla del TG1 mi scusai e alzai il volume.

« Voglio solo vedere una cosa, poi abbasso. » Continuarono tutti a mangiare, sbirciando ogni tanto il televisore senza troppo interesse. Avevano voglia di chiacchierare. La terza notizia era su Maria Conti. Mia madre si rabbuiò, e il suo sopracciglio sinistro si mise a ballare.

« Non mi piace che te ne stai lassù tutto solo. »

« Ssst... fammi sentire. »

Gli inquirenti avevano fermato l'ex fidanzato e lo stavano interrogando. Si vedevano le immagini di una macchina della polizia accerchiata dai fotografi, con dentro un uomo che si nascondeva la faccia. Era ovvio che prima o poi lo avrebbero interrogato. Si partiva sempre dalle persone più vicine, era un passaggio obbligato... ma forse erano fuori strada. Forse la verità era sulle colline di Montesevero, dentro il convento delle Domenicane dello Spirito Santo. Forse. Oppure Angiolino era davvero un gigante buono che rimboccava le coperte alle galline, e ad ammazzare quella donna era stato un vero lupo mannaro... perché no. Da quando abitavo a Fontenera nulla riusciva più a stupirmi.

«Ora si può parlare?» disse mia madre, fissandomi.

«Di cosa?» Abbassai il volume.

«Vuoi continuare a vivere in quel posto pericoloso?» Anche tutti gli altri mi fissavano.

«Chi mi passa un altro pezzo di pollo?» Feci l'indifferente, aggiunsi un paio di battute sceme e in poco tempo tutto tornò come prima.

Finimmo di pranzare. Dopo il caffè mio padre e i suoi fratelli si misero a cantare vecchie canzoni sconce di quando erano ragazzi. Si vedevano di rado, e quasi mai tutti e tre insieme. Quella era un'occasione per giocare come bambini, ricordando il passato. Erano un po' sbronzi, e le mogli li guardavano con tenerezza. Una scena che faceva quasi venire le lacrime agli occhi.

Quando mi alzai da tavola erano già le tre. Non ne potevo più di stare seduto a mangiare. Salutai gli zii, strinsi la mano a mio padre, baciai la mamma e finalmente me ne andai. Montare in macchina mi diede un grande senso di libertà.

Uscii con piacere da Firenze e imboccai la Chiantigiana. Guidavo con calma, anche per via dei numerosi autovelox. La città mi aveva un po' disturbato. La visuale chiusa dai palazzi e le macchine in coda mi avevano fatto rimpiangere gli spazi aperti e l'aria pulita. Non avevo nemmeno telefonato agli amici. Sapevo che qualcuno mi avrebbe invitato a cena, e mi sarebbe dispiaciuto dire di no. Ma non mi andava di restare in città. Sentivo una sottile e forse assurda nostalgia della cascina di Fontenera, come se lassù avessi avuto le mie radici. Non vedevo l'ora di essere a *casa mia*.

Ripensavo a quei due giorni passati con i miei, che obbedivano a schemi ormai consolidati. Con mio padre parlavo solo di cose inutili, ma era il nostro modo di dirci quello che nessuno dei due avrebbe mai pronunciato. Con mia madre non era facile comunicare liberamente. Dietro le sue parole riverberava sempre qualcos'altro, di solito un'ammonizione o un comandamento divino. Era faticoso seguirla, e la lasciavo parlare pensando ad altro.

Era sabato. Camilla era a Torino, o almeno così aveva detto. Provai a chiamarla, ma il telefono era staccato. Chissà chi era quel tipo barbuto della fotografia. Non vedevo l'ora di chiederglielo.

Misi un CD di cori barocchi, a volume bassissimo. Stavo lentamente rientrando nel mio mondo. I pensieri andavano e venivano a caso, accompagnati da immagini... zia Cecilia distesa sul letto, appena illuminata dalla candela sul comodino... il suo nome scritto sul cemento fresco... Angiolino che si aggirava nei campi... Rachele affacciata alla finestra... la vecchia Rondanini con il bastone... di nuovo Angiolino che dormiva sulla paglia a bocca aperta... le due monache con gli occhi stupiti... *sempre sia lodato*... la bella matta sexy che camminava nel bosco insieme al porco... Bella cavalla...

Arrivai a Fontenera poco dopo le quattro. Prima di andare a casa passai dalla Marinella per comprare qualcosa. Le eterne donnine in coda parlavano della povera Maria Conti, e fra i bisbigli sentii una frase che finiva con *mannaro*.

«E se fosse stato Angiolino?» dissi. Mi arrivò addosso una pioggia di occhiate sospettose. La Marinella fece un sospiro.

«Dodici e quarantacinque» disse, battendo sui tasti della cassa. Una vecchia aprì il borsellino e pagò con i soldi contati. Non dissi più nulla. Quando toccò a me comprai un pecorino magnifico e un po' di pane, per la mia cena solitaria.

Tornai a casa. Misi il pecorino in frigo e uscii di nuovo per fare due passi. Mi erano mancate molto, quelle camminate. Tirava vento e mi chiusi il giubbotto. Mi spinsi lontano, in sentieri dove non ero mai passato. All'orizzonte le colline ricoperte di boschi erano viola, e capii finalmente come mai molti pittori toscani le avessero dipinte di quel colore assurdo. Ma quelle colline non erano solo viola, erano anche un covo di squilibrati.

Pensai alla vecchia Rondanini e alla sciagura che aveva colpito la sua famiglia. Negli ultimi giorni avevo lasciato un po' in disparte quella faccenda, ma in realtà non se n'era mai andata dalla mia testa. Ero riuscito a scoprire chi era il gigante e avevo dato un volto ai fantasmi della villa. Di conseguenza avevo capito che la tragedia dei Rondanini era un mistero a sé, indipendente dagli altri.

Tornai a casa poco dopo il tramonto. Appena entrai in camera accesi il computer e il ricevitore della radiospia. Non vedevo l'ora di sentire le voci degli «amanti» e di correre alla villa. La prima volta ero arrivato tardi perché stavo dormendo, ma se beccavo il momento in cui entravano avrei avuto tutto il tempo... Chissà se le batterie dei trasmettitori avevano ancora un po' di autonomia. Avrei aspettato altri due o tre giorni, poi sarei andato a prenderle per caricarle.

Dopo aver avviato la lavatrice salii in camera per lavorare un po'. Lasciai da parte *Orrore sulle colline*. Sentivo il bisogno di un racconto nuovo, di cui non sapessi ancora nulla. Ne imboccai uno strano, dove il diavolo appariva nei vicoli di Firenze con le sembianze di un gobbo alto un metro. Mentre battevo sui tasti mi passavano veloci nella mente le immagini del funerale della zia...

Quando guardai l'ora mancavano venti minuti alle otto. Avevo scritto quasi dieci pagine di getto, e mi ero anche divertito. Di sicuro avrei avuto molto da correggere. Si trattava soprattutto di tagliare via le frasi *troppo belle*. A metà della storia, accanto al diavolo nano era apparso un ermafrodito più sensuale di Marilyn. Avevo proprio voglia di vedere come andava a finire. Ma avevo anche fame.

Andai in cucina e accesi la TV. Mentre buttavo la pasta partì la sigla del TG1. Prima notizia: *L'ex fidanzato di Maria Conti confessa: è stato il mio cane.* Mi cascò la mascella. Aspettai la fine dei titoli e alzai il volume: Salvatore Z., trentaquattro anni, aveva confessato. Maria Conti lo aveva lasciato per un altro, ma lui non voleva rassegnarsi. Era riuscito a strapparle un appuntamento, e per fare due chiacchiere con calma l'aveva portata in quella stradina di campagna. Avevano litigato quasi subito. La Conti era scesa dalla macchina sbattendo la portiera, e lui le era andato dietro. Anche Bullo – così si chiamava il cane dell'uomo – li aveva seguiti. Era sempre stato un cane tranquillo. Salvatore Z. aveva raggiunto Maria sulla strada sterrata. Aveva provato a fare pace ma lei non voleva saperne, anzi aveva cominciato a strillare e a tiragli pugni sul petto. A un tratto il cane aveva fatto un balzo e l'aveva azzannata alla gola, poi aveva continuato a straziarla. Bullo era un rottweiler maschio grosso come una pecora, e lui non era riuscito a trattenerlo. Una morte orribile, povera Maria Conti...

Angiolino non c'entrava nulla. Era un gigante beneducato, dovevo rassegnarmi. Le mie supposizioni non valevano un cazzo, come al solito. Mi ero lasciato guidare dalla speranza di svelare un mistero e ci ero cascato come un pollo. Che coglione. Chissà come se la rideva il maresciallo. Mi sembrava di sentirlo: *La faccia finita di giocare a guardie e ladri, Bettazzi, e si goda la pace della campagna...*

Ride bene chi ride ultimo, pensai. Con un po' di fortuna prima o poi avrei avuto qualcosa di indiscutibile da sottoporre alla sua indifferenza. Allora avrebbe smesso di ridere, e sarebbe stato obbligato a darmi retta.

Dopo cena accesi una canna e mi sedetti davanti al

computer, per continuare quel racconto. Trovai il titolo, *Buio d'amore*. Non sapevo cosa volesse dire, ma non suonava male. Dopo un'ora che inseguivo quella storia mi chiamò Camilla.

« Dove sei? » mi chiese.

« A Fontenera. » Le raccontai brevemente il funerale della zia Cecilia e il pranzo in famiglia. Lei mi disse che aveva cambiato programma. Sarebbe tornata il giorno dopo verso le nove. Affamata. Molto affamata.

« Nel senso che spero io? » dissi.

« Ommamma! Come mai voi maschi siete sempre così noiosi? »

« Per far sentire originali voi donne. »

« Potresti risollevarti un po' raccontandomi cos'è che hai scoperto. »

« Mi sembrava di aver capito che non volevi farti coinvolgere da queste stupidaggini. »

« Ho cambiato idea. »

« Non citerò il Rigoletto, perché so che ti sembrerei un maschilista. »

« Vedo che ti sforzi di non essere banale, sono commossa. »

« Le donne non si commuovono, hanno solo le ghiandole lacrimali difettose... »

« Che bello conoscere di persona uno psicologo del comportamento femminile. » Era un po' come scopare, ma a distanza.

« Sai che pensare a te mi spinge alle pratiche dell'adolescenza? » dissi.

« Che schifo, non ti azzardare... »

« Troppo tardi. »

Qualche secondo di silenzio.

« Dai... ma è vero? » disse lei.

« Cosa? »

« Che pensando a me... »

« Certo. »

« Molte volte? »

« Ho perso il conto. »

« Ma... »

« Ma? »

« In quei momenti... ci sono soltanto io? »

« Sì. »

Silenzio.

« Penserai a me anche stasera? » disse lei.

« Ci puoi contare. »

« Che porco » e riattaccò.

Continuai a scrivere quel raccontaccio con il demonio, e lo finii alle tre passate. Mi bruciavano gli occhi. Andai a letto e spensi subito la luce. Il barbuto della foto cercava di farsi avanti per annodarmi lo stomaco, ma riuscii a mandarlo via. Pensai intensamente a Camilla, fino in fondo... e subito dopo mi addormentai.

Il giorno dopo nel primo pomeriggio rilessi *Buio d'amore*, e lo corressi a colpi di mannaia. Non era male. Una storia molto malinconica, ma anche divertente.

Cominciai subito un altro racconto. Anche quello mi usciva dalle dita senza che potessi metterci bocca, come se lo stessi ricopiando da un libro già scritto. Solo dopo le prime pagine mi accorsi che in qualche modo stavo parlando di Camilla. Andai avanti per un bel pezzo, con un mozzicone di canna che mi pendeva dalle labbra.

Quando guardai l'ora erano le cinque e venti. Ancora tre ore e quaranta e avrei visto Camilla, sempre che fosse puntuale. Comunque sarebbe arrivata affamata, e non avevo ancora deciso cosa fare per cena. Spaghetti alla puttanesca o penne al salmone? A un tratto sentii una voce e un rumore di passi... Venivano dagli altoparlanti del computer. Mi si drizzarono i peli sulle braccia. Dopo qualche secondo di paralisi mi alzai di scatto. Mi attaccai l'auricolare all'orecchio e buttai nello zaino la torcia elettrica e la macchina digitale. Corsi fuori e montai in macchina. Le ruote slittavano sulla strada sterrata alzando una grossa nuvola di polvere. Dall'auricolare arrivava solo silenzio. Avevo il cuore in gola, perché sapevo cosa stavo per fare. Benedicevo quelle batterie che erano ancora cariche. La *Elektra-International* non diceva bugie.

Salii su per la collina e parcheggiai nello stesso posto dell'altra volta. Corsi fino al cancello. Aprii il lucchetto, attraversai il giardino e m'infilai nella villa facendo meno rumore di una patata che cresce. Nell'auricolare sentii finalmente delle voci, ma erano lontane e non capivo le parole. Mi staccai quel coso dall'orecchio e me lo misi in tasca. Mi appesi al collo la macchina fotografica. Accesi la torcia, e tenendola un po' tappata con la mano cominciai a salire le scale. Arrivai in cima e mi fermai ad ascoltare. Si sentivano appena dei lamenti provenire da sinistra. Avanzai a piccoli passi, e appena voltai l'angolo vidi in fondo al corridoio un chiarore filtrare da una porta socchiusa. Non era la stanza della tragedia. Spensi la torcia e mi avvicinai in punta di piedi. Adesso sentivo bene anche le voci. Mi fermai di fronte allo spiraglio della porta.

« Muoviti, troia... muoviti... puttana... »

« Aiha... nooo... ahiaa... »

« Ti scopo... ti scopo... bella cavalla... »

Misi un occhio nella fessura, e li vidi. Mi davano la schiena. La povera demente, tutta nuda e in effetti bellissima, stava piegata in avanti con le mani appoggiate al muro, e il porco, nudo anche lui, se la sbatteva tirandola per i capelli e continuando a dire le sue gentilezze, con il grasso che gli tremolava sui fianchi. Quella scena campestre era debolmente illuminata da una torcia elettrica appoggiata sopra una sedia, e il porco seguiva le sue imprese riflesse nello specchio dell'armadio. Non mancava nulla.

Accesi la digitale con un tocco amoroso. Selezionai il flash. Aprii piano la porta, puntai l'obiettivo e feci un colpo di tosse. Il porco si voltò con gli occhi tondi. Click. La povera ragazza si voltò. Click. Silenzio di tomba. Dopo il flash il buio sembrava assoluto.

« Prego, continui pure » dissi. Chiusi la porta e corsi via facendomi luce con la torcia. Avrei voluto restare per picchiare quel gentiluomo, ma per il momento preferivo incombere come una minaccia misteriosa e difendere le fotografie. Scesi le scale a salti e un attimo dopo ero fuori. Dietro di me non avevo sentito volare una mosca. Montai in macchina e partii. Mentre scendevo giù per la strada mi rimisi l'auricolare. Sentii dei borbottii lontani, dei passi, e finalmente la voce dell'uomo.

« Gli spacco il culo, a quello... lo faccio murare in un pilastro... »

Scoppiai a ridere. Aveva paura, il grande playboy. Almeno per un po' avrebbe lasciato in pace la bella minorata. Accarezzai la digitale. Avevo fatto una certa fatica a non comunicare con quel tipo a colpi di tae kwon do, ma se nella colluttazione avessi perso la digitale non me lo sarei perdonato. La mia parola contro la sua poteva essere uno scontro ad armi pari, ma quelle foto lo avrebbero abbattuto senza scampo. E poi era bello che non sapesse da chi veniva la minaccia. C'era più soddisfazione. Speravo che la paura dello scandalo gli togliesse il sonno...

Appena arrivai a casa corsi al computer per scaricare le foto. Erano venute benissimo. Nella prima si vedeva la faccia del playboy, nella seconda quella di tutti e due. Sentivo nello stomaco uno strano rimescolio, come se avessi scoperto in quel momento di essere il vendicatore delle donne oppresse. Ero nauseato, ma anche soddisfatto. Adesso finalmente avevo una prova concreta.

Povera ragazza. Bella e senza cervello... e i lupi ne approfittavano. Se fosse stata sana di mente avrebbe messo in riga i maschi come soldatini. Mi feci un tè e continuai il nuovo racconto. Scrissi diverse pagine senza staccare le dita dalla tastiera. Alle otto spensi tutto. Era arrivato il momento di andare in cucina ad accendere il fuoco e a preparare la cena.

Camilla arrivò alle nove e mezzo, direttamente da Torino. Era stanca, e ovviamente bellissima. Non ci baciammo nemmeno sulla guancia, ma nell'aria avvertivo una tensione niente male.

«Voglio sapere tutto» disse lei, entrando in cucina. Anche io volevo sapere tutto sul barbuto, ma ogni cosa a suo tempo.

«Dopo l'ultima volta che ci siamo sentiti sono successe un sacco di cose» dissi, tranquillo.

«Comincia dall'inizio.»

«Rilassati, abbiamo tutto il tempo.» Le passai un calice di vino e Camilla si lasciò andare sul divano con un sospiro paziente. Mi dedicai agli spaghetti, e prima di sederci a tavola misi altra legna nel camino.

Durante la cena le raccontai tutto quello che era successo. Vedere la meraviglia nei suoi occhi valeva mille volte le emozioni che avevo vissuto in quei giorni.

Mi chiese di vedere le foto, e salimmo in camera mia. Finalmente avrei saputo chi era quel brutto ceffo immortalato nel suo letto. Ci sedemmo vicini, su due sedie. A sorpresa aprii una foto del barbuto, e lei si voltò a guardarmi.

«E questa?»

«Ce ne sono molte altre...»

«Ti sembra il momento?»

«Erano nella memoria della digitale che mi hai gentilmente prestato.»

«Non l'avevo scaricata?»

«Sembrerebbe di no.» Aspettavo con ansia un suo commento. Lei alzò le spalle, indifferente.

«Cancellale pure. Non ha significato nulla per me.»

«La storia di una notte?»

«Magari...»

«Cioè?»

«Sei mesi buttati via. Cancellale.» Sembrava molto tranquilla.

«Obbedisco.» Le cancellai con piacere, anche dal cestino. Un vero sollievo. Mi stava parecchio sul cazzo quel barbuto, non m'interessava nemmeno sapere come si chiamava. Capitolo chiuso. Non volevo sentirne parlare mai più.

Feci scorrere le altre foto sullo schermo, quelle di Angiolino e quelle scattate alla villa. Camilla s'impossessò del mouse e le riguardò tutte, una a una. Si fermò sulla povera demente con il porco.

«Che schifo» sussurrò.

«Lo voglio veder piangere, quel panzone.»

«Però anche tu... mica sei tanto normale.»

«È tutto quello che hai da dire?»

«Una radio-spia comprata su internet...»

«Ne valeva la pena o no?»

«Certo. Ma se a farlo è l'uomo che sto per scoparmi, un po' mi preoccupa.»

«Non ho mai conosciuto una donna romantica come te.»

«Me l'hanno detto tutti.»

«Una finezza dopo l'altra...»

«Sei sicuro che a voi maschi serva la finezza per sfogare gli istinti primordiali?»

«No, ma almeno abbiamo il buon gusto di fare finta.»

«Non ci riuscite per niente.»

«E questo a voi donne dispiace?»

«Forse no.» Sentii l'avviamento di un'erezione, e questo per me aveva un grande significato.

Camilla aspettò solo che la baciassi, poi mi spinse sul letto e fece tutto lei. Qualche donna l'avevo avuta, ma una cosa del genere non l'avevo mai vissuta.

Dopo restammo a letto, spossati e contenti. Passandoci una canna ci confessammo quello che avevamo pensato la prima volta che ci eravamo incontrati, davanti alla sua Fiesta in panne.

Lei, *Speriamo che non sia un pazzo.*

Io, *Mamma mia che fica.*

Le rivelai che nel bagagliaio tenevo sempre i cavi per la batteria, ma che non volevo perdere l'occasione ecc. Lei disse che aveva capito benissimo che mentivo, per lei i maschi erano libri aperti...

«A proposito, sai che giù dai miei ho letto un tuo romanzo?»

«Ah sì?»

«Ce l'aveva mia madre sul comodino.»

«Che libro era?»

«*Il ritorno*» disse lei.

«Ah...»

«È piuttosto lungo.»

«Trecentoottantasei pagine» precisai.

«La copertina è molto bella.»

Silenzio.

«Ma... ti è piaciuto?» chiesi, un po' in ansia.

«Ancora non lo so.»

«Come sarebbe?»

«Forse è perché ti conosco di persona, ma...» Lasciò la frase in sospeso.

«Ma?» Ero agitato.

«Non so, ci devo ancora pensare.»

«Quanto pensi di metterci?»

«Quanto basta.»

«Ah, bene.» Lei mi si strinse addosso, e si mise a

giocare con i miei peli. Il suo odore aveva un immenso potere su di me. Eravamo rilassati. Mi sembrava il momento giusto.

«Quel tipo con la barba...»

«Dici il bel ragazzo della foto?»

«Secondo te è bello?» Ero già pentito di aver aperto bocca.

«Per te no?»

«Soprattutto non è un *ragazzo*...»

«Ho conosciuto quarantenni che sembrano suo nonno.»

«Io pensavo che avesse superato i cinquanta» mentii.

«Quand'è l'ultima volta che ti sei misurato la vista?» Mi tirò i peli del petto, ma gli eroi non si lamentano mai.

«Ho undici decimi da tutti e due gli occhi.»

«Una notizia sconvolgente» rise lei.

«Ricominciamo da capo. Quel tipo con la barba...»

«Si chiama Aníbal, è spagnolo.» Ecco, ora sapevo anche come si chiamava. Spagnolo, oltretutto. Non poteva essere di Riccione?

«Insomma quello lì... Che fa nella vita?»

«Perché?»

«Semplice curiosità.»

«È un bravissimo pittore.»

«Fa le caricature sul Ponte Vecchio?»

«Forse... Però le sue opere sono in tutti i musei d'arte moderna del mondo, Parigi, Berlino, Vienna, Madrid, Tokio, Mosca, anche al Guggenheim di New York.»

«Tutto qui?»

«No. L'anno scorso ha esposto al MoMa.»

«Accidenti che bravo.»

«Ti ho sentito fremere o sbaglio?»

«Mi pizzicava un piede.» Ancora bugie, per proteggere la mia dignità. Avevo sperato che il barbuto facesse la guardia giurata o al massimo il commercialista, per non dovermi sentire in concorrenza. Camilla mi passò un dito sul naso.

« Una cannetta? »

« Di cognome come fa? » Tanto ormai...

« Bauhas, ma sui quadri si firma solo *Aníbal*. »

« Com'è che non l'ho mai sentito nominare? »

« Perché sei un ignorante. »

« Ah, già. »

« Devi vedere come gli si appiccicano addosso le donne... »

« Di chi stai parlando? »

« Di mio nonno... Fai un'altra canna? »

« Anche due. » Mi tirai su e cominciai a lavorare. Pensavo con molta serietà a cose stupide. Non avevo mai avuto una ragazza spagnola. Una portoghese però sì. Nessuna pittrice famosa. Solo Lucia si divertiva a imbrattare qualche tela, e ogni volta pregavo Dio che non me la regalasse. Francesi quante? Da ragazzino mi ero innamorato di un'ungherese che aveva cinque anni più di me, e quando si era sdraiata sul letto ero scappato.

« A che pensi? » dissi, dopo un po' che stavamo zitti.

« A quel maiale con la ragazzina. »

« Non succederà più. »

« Però è successo. »

« La pagherà. Domani vado dal maresciallo. » Ero contento che l'argomento fosse cambiato. Le infilai la canna tra le labbra e l'accesi. Mi rimisi giù. Restammo in silenzio a fissare il soffitto, spalla contro spalla. L'aria era satura dei nostri odori. Avevo accanto una sconosciuta, e mi sentivo più o meno come quando avevo appena cominciato un romanzo... pronto a qualunque sorpresa.

Camilla mi passò la canna e si alzò per andare in bagno. La guardai attraversare la stanza senza nulla addosso. Bellissima. Eva nel paradiso terrestre, ma con i capelli neri. Quando tornò aveva i brividi di freddo, e mi si appiccicò addosso. Nessuno dei due parlava. I nastri di fumo salivano lenti verso le travi del soffitto, e poco a poco si dissolvevano. Senza che lei mi chiedesse nulla mi misi a raccontare di qualche mia ex, per farmi bello. Percepivo la sua gelosia nel battito irregolare delle lunghe ciglia, e provavo un certo piacere. Poi lei mi raccontò di qualche suo ex, uomini meravigliosi e speciali e belli e simpatici e intelligenti che avevano strisciato ai suoi piedi. Con il sorriso sulle labbra immaginavo di evirarli uno a uno, primo fra tutti il barbuto spagnolo...

Senza rendercene conto dopo un po' ci ritrovammo di nuovo a parlare dei misteri di Fontenera. Ovviamente nominammo la tragedia che si era abbattuta sulla famiglia Rondanini.

« Scoprirò anche cos'è veramente successo in quella villa » dissi, forse un po' troppo serio.

« Esistono degli psicofarmaci che rimettono in sesto l'equilibrio affettivo » rise lei.

« È più forte di me... devo farlo... »

« Forse anche Hitler aveva in testa questa frase. »

« Se posso scegliere, ti preferisco mentre scopi. »

« Anch'io, se è per quello. »

« Vorresti dire che sparo cazzate? »

« Ora ti sistemo io... » disse lei, salendomi addosso.

« Questa volta è una cosa seria, maresciallo. »

« Un altro lupo mannaro? »

« Si ricorda quelle voci che avevo sentito alla villa dei Rondanini? »

« E allora? »

« Ho scoperto cosa sono. »

« Sentiamo... » sospirò lui.

«Preferisco parlarne a voce. E poi devo farle vedere una cosa.»

«Un'altra volta?»

«Non se ne pentirà, glielo assicuro.»

«Lei è speciale per far perdere tempo alla gente, Bettazzi.»

«Le rubo solo pochi minuti.»

«Faccia il bravo, mi lasci lavorare...»

«Mi sta dicendo che devo andare alla polizia?» dissi, deciso. Pausa di silenzio. Sentii un sospiro.

«L'aspetto... Ma faccia presto che devo uscire.»

«Compatibilmente con i limiti di velocità, maresciallo.»

«Non faccia lo spiritoso, Bettazzi» e buttò giù. Non era più il carabiniere simpatico e ruspante che mi era sembrato a prima vista.

Misi il PC nella borsa e montai in macchina. Quella mattina sul presto ero andato a recuperare i trasmettitori alla villa, per non lasciare tracce. Mi sentivo in una botte di ferro.

Ripensai alla notte con Camilla. Se n'era andata alle tre e mezzo e sarebbe tornata quella sera a cena. Forse le piaceva come cucinavo. Mi sentivo un dio. Le donne possono alimentare allucinazioni di ogni tipo. Per quello sono pericolose. Ma forse era vero, il destino mi aveva spinto sulle colline di Fontenera *anche* per conoscere lei. Ringraziai Franco, sperando che un giorno mi apparisse per davvero. Lo avrei abbracciato e gli avrei detto quanto mi mancava. Chissà come se la passava, lontano da questo laido mondo.

Entrai nella stazione dei carabinieri e dissi che il maresciallo mi stava aspettando. Schiavo mi indicò una panca di legno addossata al muro dell'ingresso, sotto una carta geografica del Chianti.

«Aspetti lì, il maresciallo è occupato.» Mi sedetti sulla panca. Schiavo tornò al suo posto in una stanzetta minuscola, lasciando la porta aperta per controllarmi. Si mise a scrivere qualcosa su un computer. Batteva solo con i due indici, ma era più veloce di me.

Dopo quasi venti minuti si aprì una porta e apparve il maresciallo. Mi fece cenno di entrare.

«Venga, Bettazzi...» Entrai nell'ufficietto e ci sedemmo. In mezzo a noi, la solita scrivania coperta di fascicoli. Pantano si lasciò scappare un sorriso.

«Ora è convinto che a uccidere quella povera donna non è stato il lupo mannaro?»

«Ammetto di essermi sbagliato.»

«Mi fa piacere. Sentiamo l'ultima coglionata...» Non vedeva l'ora di sputtanarmi un'altra volta. Sfilai con calma il computer dalla borsa e lo posai sulla scrivania. Pigiai il tasto dello start. Pantano mi guardava con pena.

«Questa volta cosa mi deve far vedere? Un filmino?»

«Un attimo di pazienza.» Aspettai che apparisse il desktop, e con calma entrai nella cartella delle foto. Aprii direttamente la seconda, dove si vedevano le facce di tutti e due.

«Ecco qua i fantasmi della villa.» Pregustando l'effetto voltai il computer verso di lui. Il maresciallo guardò lo schermo dilatando le narici. Dopo qualche secondo di fissità cominciò a dondolare la testa, con un sorrisino sulle labbra. Stava dimostrando un certo sangue freddo, ma ero sicuro che avesse accusato il colpo. Non aveva davanti la solita *coglionata* del fantasioso Bettazzi.

«Aspetto i suoi commenti, maresciallo.»

«Dove ha scattato questa fotografia?»

«Alla villa, naturalmente.»

«Come ha fatto a entrare?»

«Le sembra questa la cosa più importante?»

«Sa cos'è la violazione di domicilio?»

«Mi scusi, ma è tutto quello che ha da dire?» Mi sembrava di essere in un film comico.

« Quante foto ha fatto? »

« Due. » Gli feci vedere anche l'altra. Pantano si alzò e camminò fino alla porta. La chiuse a chiave con calma, e si voltò verso di me. Mi alzai dalla sedia.

« Perché ha chiuso la porta? »

« Lasci perdere questa storia, Bettazzi. »

« In che senso? »

« Esistono equilibri che è bene non stuzzicare. »

« Le ho portato le prove di un abuso sessuale su una minorenne toccata nel cervello... e lei mi parla di *equilibri*? »

« Ci sono cose che lei non può sapere, Bettazzi. »

« Me le dica lei. »

« Il dottor Fallani è persona specchiata » affermò il maresciallo, molleggiandosi sui talloni come il duce.

« Da quella foto non si direbbe. »

« So quello che dico. »

« Le faccio presente che sta parlando di un maniaco sessuale. » Cioè il vicesindaco di Montesevero, il « pidocchio rivestito » che voleva comprare la villa con la meridiana. Era lui che si scopava la minorata.

« Si sieda, Bettazzi » disse Pantano, girando dietro la scrivania. Ci sedemmo nello stesso momento. Lui allungò una mano e trascinò il computer verso di sé.

« Cosa fa? » dissi. Non rispose, ma non ci voleva molto a capire cosa aveva in mente. Lo lasciai fare. Strusciò la punta del dito sul touch-pad, cliccò qua e là. Sembrava molto pratico di quelle cose. Alla fine chiuse il coperchio del computer e lo spinse verso di me.

« Che ha fatto? » dissi, fingendomi preoccupato. Ovviamente avevo salvato le foto sul drive USB, che per sicurezza avevo lasciato a casa... e non certo per difenderle da un carabiniere.

« Le ho cancellate. Anche dal cestino » fece lui, soddisfatto.

« Con che diritto? » dissi, alzandomi di nuovo in piedi.

« Se ha fatto delle copie le consiglio di consegnarmi anche quelle. Non voglio che si metta nei guai, Bettazzi. »

« Se in questo paese c'è ancora una bava di giustizia, non sono io a essere nei guai. »

« Non mi ha risposto. Ha fatto delle copie? »

« LEI HA DISTRUTTO LA PROVA DI UN GRAVE REATO! » urlai con gli occhi tondi. Dovevo fingere di essere molto arrabbiato, e mi riusciva bene. Simulai anche un lieve tremito alla mascella.

« Si sieda, la prego. E parli più piano per favore. »

« LE FACCIO PRESENTE CHE STA PROTEGGENDO UN MAIALE! »

« Si sieda e parliamo con calma. » Ci fissavamo come due lupi. Ma era meglio non esagerare, e dopo qualche secondo mi rimisi a sedere. Bussarono alla porta. La maniglia si abbassò ma la porta era chiusa a chiave.

« Tutto bene, maresciallo? » disse Schiavo, un po' allarmato.

« Tutto a posto, vai pure. » L'appuntato se ne andò. Il maresciallo si accese una sigaretta e buttò fuori il fumo con calma.

« Mi dà la sua parola che non ci sono altre copie? »

« Purtroppo non le ho fatte, è contento? » Fingevo di contenere a stento la rabbia.

« Il dottor Fallani ha fatto e continua a fare del gran bene a questo paese, e se... »

« Però violenta una minorata di quindici anni » lo interruppi.

« Non violenta nessuno. »

« A questo punto mi viene da pensare che lei sapesse tutto... »

« Non dica coglionate. »

« Mi dispiace, non riesco a farne a meno. »

« Lei vede le cose solo con i suoi occhi... »

« Soprattutto non credo alle mie orecchie, maresciallo. »

« Anche a quella povera ragazza fa del bene, il dottor Fallani. »

« Lei parla così perché non è sua figlia. » Lo vidi serrare le mascelle.

« Mi ascolti bene, Bettazzi. Sono anni che il dottor Fallani mantiene la madre di quella poveretta. Senza di lui mamma e figlia ruberebbero il becchime ai polli. »

« Sto per mettermi a piangere... »

« Che lei ci creda o no il dottor Fallani è un benefattore. Aiuta molte famiglie povere, raccomanda i figli dei contadini che si diplomano, finanzia la filarmonica, costruisce case popolari, devolve molto denaro per... »

« Sembra un documentario sulle origini di Cosa Nostra. »

« Non dica sempre coglionate, Bettazzi. »

« Mi sbaglio con la 'ndrangheta? »

« Vedo che non vuole capire... »

« Vorrei, le assicuro. » Non dovevo dimenticare la porta chiusa a chiave. Sequestro di persona. Avrei potuto trascinare in tribunale anche lui.

Il maresciallo fece una lunga pausa, come se cercasse le parole giuste per spiegare a un bimbo che a una certa età si deve fare la cacca nel vasino. Appoggiò i gomiti sulla scrivania.

« Anche un gentiluomo può avere le sue debolezze, le sue piccole manie... è del tutto normale. Nessuno è perfetto » disse, con un sorriso tranquillo.

« Non è per questo che esistono i tribunali? »

« E a quella povera ragazza non ci pensa, Bettazzi? Anche lei avrà il diritto di avere i suoi sfoghi, non le sembra? »

« Ha ragione, non ci avevo pensato. » Mi sanguinavano le orecchie.

« Non mi fraintenda, nemmeno a me piacciono certe cose. Ma dipende anche da chi le fa, non le pare? Lei se la sentirebbe di condannare alla miseria la minorata e sua madre? O vuole mantenerle lei?» disse Pantano. Faceva onore al suo cognome. Non sapevo più cosa dire, ma sapevo bene cosa volevo fare. Mi alzai in piedi, calmo e tranquillo. Presi il computer e lo rimisi nella borsa.

«Apra la porta, maresciallo.»

«Troppe persone si sentirebbero offese e danneggiate, se il dottor Fallani avesse dei fastidi...»

«Mi è chiaro il concetto. Ora apra la porta, per favore.»

«Parlo di persone molto in vista, Bettazzi. Capaci di far bruciare un fascicolo con una telefonata.»

«Non era un reato anche quello?»

«Dimentichi questa stupida faccenda, Bettazzi, è un consiglio da amico. Potrebbe ritrovarsi in un mare di guai...»

«Mi ha convinto, maresciallo. Ho capito che in certi casi è meglio lasciar perdere.» Accennai anche un sorriso.

«Lei è libero di fare come crede, ma poi non dica che non era stato avvertito.»

«Non si preoccupi, non farò nulla di nulla. Faccia conto di non avermi nemmeno visto.» Mi avviai alla porta. Il maresciallo si alzò per aprirmi, e ci salutammo con un cenno del capo. Non mi restava che andare a Siena per comprare una scatola di CD-ROM vergini.

Camilla arrivò verso le dieci. Avevo comprato solo affettati e formaggi, e cominciammo subito a mangiare. Le raccontai l'edificante colloquio con il maresciallo, cercando di ricordarmi ogni parola. Lei era incredula e disgustata.

Dopo cena misi un bel ciocco sul fuoco, e come al

solito ci lasciammo andare sul divano. Feci una canna leggera, giusto per rilassarci.

«Mi domando come sia possibile cadere così in basso...» mormorò Camilla.

«Quel Fallani crede di poter fare il cazzo che gli pare, solo perché paga. Lo voglio vedere a quattro zampe.»

«Il giustiziere di Fontenera» fece lei, sorridendo. Nonostante lo squallore di quelle faccende ci sentivamo bene. Le fiamme avvolsero il ciocco e si allungarono, scoppiettando. Un piccolo inferno privato...

«Magari con tutte queste storiacce ci si potrebbe fare un film» dissi. Cercai d'immaginare la faccia di un produttore mentre leggeva il soggetto. Camilla si tolse le scarpe e mise i piedi sul divano. Bellissimi piedini che si muovevano dentro calzini rosa.

«Sei un testone, ma in effetti hai scoperto un sacco di cose...»

«Non sono ancora soddisfatto.»

«Perché no?»

«Mi mancano due cose. Primo: le stragi di polli e di conigli.»

«Non ti ci fissare, sarà una volpe.»

«Non è una volpe, di questo sono sicuro.»

«Ma nemmeno un lupo mannaro...»

«Perché no?»

«Perché i lupi mannari non esistono.» Alzò le spalle.

«Nemmeno l'America esisteva, prima che la scoprissero.»

«Dai, non puoi credere a una cosa del genere. È solo una leggenda.» La fiamma danzava tranquilla intorno alla legna, divorandola poco a poco. Avrei voluto che quel fuoco non finisse mai. Camilla mi si strinse addosso. L'odore della sua pelle e dei suoi capelli mi eccitava.

«E la seconda cosa?» disse.

«C'è bisogno di dirlo?»

« La tragedia della villa... »

« Già. »

« Mi sa che su quella ci sbatti le corna. »

« Prima dovrebbero spuntarmi. »

« Non siamo mica fidanzati... »

« Attenta che non spuntino a te, dottoressa. »

« Provaci e te lo taglio. »

« Già, dimenticavo che sei siciliana. »

« Oddio no, ancora con quella scemenza dei siciliani gelosi... »

« Perché, non è vero? »

« Ho avuto due fidanzati milanesi e uno di Bologna, e ti assicuro che anche a letto... »

« Non lo voglio sapere. »

« Ah, sei siciliano? »

« Mai stato geloso in vita mia » mentii, per orgoglio.

« Eppure quando senti parlare di Aníbal... »

« Non avevi buttato via sei mesi, con quello lì? »

« Malgrado tutto mi ha lasciato dei bei ricordi... soprattutto a letto. »

« Adesso ti aspetti che voglia sapere se ce l'ha più grosso di me? »

« Ah, tu non sei come tutti gli altri? »

« Hai ragione, sono come tutti gli altri... Ce l'ha più grosso di me? »

« Ma cosa dici, amore? Tu ce l'hai più grosso di tutti » disse Camilla, con la voce da mammina premurosa.

« Sto parlando sul serio. »

« Sai che non mi ricordo? Ma se ti interessa una sera lo vedo e... »

« Bene, hai vinto tu. Ora però parliamo di cose serie. »

« Basta che non ricominci con i lupi mannari. » Mi baciò all'improvviso, poi si alzò per andare a prendere il vino. Possibile che non potessi fare a meno di guardarle il culo?

«Domani torno dalla signora Rondanini» dissi, per parlare di cose serie.

«Ti sbatterà la porta in faccia come sempre.»

«Lei sa tutto, me lo sento. Devo solo trovare il modo di farla parlare.»

«Scommetto che non ci riuscirai.»

«Una cena?»

«Bene.» Ci stringemmo la mano per convalidare la scommessa. Camilla riempì i bicchieri e si sedette accanto a me. In quel momento in lontananza si alzò una specie di ululato, e Camilla mi si strinse addosso. Il lamento continuò a lungo, e i cani di tutta la vallata risposero a quel richiamo uggiolando come impazziti. Poi di colpo tornò il silenzio.

«Non si sente più» dissi.

«Preferivo sentirlo ancora, così magari si capiva cos'era.»

«Manca poco alla luna nuova, non può essere l'uomo lupo.»

«Ora sì che mi sento più tranquilla...»

«Forse era Angiolino che dialogava con un cucciolo di cinghiale.»

«Non è che devo ridere, vero?»

«Puoi farlo con comodo domattina, quando ci ripensi.» La legna nel camino crollò fra una nuvola di lapilli, e lei si contrasse di nuovo. Dopo quel verso animale e quei latrati sgomenti era rimasto nell'aria un senso di pericolo. Immaginai un lupo mannaro che correva a balzi nella notte, ricoperto di peli neri, con due zanne lunghe come punte di cancello...

«Non mi hai ancora detto se il mio romanzo ti è piaciuto» dissi.

«Forse perché non voglio dirtelo.»

«Come mai le donne sono sempre così tortuose?»

«Come mai gli uomini sono sempre così prevedibili?»

« Hai ragione, infatti indovina a cosa sto pensando. »

« Sei il solito porco... » Posò il bicchiere in terra e mi baciò, infilandomi una mano nei pantaloni. Poco dopo ci ritrovammo nudi. Mi alzai per mettere altra legna nel camino, e lei ne approfittò per sdraiarsi più comoda.

Una scopata bellissima, che subito dopo ci mettemmo a commentare nei dettagli con il gusto di camminare sul filo dell'imbarazzo.

Ci rivestimmo a metà, e fumammo ancora un po' d'erba. Camilla si mise a raccontare di quando era bambina. Cose belle e cose brutte, mescolate insieme. Era più dolce di quello che voleva far credere.

« Domattina devo svegliarmi presto » disse, verso l'una. Si alzò per finire di vestirsi. Era quasi più eccitante di uno spogliarello. Mi vestii anch'io. Nessuno dei due accennava alla possibilità di dormire insieme. Non volevo essere troppo invadente... e nemmeno prevedibile. Ma la verità era che avevo paura di sentirmi dire di no.

L'ultimo bacio venne consumato attraverso il finestrino aperto della Fiesta, con il motore già acceso. Le chiesi il favore di farmi uno squillo quando arrivava a casa, e questa cosa la agitò. Mise le sicure e partì con il cellulare sulle ginocchia. Non riuscivamo a liberarci del lupo cattivo.

Aspettai di vederla sparire nella notte e tornai in casa. Chiusi bene la porta, salii in camera e accesi il computer. Non avevo sonno. Mi misi a scrivere, questa volta *Orrore sulle colline*. Mentre seguivo il protagonista nel fitto del bosco mi arrivò un SMS: *Sono salva, ciao lupo*. Risposi: *Ti voglio anche domani*. Non mi rispose.

Scrissi fino alle quattro, e finii *Orrore sulle colline*. Era venuto fuori un racconto piuttosto lungo, ma ancora non sapevo che roba fosse. Finiva con l'ultimo faccia a faccia tra l'uomo lupo e Filippo... che nell'ultima riga moriva, portandosi dietro il segreto che aveva appena svelato: i lupi mannari esistevano eccome.

Mi svegliai per colpa di un tuono che fece tremare la casa. Stava diluviando. Il rumore della pioggia sul tetto sembrava un camion in una galleria. Le otto e un quarto. Mi affacciai alla finestra. Il cielo era nero, e nei campi scorrevano ruscelli d'acqua.

Mi lavai la faccia e andai a farmi un caffè, sfiorando i muri con le dita per non cadere. Mi sentivo piuttosto rincoglionito, ma quel giorno dovevo occuparmi di diverse cose. La pioggia non mi avrebbe fermato.

Recuperai le foto del vicesindaco dal drive USB, e le copiai su cinque CD-ROM. Aprii un file nuovo di Word, e scrissi la data e il luogo dello scatto. Nella riga sotto, il nome del protagonista maschio: *il vicesindaco di Montesevero, dottor Maurizio Fallani.* Mi mancava solo il nome della poveretta, ma l'avrei scoperto presto. Magari lo sapeva anche Camilla. In un altro file scrissi cinque indirizzi, da stampare e incollare sulle buste: Procura della Repubblica, Questura di Firenze, Tribunale per la tutela dei minori, due quotidiani nazionali.

Telefonai a Camilla, ma purtroppo non conosceva di persona quella ragazza e non sapeva il suo nome. Ne approfittai per invitarla a cena, questa volta al ristorante. Ma quella sera lei non poteva. Disse che doveva tradurre con urgenza un articolo di pediatria per una rivista specialistica. Mi lasciai sfuggire un grugnito da fidanzato sospettoso e geloso, e lei mi disse che in realtà doveva vedere tre portoricani per fare un film porno. Risi della battuta, ma la mia mente aveva già immaginato la scena e sentii uno strizzone allo stomaco. La invitai per la sera dopo.

« Domani va bene » disse la principessa.

« Mi prenoto anche per dopodomani. »

« Rischi di venirmi a noia. »

« Non sai quello che dici... »

« Vedremo. » Ci salutammo. Dovevo aspettare quasi trentasei ore prima di rivederla...

Pioveva ancora forte e tuonava, ma non avevo nessuna voglia di stare chiuso in casa ad aspettare. Trovai un vecchio ombrello nell'ingresso e m'infilai in macchina. Andai dritto al negozio della Marinella. Nonostante il temporale era pieno di donnine, gioiose per tutta quell'acqua. Feci un sorriso rassicurante e mi lanciai alla scoperta del nome della demente.

« L'altro giorno ho visto quella ragazza... come si chiama? Quella molto carina ma un po'... Quella che viene sempre qui con la mamma. »

« E dove l'avete vista? » chiese una donnina.

« Camminava da sola, lungo la strada per Montesevero. »

« Non è possibile » disse la Marinella, tagliando la cotenna a un grosso prosciutto.

« Perché no? »

« Esce sempre con la mamma » fece una donna grassa con i capelli tinti. Mi sembrava di averla vista alla cassa della macelleria, dove non andavo mai.

« Forse non parliamo della stessa ragazza. Quella che dite voi come si chiama? »

« Perché ci tenete tanto a dire che l'avete vista? » chiese una vecchietta. Stava diventando una situazione complicata, dovevo uscirne subito.

« Era solo per fare due chiacchiere... »

« Non sembrava » mormorò una voce nel gruppo. Non dissi più nulla, e aspettai il mio turno leggendo le etichette sugli scaffali. Dopo un po' di silenzio le donnine ricominciarono a parlottare. Ne entravano e ne uscivano di continuo, ma il discorso non s'interrompeva mai. La Marinella affettava salumi e tagliava formaggi.

« Stamattina ho visto Beppe con l'ape. »

« Ah, sì? »

«Ecco qua, mezzo chilo di pecorino stagionato. Ti serve altro?»

«A che ora?»

«Saranno state le sette.»

«Tre etti di finocchiona e due di mortadella per il bambino.»

«E dove andava?»

«Giù verso Sant'Anselmo.»

«Ieri la Piera s'è mozzata il dito di un piede.»

«E con cosa?»

«Con il falcetto.»

«La finocchiona te la taglio alta?»

«E come ha fatto?»

«Sì, bella alta.»

«Ci è scivolata sopra...»

«Stanotte su da Livio... cinque polli ammazzati.»

«A me hanno detto sei, e un coniglio.»

«No, sono cinque galline e basta.»

«Avete sentito l'ululato, verso mezzanotte?» dissi. Silenzio di tomba. In quel momento entrò il vicesindaco, bagnato fradicio. Istintivamente strinsi i denti. Lui salutò tutto il negozio con uno sguardo circolare, e sorridendo chiese il favore di farlo passare avanti perché aveva una fretta boia. Le donnine si scostarono, senza protestare.

«Cosa le do?» disse la Marinella, ruvida. Non sembrava avere molta simpatia per quel panzone, anche se era un benefattore.

«Tre etti di finocchiona» disse Fallani. Aspetta qualche giorno, pensai, poi la finocchiona la faranno con le tue palle.

Mentre la Marinella affettava, Fallani scherzava con le donnine e le faceva ridacchiare. Ero sempre più convinto di quello che stavo per fare. Il vicesindaco mise i soldi sul bancone e uscì senza prendere il resto, seguito dallo sguardo severo della Marinella. Dopo questa piccola interruzione la fila continuò normalmente.

Finalmente arrivò il mio turno. Comprai solo un po' di pane e un mazzo d'insalata. Avevo il frigo pieno di roba. Montai in macchina e imboccai la provinciale per andare dalla signora Rondanini. Il temporale si era un po' allontanato, e sopra le colline il cielo si stava aprendo. Sui campi pesava ancora una luce verdastra, molto adatta ai film di vampiri... ci mancava solo il vampiro, a Fontenera. Era il paese dei matti. Rachele, Angiolino, la bella ragazza... e magari ce n'erano altri, bastava avere pazienza. Le storiacce non mancavano, su quelle colline. Ero convinto che la peggiore di tutte fosse la tragedia della famiglia Rondanini.

Parcheggiai sull'aia e scesi senza ombrello. Non pioveva quasi più. Bussai alla porta. Aspettai. Nulla. Bussai più forte. Finalmente sentii un rumore di chiavistelli e la porta si dischiuse, appena appena. Nella fessura vidi l'occhio della signora che mi fissava.

« Signora Rondanini, mi dispiace disturbarla ancora. Ho assolutamente bisogno di parlare con lei. »

« Lasci riposare i morti. »

« Signora, mi ascolti... sono convinto che alla villa non è successo quello che raccontano tutti... Sono anche convinto che forse... che forse Rachele potrebbe essere aiutata a uscire dal suo incubo... »

« Lei non sa quello che dice. » Stava per andarsene.

« Se non mi apre tornerò qua tutti i giorni, finché non si degnerà di parlare con me. »

« Perché? »

« La prego, mi faccia entrare. »

« Non voglio parlare di nulla. »

« Si fidi di me, la prego » dissi, solenne. Qualche secondo di silenzio. Poi la vecchia Rondanini fece un sospiro, e il suo occhio si allagò di rassegnazione.

« Ora ho da fare. Torni stasera. »

211

« A che ora? » chiesi un po' stupito. Non mi aspettavo un invito del genere.

« Venga a mezzanotte. »

« Non sarà troppo tardi? » Meno male che Camilla
quella sera non poteva.

« Mi corico a notte fonda » disse la signora, secca.

« Va bene, torno a mezzanotte. » La porta si chiuse, e
sentii tirare un paletto. Montai in macchina e me ne andai lentamente lungo la stradina. Quando alzai gli occhi
sullo specchietto vidi la signora sull'aia, appoggiata al
bastone, che guardava nella mia direzione. Sembrava
un imperatore in esilio.

Tornai a Fontenera e parcheggiai nel piazzale di Romero. Il cielo non era riuscito a liberarsi dalle nuvole, e ca-
deva ancora una pioggerella sottile. Romero stava riem-
piendo di legna fine delle ceste, sotto la solita tettoia di
plastica ondulata. Chissà quanti milioni di volte aveva
fatto quella stessa cosa. Mi avvicinai.

« Buongiorno » dissi amichevole. Mi lanciò un'occhiata senza rispondere, ma faceva parte del suo modo
di essere.

« Piove, eh? » buttai lì.

« No, c'è il sole » fece lui scuotendo la testa. Decisi di
arrivare al sodo.

« Mi scusi, lei per caso conosce quella bella ragazza
un po' ritardata che va sempre in giro con la mamma? »

« Sì, perché? » Intanto continuava a riempire le ceste.

« Ero curioso di sapere come si chiama. »

« Perché? »

« Mi sembra di aver visto una sua foto in una rivista
di moda. »

« Non diciamo cazzate. »

« Vorrei solo sapere come si chiama... »

« Martina » disse lui, finalmente. Non ci avevo sperato.

« Martina... e poi? »

« Innocenti. »

« Grazie mille. »

« Quando il fico è maturo... » fece lui, lasciando come al solito il proverbio in sospeso. Lo salutai e me ne andai.

Passai dalla cartoleria a comprare una decina di buste imbottite e tornai a casa. Sulla lettera da spedire a inquirenti e giornali aggiunsi il nome della ragazza: Martina Innocenti. Stampai cinque copie, e le firmai con una gioia che mi faceva informicolire i polsi. Le infilai nelle buste insieme ai CD-ROM con le foto. Chiusi le buste e le misi una sopra all'altra sul tavolo, quasi con amore. Prima di spedirle dovevo fare ancora una cosa.

Salvai la foto dove si vedevano tutti e due in faccia su un altro CD-ROM, e me lo misi in tasca. Uscii di nuovo con la macchina. Aveva ricominciato a piovere più forte, e all'orizzonte i lampi rigavano il cielo. Arrivai a Montesevero e parcheggiai di fronte al Comune, un palazzo antico nella piazza principale del paese, proprio di fronte alla basilica. Corsi dentro sotto l'ombrello, ma mi bagnai lo stesso. Alla portineria c'era un ragazzo un po' scemo, tanto per cambiare. Aveva due lenti spesse come panetti di burro. Gli chiesi dov'era l'ufficio del vicesindaco.

« Primo piano a destra, tutto in fondo » fece lui, con un filo di bava tra le labbra. Sicuramente la sua anima era più bella di quella del dottor Fallani. Salii le scale e voltai a destra. In fondo trovai una porta aperta con scritto accanto *Vicesindaco*. Mi affacciai dentro. Seduta dietro una scrivania c'era una donna bionda con gli occhiali, sui trentacinque anni. Stava battendo sulla tastiera di un computer. Aveva i capelli lunghi ma un po' sfilacciati, e un musino da topo che mi faceva un'immensa tenerezza.

«Chi cerca?» mi chiese, alzando la testa.

«Vorrei parlare con il vicesindaco.»

«Il suo nome, prego?»

«Emilio Bettazzi.»

«Ha un appuntamento?» A quanto sembrava non sapeva nulla delle mie opere.

«No, ma vorrei vederlo lo stesso» dissi. Alla segretaria quella frase non piacque, e si alzò.

«Mi dispiace, ma se non ha un appuntamento credo che sia impossibile.» L'ultima parola la pronunciò con una tale devozione al dovere che mi commosse.

«Faccia presente al dottor Fallani che sono qui per la faccenda di villa Rondanini.»

«Il dottore mi ha detto di non disturbarlo per nessun motivo.»

«Il mio non è un motivo, è un affare molto importante.»

«Sì, ma... non so se...»

«Ci provi» dissi. La segretaria rimase immobile per qualche secondo.

«Mi può ripetere il suo nome e il motivo della visita?»

«Emilio Bettazzi. Sono qui per la faccenda di villa Rondanini.»

«Solo un attimo...» Si avvicinò a una porta e bussò piano piano. Entrò senza aspettare, sinuosa come un serpente, e sparì dentro. Riapparve dopo mezzo minuto con gli occhi innamorati, come se avesse appena visto Apollo. Un po' stupita mi fece cenno di entrare. Le regalai un sorriso, come per dire: visto che avevo ragione? Entrai nell'ufficio del vicesindaco. Un bell'ufficio, con l'aria condizionata e le piante nei vasi.

«Buongiorno» disse Fallani placido, senza alzarsi. Aveva un sigaro in bocca e la stanza puzzava.

«Buongiorno.» A quanto pareva il maresciallo non gli aveva detto nulla. Aspettai che la segretaria avesse chiuso la porta e avanzai verso la scrivania. Fallani mi fece cenno di accomodarmi. Mi sedetti e accavallai le gambe.

«Dov'è che ci siamo già visti?» mi chiese, arricciando il naso.

«Forse dalla Marinella.»

«Sì, può darsi... Tettazzi, se non ho capito male...»

«Bettazzi. Emilio Bettazzi.»

«Bene. Mi deve dire qualcosa su villa Rondanini?»

«Esatto.»

«Lei chi è di preciso?»

«Un conoscente della signora.»

«La vecchia si è decisa a vendere?» fece lui, già contando i soldi.

«Non mi risulta.»

«Allora di che mi deve parlare? Non capisco.»

«Le spiego subito» dissi, sorridendo. Alla sua destra c'era un tavolino con sopra un computer. Sfilai il CD-ROM dalla tasca e lo appoggiai sulla scrivania.

«Cos'è?» chiese Fallani, unendo le sopracciglia.

«Lo guardi, è molto interessante.» Non dovevo picchiarlo, avrei rischiato un processo per aggressione. Ci voleva pazienza. Fallani prese il CD-ROM, si spostò con la sedia a ruote fino al computer e lo infilò nel lettore. Aprì il drive e cliccò su uno dei file JPG. Appena apparve la foto si contrasse. Chiuse subito il file. Rimase immobile per qualche secondo, poi si alzò in piedi e mi fissò con due occhi smarriti e al tempo stesso bellicosi. Per il momento non sembrava che avesse intenzione di dire qualcosa. Mi misi a tamburellare con le dita sul ginocchio.

«Chiariamo subito un particolare. Se mi succede qualcosa, qualunque cosa, quelle foto partiranno automaticamente da un sito nascosto verso gli indirizzi mail della Procura e della polizia.»

«Allora... era lei che...»

«Ero io.»

«Lei non sa quello che sta facendo» borbottò Fallani.

«Non mi sembra il caso di citare Nostro Signore.»

«Lei non sa quello che sta facendo» ripeté lui, ancora confuso.

«Forse no, ma so quello che voglio.»

«Cosa?»

«Si sieda» dissi. Lui obbedì. Aveva un'espressione a metà strada tra il rabbioso e il terrorizzato.

«Cosa vuole?» disse a voce bassissima.

«Centomila euro in contanti, in banconote usate da cinquanta.»

«Che?»

«Dimenticavo: li voglio subito.»

«Lei è pazzo.»

«Bene» dissi alzandomi.

«Un momento.»

«Centomila euro in contanti. Non ho altro da dire.»

«Mi sta ricattando...»

«Bravo.» Silenzio. Occhi negli occhi. Sudore abbondante sulla sua fronte. Fazzoletto che asciuga il sudore. Sembrava un western. Mi domandavo se avrebbe ceduto al ricatto.

«Subito non è possibile» disse Fallani, rompendo il silenzio. Aveva ceduto.

«Balle. L'aspetto qui, faccia con comodo» dissi rimettendomi a sedere.

«Cerchiamo di ragionare.»

«Sto perdendo la pazienza.»

«Ma non so se in banca...»

«Senta, se non ho i centomila qua sopra entro un'ora...»

«Va bene, va bene» fece lui, con la faccia sempre più sudata. Si alzò, s'infilò il cappotto e uscì dall'ufficio. Dopo un po' si affacciò la segretaria per chiedermi se volevo un caffè.

«Sì, grazie.»

Arrivò il caffè e lo bevvi a piccoli sorsi. Accesi una sigaretta. Stavo quasi per mettere i piedi sulla scrivania, poi lasciai perdere. Fuori scoppiavano i tuoni. Il castigo divino, pensai. Appeso al muro c'era un crocifisso, e mi misi a dialogare mentalmente con Gesù. Io gli facevo domande, ma Lui non sapeva cosa rispondere. Anche se era il Figlio di Dio, la situazione sembrava essergli sfuggita di mano.

Il vicesindaco tornò dopo poco più di mezz'ora, con una valigetta in mano. Era bagnato come se fosse caduto in mare. Appese il cappotto e si lasciò andare sulla sedia, con aria sfinita. Non era abituato a correre. Prese dalla valigetta una busta di carta piuttosto gonfia e se l'appoggiò sulle ginocchia.

«Distruggerà quella foto?» chiese, a bassa voce.

«Certamente.»

«Chi mi dice che non continuerà a ricattarmi per tutta la vita?» Era la classica domanda che facevano nei film.

«Un dubbio più che legittimo, ma non so come aiutarla.» In quel momento Fallani aveva lo sguardo meno intelligente della povera demente che si scopava.

«Mi deve giurare che non...»

«I soldi» dissi, ignorando le sue lagne. Lui rimase immobile per qualche istante, a fissarmi, poi appoggiò la busta sulla scrivania e la spinse verso di me. La presi e cominciai a tirare fuori i soldi. Fallani s'imbarazzò, come se avessi tirato fuori l'uccello.

«Li metta via» sussurrò.

«Stia zitto un secondo.» Controllai i soldi con calma, e li rimisi nella busta. Non erano poi così ingombranti, duemila foglietti di carta sottilissima. Guardai Fallani con aria tranquilla.

«Mi tolga una curiosità. Perché non va a puttane?»

«Io...» Non riuscì a dire più nulla.

«In fondo la capisco. Dev'essere molto più eccitante trombare una ragazzina demente e trattarla come una puttana.»

«La prego...»

«Mi scusi, non volevo turbarla con le mie volgarità.» Lui mi fissava, abbattuto. Era la situazione più desolante che avessi mai vissuto. Superava anche quella volta che mi ero svegliato nel cesso di un locale in una pozza di vomito. M'infilai la busta in tasca e mi alzai.

«Ossequi a sua moglie.» Uscii dall'ufficio lasciando la porta aperta, senza sentire volare una mosca. Passando davanti alla segretaria le sorrisi. Povera donna, avrebbe subito un duro colpo scoprendo che il suo eroe era un depravato.

Aveva quasi smesso di piovere, e finalmente le nuvole si stavano diradando. Passai da casa a prendere le cinque buste già pronte, e per sicurezza andai a cercare un ufficio postale a Siena. Compilai i bollettini di cinque raccomandate AR. Mi costarono una bella somma, ma ne valeva la pena.

Entrai in un bar, e sull'elenco del telefono cercai *Innocenti* fra gli abbonati di Montesevero. Ce n'erano quattro, ma solo uno aveva accanto un nome femminile: *Cesira*. Scrissi l'indirizzo su un pezzo di carta e tornai subito a Fontenera.

Mi fermai in piazza. Chiesi indicazioni a una vecchietta mezza sorda. Non fu facile, ma alla fine riuscimmo a capirci. Di sicuro più che con il maresciallo Pantano. La povera demente abitava in una delle ultime case del paese. Preferivo andarci a piedi. La busta con i soldi di Fallani me l'ero messa sotto il braccio, come se fosse il giornale. Arrivai a casa Innocenti e bussai alla porta. Mi aprì la ragazza scema.

«C'è la mamma?»

«C'è la mamma? C'è la mamma?» fece lei, sorridendo. Alle sue spalle sbucò la madre. Mi sembrò vecchissima.

«Cosa vuole?»

«Solo darle questa, ma deve aprirla dopo che sono andato via.» Le misi in mano la busta gonfia di soldi, e lei la guardò senza aprirla.

«Che cos'è?» chiese, sospettosa.

«Lo saprà tra poco.»

«Vieni» disse alla figlia, tirandola dentro casa per un braccio.

«Mi raccomando, non parli a nessuno di questa faccenda.» Aspettai che la porta si fosse richiusa e me ne andai. Centomila euro. Per guadagnarli avrei dovuto vendere un sacco di libri.

A metà pomeriggio uscii a camminare, per cercare di rilassarmi. Le stradine sterrate erano piene di pozze. Aveva smesso di piovere da almeno un paio d'ore, e il cielo era rigato di nuvole sfilacciate che correvano veloci. Il bosco brillava come se fosse ricoperto di frammenti di vetro.

Non facevo che pensare a quel miserabile di Fallani e allo scandalo che lo aspettava. Sarei riuscito davvero a stroncare per sempre la sua carriera? Ne dubitavo. Certa gente riusciva sempre a rialzarsi. Sarebbe stata più sicura una punizione corporale. Evirazione sulla pubblica piazza, alla faccia di Beccaria e di Manzoni.

Mancavano diverse ore all'appuntamento con la signora Rondanini. Avrei preferito andarci di giorno, in quella casa, ma dovevo accontentarmi. Chissà se la vecchia sarebbe stata meno diffidente, di notte. È vero che avevo insistito, ma alla fine era stata lei a dirmi di andare a casa sua a mezzanotte. O forse era solo un espediente per mandarmi via, e davanti alla porta avrei trovato il contadino bretelle rosse con la doppietta in mano...

Pensai ad altro. A Camilla nuda nel mio letto, con gli occhi sorridenti e le labbra socchiuse dopo un bacio. Quella era vita. A mezzanotte invece sarei andato a bussare alla casa dei morti.

Feci un lungo giro, e quando vidi il sole che s'immergeva in un lago arancione tornai verso casa. Ci arrivai che era quasi buio.

Mangiai una pasta davanti alla TV, e dopo cena cercai di scrivere un po'. Ma quella sera non veniva fuori nulla che mi piacesse, e rinunciai quasi subito. Tornai in cucina e accesi il caminetto. Mi stravaccai sul divano, davanti a un talk show con i soliti politici invecchiati sulle solite poltrone. Un sacco di discorsi per difendere privilegi personali, non sentivo nient'altro. Chi vinceva le elezioni faceva grandi sorrisi e stappava champagne. Non sarebbe stato più giusto fare una faccia preoccupata per le grandi responsabilità in arrivo? Ma era come desiderare che il mondo fosse quadrato, o pensare che a Fontenera non esistessero personalità insolite.

Alla prima pubblicità cominciai a saltare da un canale all'altro, alla ricerca di qualcosa di interessante che riuscisse a farmi passare il tempo. Non trovavo nulla, e il tempo non passava mai. Guardavo l'orologio ogni cinque minuti come se a mezzanotte avessi appuntamento con Camilla, e m'imposi di non farlo.

Ipnotizzato dalle lingue di fuoco pensai a Franco, ridotto in cenere come legna bruciata. Dov'era in quel momento? Esisteva ancora qualcosa di lui, oltre al ricordo di chi gli voleva bene? Mi ricordai della prima volta che lo avevo visto, a casa di un'amica a Castioncello. Mi avevano colpito i suoi occhi, buoni ma consapevoli. Eravamo diventati subito amici.

Il tempo scorreva troppo lentamente, e il ticchettio dell'orologio a muro non aiutava a farlo passare. Decisi di uscire. Arrivai a Fontenera, e la macchina mi portò davanti alla Casa del Popolo. Spinsi la porta e socchiusi gli occhi per via dei neon. C'era più gente dell'altra volta. Solo maschi. Vecchi che discutevano davanti a un bicchiere di rosso e ragazzotti silenziosi attaccati ai videogiochi. Mi appoggiai al banco e ordinai una birra. Un grosso orologio polveroso appeso sopra una fila di vecchi fiaschi segnava le undici e dieci. Cinquanta minuti all'impatto con la Rondanini.

Sotto al chiacchiericcio che rimbombava nello stanzone mi sembrò di sentire uno schiocco, poi subito un altro. Guardandomi in giro notai una porta socchiusa con scritto sopra a pennarello rosso: *Biliardo*. Pagai la birra e andai a sbirciare dalla fessura. Quello che vidi aveva qualcosa di mitico...

Una luce bianca illuminava il panno verde lasciando il resto della stanza in penombra, e avvolto da una nuvola di fumo denso il Nero stava giocando a carambola contro se stesso, con lo sguardo da eroe romantico. Appeso alla parete dietro di lui c'era un cartello: VIETATO FUMARE.

Aspettai che tirasse, e sentii il rumore di una palla che finiva in buca con violenza. Aprii la porta e m'infilai dentro. Mischiato al puzzo di fumo si sentiva un certo odore di stalla. Il Nero era vestito come l'altra volta, interamente di pelle nera. Mi lanciò appena un'occhiata. Girò intorno al biliardo, si chinò in avanti, prese la mira e fece partire il colpo... Un'altra palla in buca. Mi sembrava di vederlo sorridere con gli occhi. Finalmente mi guardò.

« Non ti sei ancora stufato di stare in questo buco di culo? »

« E tu perché ci stai? »

« Non c'entra un cazzo, io ci sono nato. » Si piegò di

nuovo sul tavolo, e con un colpo tranquillo mandò in buca una boccia verde. Quando si rialzava, la sua faccia usciva dal cono di luce e spariva quasi nel buio. Ero finito in un film americano degli anni Quaranta, mi sembrava quasi di vedere in bianco e nero.

« Ti posso chiedere cosa fai nella vita? »

« Non capisco perché. » Un'altra boccia in buca.

« Era solo per fare due chiacchiere. »

« Nessuno pensa a com'è bello stare anche un po' zitti, ogni tanto. »

« Hai ragione. »

Restammo in silenzio. Lui giocava e io guardavo, reggendo in mano il bicchiere quasi vuoto. Gli schiocchi delle bocce erano l'unico nostro punto di contatto. Indubbiamente un bel silenzio. Guardavo le palle che finivano in buca e ogni tanto ci scambiavamo un'occhiata.

Finii l'ultimo sorso di birra ormai tiepida, andai a prenderne altre due e tornai nella stanza del biliardo. Appoggiai un bicchiere sul bordo del tavolo. Il Nero piegò appena le labbra.

« Grazie... »

« Di niente. »

« E tu che fai nella vita? »

« Scrivo. » Come sempre, dicendo quella parola mi sentii un po' in imbarazzo, come se in realtà non fosse un vero lavoro. Il Nero bevve un sorso, riappoggiò il bicchiere e si pulì la bocca con la mano.

« E cosa scrivi? »

« Romanzi, racconti... roba così. »

« Ah, sei uno scrittore. »

« Così dicono. »

« Mica male. » Prese il gessetto e lavorò la punta della stecca. Dopo un altro sorso ricominciò a buttare palle in buca. Non ne sbagliava una. Mi piaceva stare lì a guardare, era riposante. Mi piaceva soprattutto quel tavolo verde schiacciato dalla luce bianca dei neon, con il fumo che vagava lento in lunghi nastri. Mi stavo rilassando. L'unico pensiero che mi teneva in ansia era l'appuntamento con la vecchia Rondanini. Mi avrebbe aperto la porta?

« Ti piace leggere? » dissi.

« Mi piace tutto. » Aveva finito le bocce. Prese in mano il bicchiere e si sedette di sbieco sul bordo del biliardo. Accese una sigaretta strusciandosi un fiammifero sui pantaloni. Continuavo a domandarmi cosa ci facesse uno come lui su quelle colline. Ma in fondo preferivo non saperlo.

« Hai sentito parlare del mostro che stermina i pollai? »

« Sarà qualche matto, ce ne sono molti da queste parti. »

« Conosci le Rondanini? »

« Qua intorno è quasi tutto della vecchia. » Fece il giro delle buche per tirare fuori le bocce, e le sistemò sul tavolo con il triangolo. Al primo colpo mandò in buca due palle. Guardai l'ora. Mezzanotte meno venti. Purtroppo era arrivato il momento di muoversi.

« Mi sa che vinci anche questa partita. »

« Con me non ci vuole più giocare nessuno. »

« Ci credo... »

« Ti va di fare una partita? »

« Devo andare. »

« Una donna? »

« Diciamo di sì. »

« In bocca al lupo. »

« Mannaro? » dissi sorridendo.

« Perché no? »

« Crepi lo stesso. » Ci salutammo con un cenno del capo, e mentre uscivo dalla sala sentii finire in buca un'altra boccia.

L'aria della notte era fredda, e dopo i venticinque

gradi del Circolo sentii un brivido nella schiena. Montai in macchina, chiusi le sicure e partii. Il cielo era pieno di stelle, e la luna sottile sembrava un taglio. Mi girava un po' la testa per via della birra, e guardavo la strada illuminata dai fari aspettandomi ogni secondo di veder passare Angiolino.

A mezzanotte meno cinque parcheggiai davanti a casa Rondanini. Spensi i fari e scesi, respirando piano. Era una notte molto scura. Sopra la porta c'era la solita lampadina fioca della madonnina, che rischiarava appena i mattoni dell'aia. La finestra di Rachele era chiusa, e dalle stecche della persiana non filtrava nessuna luce. Mi avvicinai alla porta attento ai rumori. Si sentiva solo il verso di un uccello notturno, e un paio di cani che abbaiavano lontano.

Ero un po' in anticipo ma bussai lo stesso, piano piano. Silenzio. Aspettai qualche minuto. Ormai ero convinto che quella porta non si sarebbe aperta mai più. Ero stato un ingenuo a credere a quell'invito. Provai lo stesso a bussare un'altra volta. Nulla. Ci ero cascato come un pollo. Non mi piaceva stare là fuori con quel buio, e mi avviai alla macchina dandomi del coglione... in quel momento sentii alle mie spalle il solito rumore di serrature e paletti, e mi voltai. La porta si aprì, e appena illuminata dal chiarore della madonnina apparve la signora, involtata in uno scialle di lana scuro. Tornai indietro, contento di quella sorpresa. Ma forse *contento* non era la parola giusta. Avevo un brutto presentimento, e in fin dei conti non mi sarebbe dispiaciuto andarmene via.

« Buonasera, signora. »

« Parli piano » bisbigliò lei.

« Mi scusi... »

« Venga. » Sparì dentro lasciando la porta aperta. Entrai in casa e la seguii lungo il corridoio buio, fino alla sala che conoscevo. Come al solito c'era solo una lampada fioca in un angolo, e a dominare era la penombra. I mobili sembravano neri, e lungo le pareti s'intravedevano i volti di antichi ritratti di famiglia. Era come fare un salto nel tempo.

Nel silenzio si sentiva il ticchettio della pendola. Ci sedemmo uno di fronte all'altra, fissandoci negli occhi.

«Cosa deve dirmi?» fece la signora, impaziente di ascoltarmi e di mandarmi via.

«Signora Rondanini, vengo subito al dunque... ma la prego di dirmi la verità.» Presi fiato, mentre lei mi fissava con due occhi di porcellana.

«A uccidere sua nuora non è stato Buch...» dissi a sorpresa. Lei si irrigidì e dilatò appena gli occhi, senza dire nulla. Anzi la sua bocca era dura come se non volesse parlare mai più. Non potevo andarmene a mani vuote. Continuavo a ripetermi che dovevo farlo per aiutare Rachele... ma forse ero solo dominato da una curiosità morbosa che non riuscivo a controllare.

«Se non è stato il cane...» dissi, guardandola negli occhi. Lei non parlava. A un tratto vidi alle sue spalle la porta che si apriva, silenziosa. Sbucò fuori il viso di Rachele, strizzato nel solito fazzoletto. La signora non se n'era accorta e feci finta di nulla.

«Non è stato Buch... vero?» sussurrai, sperando di smuovere la signora. Lei continuava a fissarmi con lo sguardo duro, ma non parlava. Stavo per dire ancora qualcosa, ma in quel momento Rachele s'infilò nella stanza e andò a sedersi accanto a sua nonna, sul bordo del divano. Le bende che fasciavano le sue braccia erano immacolate.

Mi aspettavo che la signora le urlasse di tornare in camera sua, invece si limitò a lanciarle uno sguardo addolorato. Negli occhi di Rachele non c'era il tormento che conoscevo, anzi sembrava tranquilla.

«Nonna, tu lo sai chi è stato... Anche io l'ho visto.» Sentii una vampata di calore nella testa. La signora continuava a fissare sua nipote, con uno sguardo desolato. Non era più la donna dura e legnosa che avevo sempre visto. Si alzò in piedi, prese Rachele per un braccio e la tirò dolcemente... e lei si lasciò portare via senza la minima resistenza. Uscirono, e la porta si richiuse. Non sapevo cosa fare. Non mi piaceva quella sala buia.

La pendola suonò il quarto, facendomi sobbalzare. L'eco di quel tocco stava girando ancora fra i mobili antichi, quando mi arrivò alle orecchie un pianto lamentoso. Durò solo pochi secondi, e non riuscii a capire se era la nonna o la nipote. Poi il silenzio... Tic... Tac... Tic... Tac... Tic...

La cosa più sana era uscire di là e mandare tutto al diavolo. Andare a casa a zampettare sul computer, a vedere un telefilm di poliziotti... Ma un'altra forza mi teneva inchiodato a quella poltrona. Ormai ero arrivato fino a quel punto, dovevo resistere... Tic... Tac... Tic... Tac...

Vidi la porta che si riapriva e mi alzai in piedi. Apparve Rachele. Si mise a sedere nello stesso posto di prima e mi piantò gli occhi addosso. Mi sedetti anche io. Rachele continuava a fissarmi. Aveva le labbra umide, e un sorriso che faceva paura. Per la prima volta notai che aveva una bella bocca, ben disegnata. Provai a immaginarla mentre staccava la testa alle galline con un morso, e non ci trovai nulla di strano. Subito dopo mi venne in mente il ragazzo tedesco. Nessuno aveva mai scoperto chi lo aveva ammazzato...

« Hai visto tutto... vero? » dissi, cercando un tono dolce.

« Sì. »

« Ti eri nascosta sotto il letto? »

« Sì. »

« E chi è stato a... » Non riuscii a continuare.

«È stato il babbo» disse Rachele con la voce da bambina.

«Eh?»

«È stato il babbo... Voleva mangiare il fratellino che la mamma aveva nella pancia» disse con la solita voce, come se fosse la cosa più naturale del mondo. Scoprì i denti e imitò il ringhio di un cane. Cominciai a sudare. Non volevo credere a quello che avevo appena sentito, era solo il delirio di una povera matta.

«E perché voleva... mangiarlo?» riuscii a dire, senza più saliva. Lei alzò le spalle.

«Il babbo era un lupo mannaro» disse dondolandosi sul busto. Quella voce da bambina mi agitava più di tutto il resto, ma non volevo farmi suggestionare. Mi lasciai andare contro la spalliera e accavallai le gambe, con aria rilassata. Una goccia di sudore mi colò sulla tempia, e l'asciugai con le dita.

«Volevi bene... al tuo babbo?»

«Tanto tanto tanto» fece lei sorridendo, e s'infilò il pollice in bocca. Mi sentii informicolire le braccia, ma cercai di dominarmi. I lupi mannari non esistevano, era solo una leggenda popolare che aveva un certo fascino...

«Tuo babbo non può aver fatto quella brutta cosa.»

«Il mio babbo è un lupo mannaro» ripeté lei con la voce da bambina arrabbiata.

«Certo, lo so bene...» Dovevo stare calmo, non c'era nulla di strano. Era solo una povera malata che sragionava imitando la voce di una bambina. Regressione, dicevano gli psicanalisti. Erano cose risapute. Anche il raptus era un fenomeno conosciuto... ma se Rachele avesse provato a saltarmi addosso mi sarei difeso. Essere cintura nera di tae kwon do doveva pur significare qualcosa. Non c'era nulla di cui preoccuparsi...

Nonostante quei pensieri rassicuranti continuavo a non sentirmi bene. Era tutta colpa di quella sala buia disseminata di ombre... alla luce del sole quei discorsi non mi avrebbero fatto nessun effetto.

A un tratto percepii un movimento alla mia sinistra e mi voltai. La signora Rondanini era lì, in piedi nel vano della porta, immersa nell'ombra. Non sapevo da quanto tempo ci stesse guardando.

«Vorrei parlare un minuto con tua nonna» dissi a Rachele, alzandomi in piedi. Lei incrociò le braccia sul petto e si mise a mugolare una canzoncina, con il viso imbronciato. Quando mi voltai di nuovo verso la porta, la vecchia non c'era più.

«Signora Rondanini...» chiamai a voce alta. Attraversai la sala e mi affacciai fuori, senza perdere di vista Rachele. In fondo al corridoio buio vidi una luce fioca filtrare dalla fessura di una porta. M'incamminai voltandomi di continuo all'indietro, per controllare che Rachele non mi seguisse. Arrivai davanti alla porta e bussai.

«Signora Rondanini...»

«Entri» disse lei. Spinsi la porta. La signora era seduta in una poltrona al buio, davanti al caminetto acceso. Guardava le fiamme con gli occhi arrossati.

«Chiuda la porta» disse. Chiusi la porta e andai a sedermi nella poltrona accanto alla sua. Lanciai un'occhiata alla stanza, un salottino che alla luce del giorno doveva essere molto sobrio, con una vetrinetta piena di tazze e bicchieri. Mi feci coraggio.

«Un minuto fa sua nipote mi ha detto...»

«Sssst» fece lei senza guardarmi.

Restammo in silenzio a osservare il fuoco. Tendevo l'orecchio per cogliere ogni minimo rumore, ma si sentiva solo lo scoppiettio della legna che bruciava.

La signora fece un sospiro... e con lentezza, facendo lunghe pause, cominciò a raccontare cos'era successo quella sera di trentasei anni prima, senza staccare gli occhi dalle fiamme... Le parole che per pudore preferiva non usare, ce le mettevo io...

Il ventisette febbraio, verso le otto di sera, la signora Rondanini aveva sentito la macchina di suo figlio fermarsi di fronte alla villa. Le era sembrato un po' strano, perché di solito Eugenio arrivava più tardi, verso le nove e un quarto. Aveva una fabbrica di camicie vicino a Firenze, e prima di quell'ora non riusciva a rientrare.

La cameriera era in cucina a preparare la cena, e come al solito stava con le porte chiuse e la radio a tutto volume. Per comunicare con lei era stato addirittura installato un citofono interno, con la suoneria collegata a una luce.

Rachele aveva cinque anni, una bambina intelligente e sveglia. La sua stanzetta comunicava con quella dei genitori. Quel giorno aveva la febbre ed era andata a letto verso le sette, senza mangiare quasi nulla.

A un tratto si sentirono degli scoppi di voce provenire dalla zona dei due sposi. Era Eugenio, e sembrava molto arrabbiato. Per un po' la signora non si mosse dalla sua stanza, perché... perché «fra moglie e marito non mettere il dito». Era un detto sacrosanto, per lei. Per quello la camera degli sposi era dalla parte opposta della villa. Potevano vivere sotto lo stesso tetto senza nemmeno vedersi, volendo.

Le urla continuavano. Era meglio lasciarli sbollire da soli, pensò la signora. Ma il litigio non accennava a finire, anzi stava degenerando, e alla fine lei uscì nel corridoio per sentire meglio. Non era certo la prima volta che Eugenio litigava con sua moglie, ma quella sera gridava come non lo aveva mai sentito. Non più forte del solito, ma in un modo che faceva paura... A un tratto cominciò a fare degli strani versi, quasi da animale, e sua moglie Elvira si mise a strillare come se la stessero stuprando. Si sentiva anche il cane, Buch, mugolare nel cor-

ridoio. Meno male che la bambina dormiva con i tappi nelle orecchie, pensò lei. Rachele aveva paura delle civette, e quando le sentiva cantare si metteva a piangere e non riusciva più ad addormentarsi. Con i tappi di cera non si svegliava nemmeno durante i temporali più violenti.

Le urla continuavano, sempre più agghiaccianti. La signora si avviò a passo svelto verso la stanza di suo figlio, un po' preoccupata. Voltò l'angolo del corridoio e vide Buch che raspava contro la porta. A un tratto le urla cessarono. La signora si avvicinò alla porta e ci appoggiò sopra l'orecchio. Si sentiva solo un respiro affannoso e una specie di lamento. Anche Buch si calmò, e trotterellò via con la coda fra le zampe. La signora si fece coraggio.

«Eugenio...» chiamò a bassa voce.

«Mamma, non entrare» disse Eugenio, con il fiato grosso.

«Tutto bene, tesoro?»

«Non entrare, mamma.»

«Elvira sta bene?»

Silenzio.

«Tesoro, non voglio disturbarti... ma...»

«Vattene via, mamma!» gridò Eugenio con rabbia, e un attimo dopo scoppiò a piangere come un bambino. A quel punto lei non resistette più e aprì la porta.

Quello che vide cambiò la sua vita per sempre, e maledì se stessa di non essere arrivata in tempo per impedire quello scempio.

Suo figlio era seduto sul letto, immobile, con la faccia e i vestiti imbrattati di sangue. La povera Elvira era distesa sul pavimento a gambe larghe, con la pancia sventrata. E sopra le lenzuola c'era... quel piccolo esserino, dilaniato a morsi.

Quella scena ce l'aveva davanti agli occhi ogni momento, da trentasei anni. In un attimo le era caduto addosso il mondo. Non si poteva più tornare indietro.

Ma dopo l'orrore, il suo pensiero era corso alle conseguenze. Avrebbero arrestato suo figlio, il primogenito, che lei adorava come fosse un dio. Voleva bene anche a Dario, che faceva il capellone e aveva deciso di andare in America a suonare la chitarra. Ma Eugenio era il suo preferito. Non poteva immaginarlo chiuso in una cella insieme a banditi e assassini. Qualunque cosa avesse fatto, Eugenio non doveva vivere una cosa del genere...

Pensò a come fare per salvarlo, e a un tratto trovò la soluzione. Si sentiva lucidissima. Socchiuse appena la porta della cameretta di Rachele per controllare se la bimba si fosse svegliata, ma la stanza era buia. Richiuse e girò la chiave nella serratura. Uscì in corridoio e tese l'orecchio, per assicurarsi che la cameriera non fosse salita al primo piano. Tornò da suo figlio.

Eugenio non si era mosso. Fissava il quadro di fronte al letto, con lo sguardo vuoto. Sua madre lo scrollò con forza, gli disse di togliersi i vestiti in quella stanza e di andarsi a fare una doccia... poi doveva allontanarsi con la macchina a fari spenti e tornare alle nove e un quarto, come faceva di solito. Eugenio la guardava inebetito, e per svegliarlo dovette dargli uno schiaffo.

« Vuoi finire in galera per tutta la vita? Muoviti! »

Eugenio si alzò e si spogliò in fretta, senza mai voltarsi a guardare sua moglie. Era imbrattato di sangue fino alle mutande. La signora gli disse di pulirsi il più possibile con i vestiti già macchiati e gli passò un paio di calzini puliti, perché non lasciasse impronte.

« Corri a lavarti! » Appena Eugenio sparì nel corridoio la signora mise gli abiti insanguinati in un sacco di plastica e corse a nasconderli in camera sua, in un armadio chiuso a chiave. Li avrebbe bruciati nella caldaia a carbone durante la notte. Tornò nella stanza della disgrazia, e facendosi coraggio camminò sul sangue per confondere le tracce lasciate dalle scarpe di suo figlio. Preparò dei vestiti puliti e glieli portò in bagno. Eugenio si vestì senza una

231

parola, uscì di casa in punta di piedi e se ne andò in macchina a fari spenti giù per il sentiero.

Adesso veniva la cosa più difficile. La signora scese a piano terra e aprì lo stanzino dove suo figlio teneva i fucili da caccia. Scelse una grossa doppietta, la caricò con due cartucce con sopra disegnato un cinghiale e tornò nella camera degli sposi. L'odore del sangue le dava il voltastomaco. A quel punto aveva chiamato Buch con un fischio. Il cane era arrivato trotterellando, con la lingua penzoloni, e lei gli aveva ordinato di mettersi seduto.

Era stato orribile sparare a quel cane che la guardava con gli occhi pieni di fiducia. Ma doveva farlo, non aveva scelta. Era l'unica possibilità che aveva di salvare Eugenio. Ringraziò il cane per il suo sacrificio e tirò il grilletto senza chiudere gli occhi, per essere sicura di non sbagliare. Buch fu sbalzato via e crollò a terra senza un lamento, con la testa spappolata. Ci era riuscita, aveva ucciso il cane più affettuoso del mondo. Per non piangere si morse la lingua. Non era il momento di lasciarsi andare.

Riprese fiato, e corse giù per le scale. Si precipitò in cucina gridando come una pazza che Buch era impazzito e aveva sbranato Elvira, e la cameriera svenne. La lasciò perdere, alzò il telefono e chiamò i carabinieri. Nell'attesa salì di nuovo per andare a controllare se la bambina dormiva ancora. Si affacciò dalla porta che dava sul corridoio, e quando gli occhi si abituarono all'oscurità vide la sagoma di Rachele rannicchiata sotto le coperte.

Alle nove arrivarono i carabinieri. Erano in due, il maresciallo Cafuto e l'appuntato Pantano. Cominciarono a stendere il verbale, pallidi come morti. A parte i loro bisbigli, nella villa c'era il silenzio.

Eugenio tornò alle nove e venti. Fece finta di cadere dalla nuvole, e recitò la commedia del marito distrutto. Lo sdraiarono su un divano e gli portarono dell'acqua.

Venne chiamata l'ambulanza. Portarono via il corpo di Elvira e ciò che rimaneva di quel minuscolo esserino.

Al cane pensarono i carabinieri. Furono avvertiti i genitori di Elvira, e la madre svenne al telefono. Era la loro unica figlia. Abitavano a Firenze, sulle colline di Bellosguardo. Arrivarono a Fontenera in poco più di un'ora. Il padre impedì a sua moglie di entrare nella camera dov'era stata uccisa la loro bambina. Lui invece volle vederla, e davanti al sangue scoppiò in lacrime. Furono momenti infinitamente penosi. Ma ogni cosa finisce, prima o poi.

Quando se ne furono andati tutti, nella villa calò un silenzio irreale. La cameriera si era chiusa nella sua stanza, dopo aver pianto per due ore di fila. Voleva bene a Elvira più che a sua madre, e non aveva avuto il coraggio di vederla morta.

La signora andò un'ultima volta a controllare che Rachele dormisse tranquilla. A tentoni si avvicinò al lettino e le posò una mano sulla fronte. La febbre sembrava calata. Uscì senza fare rumore. Chiuse a chiave la porta della camera degli sposi, per impedire alla bimba di entrarci, e raggiunse suo figlio nel salone del piano terra.

« Eugenio. »

« Sì, mamma. »

« Guardami negli occhi. »

« Sì... »

« Perché lo hai fatto? »

« Io... non... » Era pallido come un morto. All'inizio non voleva parlare, poi a un tratto si prese la testa fra le mani e disse che... che sua moglie lo aveva tradito con Dario. Maledette le donne. Il figlio che Elvira aveva dentro la pancia non era del suo legittimo marito, ma di quel porco di suo fratello.

La signora gli chiese come faceva a saperlo, e come mai lo avesse scoperto solo quel giorno. Eugenio le raccontò piagnucolando come erano andate le cose: tre settimane prima, a Firenze, mentre andava al bar a prendere un caffè si era lasciato leggere la mano da una vecchia zingara, e quella strega aveva detto: «tu non puoi avere figli, sei sterile». Lui aveva risposto ridendo che aveva già una bambina e che sua moglie aspettava un altro figlio. La zingara lo aveva fissato con aria torbida e gli aveva detto: «sei sterile solo da un anno, tua moglie è incinta di tuo fratello».

Era rimasto come stordito per qualche secondo, immaginando la scenetta di Elvira che si accoppiava con Dario... Ma si era svegliato subito e aveva mandato a quel paese la zingara, che si era allontanata borbottando maledizioni. La cosa era finita lì, e per qualche giorno non ci aveva più pensato.

Una mattina gli erano tornate in mente le parole della vecchia zingara, e siccome non riusciva a togliersele dalla testa aveva deciso di fare dei controlli, per vedere se fosse davvero diventato sterile. Solo per scrupolo, si era detto.

Proprio quel pomeriggio era andato a ritirare le analisi, e il risultato era chiaro: sterilità totale. Aveva telefonato subito al dottor Papini, suo caro amico, per chiedergli come poteva essere successa una cosa del genere. Il medico gli aveva detto che queste cose potevano accadere, anche se raramente. Ad esempio in seguito a una prostatite batterica molto forte. Lui per l'appunto aveva avuto una cosa del genere un anno prima... «Sei sterile solo da un anno, tua moglie è incinta di tuo fratello.»

Aveva cominciato a sudare, e si era messo a fare un po' di calcoli. Suo fratello Dario era venuto a trovarli proprio nel periodo in cui Elvira aveva saltato il ciclo. Lui con sua moglie usava il profilattico e stava sempre molto attento. Dopo la nascita di Rachele era sempre andato tutto bene, per cinque lunghi anni. Insomma era davvero molto strano che Rachele fosse rimasta incinta, ma a suo tempo lui aveva pensato che in fondo erano cose che potevano anche capitare. Ora invece vedeva tutto con più chiarezza. Elvira aveva molta simpatia per Dario, e non lo nascondeva. Rideva alle sue battute e lo difendeva *sempre. Dario era un debosciato che cantava canzoni lagnose e portava i capelli lunghi fino alle spalle, come un pederasta. Ma a quanto pareva Elvira era affascinata da lui e dai suoi modi selvaggi. Era tutto chiarissimo. Quella puttana ci era andata a letto per tutto il tempo che Dario era rimasto alla villa... E lui, Dario, dopo aver fatto i suoi porci comodi con la moglie di suo fratello se n'era tornato in America a strimpellare le sue cazzate. Ecco com'era andata. Schifosa puttana.*

Si era ricordato che Elvira dopo la partenza di Dario era diventata taciturna. Ovvio. Era triste perché non poteva più farsi sfondare la fica da quel degenerato... Si era immaginato la scena di loro due che scopavano, lei a quattro zampe, lui dietro che la montava come una vacca e per farselo venire più duro le diceva cose oscene. Quel porco di suo fratello aveva fatto con Elvira tutto quello che ci faceva lui...

Aveva sentito il cuore battergli nelle tempie, e aveva visto dei bagliori. A un tratto gli era tornato in mente quello che aveva detto Elvira appena aveva scoperto di essere incinta: « sarà stata quella volta che si è rotto », parlando del profilattico. Ecco... perché aveva dovuto dirlo? Perché aveva sentito il bisogno di trovare in fretta una spiegazione? Ora era tutto chiaro. E comunque lui non si ricordava proprio che in quel periodo si fosse rotto il preservativo... le rare volte che la troia si era concessa a lui, al suo legittimo marito. Si faceva trombare da Dario, ecco perché era rimasta incinta. Se l'era fatto infilare dappertutto, la puttana. E a quanto pareva con quel capellone senza palle non aveva preso troppe precauzioni. Che vacca! Cosa credeva di fare? Di tenersi nella pancia quel piccolo bastardo schifoso? Lui lavorava tutto il giorno come un maiale, e lei come lo ripagava? Facendosi spaccare la fica da suo fratello. Lui partiva alle sei e mezzo di mattina e tornava alle nove di sera... Lo faceva anche perché a sua moglie non mancasse nulla. E lei come lo ringraziava?

Buttandosi sul primo cazzo che le passava davanti. Anzi non era un cazzo qualsiasi, sennò che gusto c'era? Aveva scelto il cazzo di quel coglione di suo fratello, quel drogato che non faceva una sega dalla mattina alla sera. Brava Elvira. Credevi di farla franca, eh? E invece ti sbagli...

Se non fosse stato per quella vecchia zingara non avrebbe mai saputo nulla. Avrebbe allevato quel bastardo che stava crescendo nella pancia di sua moglie come se fosse stato suo figlio, e quella troia avrebbe riso di lui, il cornuto che lavorava e sgobbava e pagava e non le faceva mancare nulla. Non le bastava un cazzo solo, no, ne voleva due. O magari ne aveva un intero esercito a disposizione... magari erano anni che si faceva scopare da tutti i maschi di Fontenera e dintorni. Forse nemmeno Rachele era sua figlia, quella piccola peste che non gli somigliava nemmeno un po'... Non ci aveva visto più, era montato in macchina e aveva fatto la strada pigiando sull'acceleratore.

Quando era arrivato a casa Elvira aveva detto: «Ciao amore, sei già qui?», «Troppo presto per i tuoi gusti?» aveva detto lui. L'aveva trascinata in camera e le aveva detto in faccia quello che aveva scoperto. Lei aveva negato, fingendo di essere sbalordita, e lui le aveva dato uno schiaffo... poi un altro, e un altro... ci provava gusto... più lei gridava e piangeva, più lui sentiva il desiderio di picchiarla. Lei era debole e lui invece era forte. Voleva punirla e poteva farlo. Doveva farlo. Lei subiva, com'era giusto che fosse, e lui picchiava, e picchiava, a pugni chiusi, sulla faccia, sulla pancia... quella pancia dove sonnecchiava il bastardo, quel piccolo figlio di puttana che era stato concepito da un altro cazzo... non da quello di suo marito, che sgobbava dalla mattina alla sera e come ricompensa aveva due corna da non passare sotto le porte. Dentro quella maledetta pancia stava crescendo la vergogna di Eugenio Rondanini, e un giorno sarebbe venuta alla luce... la beffa insopportabile... le corna, il cazzo di Dario, lei a quattro zampe che mormorava frasi sconce...

A un tratto Elvira gli aveva urlato, disperata: «sei un mostro, vorrei che ci fosse tuo fratello a vederti». Era troppo. Aveva sentito la testa come svuotarsi, e dentro di lui era entrata... la bestia. Non sapeva bene come spiegarlo. Era come se... Sapeva di essere un uomo, ma la sua ragione era succube di una forza più grande. Una forza animalesca.

Si era lanciato su quella pancia e aveva cominciato a mordere, a strappare prima i vestiti e poi la carne. Più vedeva sangue e più la sua voglia di mordere cresceva, cresceva... finché non si era trovato davanti quel piccolo mostro che la troia voleva far passare per suo figlio... lo aveva strappato via con i denti come avrebbe fatto un lupo, e l'aveva fatto a brandelli. Non aveva potuto fermarsi, non ci era riuscito.

Aveva ucciso Elvira, e aveva ucciso anche quel maledetto bambino. Ora che si era calmato, si rendeva conto di aver commesso una cosa orribile. Avrebbe chiesto perdono a Dio, e in qualche modo avrebbe espiato... Nonostante tutto era convinto che una donna del genere meritasse una punizione per ciò che aveva fatto. Forse non la morte, ma comunque una giusta punizione. Si era comportata male, malissimo. Lui l'amava e lei invece aveva sciupato tutto. Perché l'aveva fatto? Non era felice della vita che faceva? Servita e riverita, senza fare un cazzo dalla mattina alla sera...

Sua madre era rimasta molto scossa da quel racconto, ma in cuor suo aveva giustificato Eugenio, e ancora lo giustificava. Era un uomo magnifico, suo figlio. Aveva certamente esagerato, si era lasciato dominare alla rabbia... ma in fondo era comprensibile. Quando un uomo sposa una donna la vuole tutta per sé, è una cosa naturale.

La mattina dopo la nonna andò a svegliare Rachele, e la portò a fare una passeggiata nel bosco. Le sembrava che la bimba fosse un po' strana, ma non diede troppo peso alla cosa. Cercò con pazienza le parole più adatte per dirle che la mamma non sarebbe mai più tornata. Rachele non mostrò nessuna reazione. Non parlava, e non parlò per tutto il giorno. Era strano, perché di solito era piuttosto chiacchierina.

Nel primo pomeriggio la signora scese a Fontenera, per parlare con il parroco. Voleva sapere in che modo dovesse essere seppellito quel bimbo che ancora non era nato. Don Gamucci consigliò di chiudere l'innocente in un piccolo contenitore di legno e di sistemarlo dentro la bara della madre. Dio avrebbe avuto pietà di lui.

Alla messa funebre c'era moltissima gente, più che al matrimonio. Persone di ogni tipo, dai nobili ai contadini. La chiesa di Montesevero non era mai stata così affollata. Al cimitero andarono solo i parenti e gli amici più stretti. Eugenio gettò sulla bara la prima zolla di terra. Era bianco come se il morto fosse lui. Sua madre lo teneva d'occhio, per paura che facesse qualche stupidaggine. I becchini coprirono la fossa, e sulla terra fresca venne piantata una croce di legno. I genitori di Elvira si misero a fare progetti sul monumento funebre da collocare sulla tomba. Una statua a grandezza naturale della loro bambina... seduta sopra una modesta sedia di paglia o in piedi con lo sguardo rivolto al cielo? Per l'epitaffio avevano pensato a un verso di Dante, anche se ancora non sapevano quale. Dopo un ultimo saluto e altri pianti la lunga fila di automobili si avviò giù per la collina. La signora e suo figlio tornarono alla villa, silenziosi. Soltanto loro sapevano la verità.

Nei giorni seguenti Eugenio non riuscì a mangiare quasi nulla. Ciondolava per casa senza scopo, cupo in faccia. Oppure stava seduto su una poltrona della sala grande e guardava fuori dalla finestra. Non si curava minimamente della bambina. Alla villa venivano molte persone a offrire il loro sostegno e la totale disponibilità per qualsiasi cosa, ma lui non voleva vedere nessuno. Senza volerlo faceva la figura del marito sconsolato... ma in fondo *non era proprio così che si sentiva? Non aveva voluto che la stanza matrimoniale venisse pulita e sistemata. Anzi, l'aveva chiusa e teneva la chiave sempre in tasca. Dormiva in un salottino del piano terra, sopra un divano.*

Solo dopo qualche tempo la signora cominciò a sospettare che Rachele avesse visto uccidere sua mamma, anche per via di certi strani disegnini che faceva... e alla fine capì che era diventata pazza. Sulla famiglia si era abbattuta un'altra sventura, ma lei s'impose di sopportarla con rassegnazione.

Passavano i giorni. La villa era silenziosa come una tomba. Anche la cameriera parlava a bassa voce. Eugenio non tornava alla fabbrica, sembrava incapace di ricominciare a vivere. Ma il peggio doveva ancora arrivare.

Un pomeriggio suonò il telefono, e inaspettatamente andò a rispondere Eugenio, quasi fosse il primo segnale del suo ritorno alla vita. Sua madre gli andò incontro per chiedergli se voleva un tè... Eugenio era bianco come un morto, teneva il telefono sospeso in aria e lo guardava.

« Tesoro, che ti succede? »

« Era l'ospedale... » mormorò lui, e finalmente lasciò andare il telefono sulla forcella.

« Quale ospedale? »

« Quello dove ho fatto le analisi. » Fissava il vuoto come se stesse vedendo un incendio.

« Quali analisi, tesoro? »

« Quelle per la sterilità, mamma. Non ti ricordi? »

« Ah, sì... E cosa ti hanno detto? »

« C'è stato un errore. »

« Quale errore, tesoro? »

« Hanno scambiato le mie analisi con quelle di un altro. »

« Cioè? »

« Io non sono... sterile. »

« Ommiodio! »

« Forse però... forse Elvira ci è andata a letto lo stesso,

con Dario. Potrebbe essere, no? Vero, mamma?» disse Eugenio, appoggiandosi al muro con la schiena.

«Potrebbe essere...» balbettò sua madre, atterrita.

«Ma no, non era mio figlio.»

La notte stessa Eugenio si era ucciso. Lo aveva trovato proprio sua madre, la mattina presto, con la lingua fuori dalla bocca. Si era voluto impiccare nella stessa stanza dove aveva ucciso sua moglie e suo figlio. Non aveva lasciato nemmeno un biglietto. Morto. Il suo primogenito era morto. «Perché non era toccato a Dario?» aveva pensato per un istante, sentendosi cattiva. Ma non poteva farci nulla... Il vuoto che Eugenio avrebbe lasciato dentro di lei non sarebbe stato mai più colmato. Le era rimasta soltanto quella bambina, la figlia di suo figlio, una povera matta. La sua famiglia era finita, non esisteva più. Dario non era nemmeno tornato per il funerale di suo fratello.

«Il destino si serve del caso per giocare i suoi brutti tiri» disse la signora, con profonda amarezza.

Avrei voluto osservare che Eugenio non era obbligato a uccidere sua moglie, anche se lei fosse stata la più grande puttana della terra... ma non dissi nulla. Ero un po' stordito dalle immagini che quella storia aveva acceso via via nella mia mente.

La signora si alzò, rifiutando il mio aiuto, e andò a mettere due ciocchi nel camino.

«Ora sa tutto» disse, rimettendosi a sedere.

Mi vennero in mente i disegnini di Rachele, e mi sembrarono chiarissimi. Quel foglietto raccontava la storia tutta intera. Con le immagini al posto delle parole, ma non mancava nulla.

La signora aveva gli occhi lucidi, e si era lasciata andare contro lo schienale. Sembrava sollevata, come se in fondo parlare di quelle cose le avesse fatto bene.

« Aveva già raccontato a qualcuno questa storia? » bisbigliai.

« È la prima e l'ultima volta » disse la signora.

« Perché proprio a me? »

« Non lo so... »

Continuammo a guardare le fiamme che divoravano la legna, senza dire una parola. Mi domandavo dove fosse Rachele. Per tutto quel tempo nella casa non si era più sentito nessun rumore. Forse era fuggita e vagava nella campagna, in cerca di conigli da uccidere.

Passavano i minuti. Mi ricordai di aver sentito suonare diverse volte la pendola, nell'altra sala, e sbirciai l'orologio. Mancavano pochi minuti alle tre. La signora sembrava ipnotizzata dal fuoco. Da quando ero entrato non si era girata a guardarmi nemmeno una volta.

« Non racconti a nessuno questa storia. A che servirebbe, ormai? Solo a infangare il nome di mio figlio. » Non vedeva altro che Eugenio.

« Non la racconterò a nessuno. »

« Non m'importa nulla di me, la prigione non mi fa nessuna paura. Tutta la mia vita è stata una prigione. Ma lasciamo in pace chi non c'è più... e non rendiamo vano il sacrificio di Buch. »

« Non lo saprà nessuno. »

« Voglio la sua parola. »

« Glielo giuro. »

« Ora sta solo alla sua coscienza. »

« Posso farle una domanda? »

« L'ultima, se non le spiace. »

« Certo... »

« Faccia presto. »

« Perché non ha fatto curare Rachele? Aveva paura che potesse raccontare la verità su suo padre? »

« Sta parlando senza sapere nulla. Rachele è stata visitata dai migliori specialisti di tutto il mondo, senza alcun risultato » disse, con grande calma.

« Mi scusi. »

« Ho speso una fortuna, e mia nipote è rimasta quella che era. Ma se fosse guarita e avesse detto la verità, ci sarei stata io a negare le fantasie di una bambina di cinque anni. »

« Capisco... »

« L'ultima volta è stata esaminata un anno fa, da uno specialista in ipnosi. Rachele è risultata refrattaria. »

« Mi dispiace... »

« Lasci perdere i convenevoli, nessuno può soffrire per le disgrazie degli altri. »

« Sono davvero dispiaciuto » dissi, inutilmente. Sentivo dentro una grande pena. Non facevo che pensare a quella bambina sfortunata. Non solo era rimasta orfana a cinque anni, aveva anche visto il babbo che uccideva a morsi la mamma. Mi sembrava un miracolo che fosse ancora viva. Perdere il cervello era il minimo che le potesse capitare. Non era certo colpa sua se uccideva... polli o uomini che fossero.

Si sentirono suonare le tre.

« Adesso vada » sussurrò la signora, gentile. In ogni sua frase c'era sempre una sfumatura autoritaria. Mi alzai in piedi e feci un piccolo inchino.

« Buonanotte. »

« Non l'accompagno. »

« Conosco la strada. »

« Addio » disse lei, senza guardarmi. Immaginai che sarebbe stata tutta la notte seduta davanti al fuoco, a ricordare.

Uscii dalla stanza e mi voltai a controllare il corridoio buio. Non vidi nessuno. Andai in fretta fino alla porta d'ingresso. Avevo già le dita sulla maniglia... mi sentii prendere per una spalla e mi voltai di scatto. Era Rachele. Aveva ancora quel sorriso, e le labbra umide. Mi fece cenno di uscire. Aprii la porta e ci ritrovammo sull'aia, uno di fronte all'altra. Sotto la luce della Madonnina la sua faccia aveva il colore degli intonaci vecchi, e così doveva essere anche la mia.

« Mi vuoi dire qualcosa? »

« Sì. »

« Dimmi... »

« Io sono cattiva, ma non lo devi dire alla nonna » sussurrò con un sorriso da strega. Indietreggiai di mezzo passo.

« Perché cattiva? »

« Nessuno sa cosa mi cammina qua dentro. » Si toccò la tempia con un dito.

« Cosa ti cammina là dentro? »

« Cose cattive... » Sbirciò la porta per vedere se arrivava la nonna.

« Dimmene una. »

« Uomini con la testa mozzata, bambini bruciati nel fuoco... la nonna impiccata a testa in giù. Vedo tante cose. »

« Puoi vedere tutto quello che vuoi, non c'è nulla di male. »

« Sono cattiva cattiva cattiva » bisbigliò con gli occhi luccicanti di gioia.

« Tua nonna ti chiama » mentii. Lei si voltò di scatto. La presi delicatamente per un braccio e la feci entrare in casa. Chiusi la porta alle sue spalle. Aspettai un minuto per assicurarmi che non uscisse di nuovo, e me ne andai.

Mentre guidavo sulla provinciale ripensavo alla serata che avevo appena passato, e mi sembrava un ricordo lontanissimo, nel tempo e nello spazio. Avevo ancora nelle orecchie quel racconto assurdo. Finalmente sapevo, ma forse avrei preferito non sapere nulla.

Appena arrivai a casa accesi il fuoco, e mi sdraiai sul divano con una canna bella forte.

La verità sulla morte di Elvira era rimasta seppellita per più di trent'anni anni nella memoria di due donne, anche se in modi diversi. Cos'era meglio? Vivere nella demenza o ricordare per sempre? La signora Rondanini era stata costretta a vivere sotto il peso dei ricordi. Non la invidiavo. Non era vero che la vita è nelle nostre mani, come si dice spesso ai ragazzini. Non era vero per niente.

La mattina dopo mi svegliai dolcemente, come non mi sarei mai aspettato. Mezzogiorno. Mi sentivo sereno, ma anche un po' vuoto... come se avessi sospettato per mesi che mia moglie scopasse con un altro, e poi finalmente l'avessi trovata a letto con l'amante in una pensione a due stelle. Non che fosse una bella cosa, ma almeno era tutto chiaro e non c'era più nulla da sapere. E se davvero Camilla aveva un altro? Un nuovo mistero da scoprire? Ne avevo abbastanza...

Dopo pranzo mi sedetti davanti al computer e cominciai a scrivere la vera storia della tragedia della villa, senza permettermi di romanzarla. La scena di Eugenio che uccideva a morsi la moglie mi passava di continuo davanti agli occhi vista da angolazioni diverse, come i gol della domenica sportiva. Forse salvando quelle cose in una memoria virtuale sarei riuscito a togliermele dalla testa, anche se non ci speravo. Erano passati trentasei anni e nessuno sapeva la verità, tranne la signora Rondanini, sua nipote e adesso anche io. Avevo una gran voglia di raccontare tutto a Camilla, ma non lo avrei fatto. Avevo giurato. Potevo dirlo solo a Franco, con il pensiero.

Camilla arrivò verso le nove, con l'aria stanca. Aveva lavorato alla traduzione per un giorno e mezzo di fila, e le facevano male gli occhi. Non vedevo l'ora di sentirla nuda contro di me... Se avessi scoperto che aveva un altro uomo, sarei diventato io il lupo mannaro.

Montammo in macchina e andammo alla ricerca di un ristorante. Nelle curve la luce dei fari s'infilava nella campagna, in un intrecciarsi di ombre. Se fosse stato un film dell'orrore degli anni Settanta, Camilla mi sarebbe saltata addosso e mi avrebbe sbranato, rivelando al pubblico la vera identità del lupo mannaro...

« Qualche novità? » mi chiese lei, svegliandomi.

« Ho spedito le foto del vicesindaco. »

« E poi? »

« Poi cosa? »

« Non dovevi andare dalla signora Rondanini? »

« Sì, ma ho cambiato idea... »

« Perché? »

« Ho pensato di lasciarla in pace. »

« Stai mentendo. »

« Cosa te lo fa pensare? »

« Te lo leggo negli occhi. »

« Ma se non mi stai nemmeno guardando... »

« Allora è la voce. »

« Non sto mentendo. »

« Facciamo così. Se non mi dici la verità, niente più sesso. »

« Ommadonna. »

« Hai dieci secondi. Uno, due, tre... »

« Ho detto la verità. »

« ... la verità non esiste... quattro, cinque, sei... »

« Ho deciso di farla finita con tutte queste storie. »

« ... sette, otto, nove... »

« Va bene, ho mentito » dissi, appena in tempo.

« Sono tutta orecchi. »

« È vero, sono stato dalla signora Rondanini. »

« Continua. »

« Mi ha raccontato tutto. Ma le ho giurato che non dirò nulla e manterrò la mia parola... almeno finché lei sarà viva. »

« È una storia terribile? »

« Sì. »

« Quanto terribile? »

« Più di quanto immagini. »

«E tu non mi dirai nulla... Giusto?»

«Non posso farlo.»

«Va bene. Rispetterò il tuo giuramento.»

«Grazie.»

«Non parliamone più.»

«Bene.»

«Dove andiamo a mangiare?»

«Non so, ma tocca a te pagare.»

«Perché?»

«Hai perso la scommessa...»

«Chi mi dice che non ti sei inventato tutto per farti pagare una cena?»

«Impossibile. Se mentissi me lo leggeresti negli occhi.»

«Peccato, ero così contenta di scroccarti una cena...»

«Tutte puttane, le donne.»

«Se non ci fossero i clienti, le puttane non esisterebbero.»

«E se fosse vero il contrario?»

«Mi è più facile credere che un cammello sia passato dalla cruna di un ago.»

Continuando a rivaleggiare imboccammo la Chiantigiana e arrivammo fino a Siena. Lasciammo la macchina e continuammo a piedi. Non faceva troppo freddo. Camilla aveva delle scarpine verdi che mi facevano impazzire.

Svoltando in un vicolo ci trovammo davanti l'insegna di una locanda per turisti, *Al lupo mannaro*.

«Ecco dov'era» disse lei. Mangiammo e bevemmo molto. La feci ridere tutta la sera, e risi con lei. Avevamo bisogno di sentire il sapore della vita. Pagò Camilla, e lasciò anche una bella mancia.

Quella notte, mentre facevamo l'amore davanti al fuoco sentimmo di nuovo in lontananza quel lungo lamento, e ci fermammo.

« Hai sentito? » fece lei.

« Sì. »

« È il verso dell'altra sera... »

« Sembra di sì. »

« Sarà un grosso cane. »

« Può darsi. »

« Non sei convinto? »

« Non lo so. »

« Di notte è facile immaginare cose strane. »

« Hai ragione. »

« Quanto manca alla luna piena? »

« Un paio di giorni. »

« Abbracciami... » e ricominciammo a scopare.

Sono già passati più di tre anni e abito ancora a Fonte-nera. Nella stessa casa, quella che Franco aveva preso in affitto pensando di andarci appena lo dimettevano dall'ospedale, e che invece non ha mai visto. Purtroppo Franco non mi è mai apparso. La proprietaria della casa è una riccona di Siena che tre anni fa ha accettato con piacere la mia proposta di affitto, perché una sua amica aveva letto i miei romanzi. Non sono riuscito a lasciare quella campagna. La Marinella ormai mi parla come fossi uno del paese, o quasi. Le donnine in coda non mi guardano più di sbieco e non smettono di parlare quando entro nel negozio. A Firenze ci vado poco, e ogni tanto sale su qualche amico a trovarmi. Con internet posso lavorare da casa, per fortuna. Ho continuato a vedere Angiolino aggirarsi di notte nelle campagne, ma ormai non mi fa più nessun effetto. Ogni tanto vado a bere una birra da solo alla Casa del Popolo, ma non ci resto mai più di mezz'ora. Il Nero lo vedo passare ogni tanto sopra una moto. Ci salutiamo con un cenno, ma dopo quella sera al biliardo non ci siamo più parlati. Il rispettabile dottor Fallani è ormai un ricordo lontano, ma a suo tempo i giornali fecero un bel rumore sulla faccenda. Un rumore inutile, in fondo. Fallani avrebbe potuto tranquillamente risparmiare i centomila euro del mio ricatto. Non ha fatto nemmeno un giorno di galera. Anzi, si è candidato alle ultime provinciali ed è stato eletto assessore all'urbanistica. Una bella fortuna per uno che specula in edilizia. La persona giusta al posto giusto, come Italia comanda. Nei giorni dello scandalo è stato addirittura capace di farmi una telefonata minacciosa, convinto che me la sarei fatta addosso. Quando ha sentito che sorridevo ha riattaccato. È stata la mia unica soddisfazione in quella storia, a parte i centomila euro che avevo dato alla mamma di Martina. In questi tre anni non ho mai sentito nessuno accennare a quei soldi, ma da un pezzo madre e figlia hanno vestiti più belli. Il maresciallo Pantano è stato trasferito da un paio d'anni, non so dove. Adesso al suo posto c'è un calabrese con gli occhi di pietra che parla poco. Non so nemmeno come si chiama, e non sono mai più entrato nella stazione dei carabinieri. Camilla sta ancora con me, e io con lei. Ogni tanto litighiamo, ma ci piace molto fare la pace. Ho addirittura conosciuto il barbuto spagnolo, che nel frattempo si era rapato a zero. Devo ammettere che l'ho trovato simpatico e intelligente. Anche i suoi quadri mi piacciono molto. In fondo sono più contento così, di fronte agli imbecilli la mia gelosia peggiora. Le stragi di polli e di conigli non sono finite, anche se a volte tra un eccidio e l'altro passano diverse settimane. Nessuno ha mai capito chi sia l'assassino. Ora che la signora Rondanini è morta e Rachele è stata internata in un istituto, ho deciso di spedire queste pagine al mio editore. Forse il dottor B. non crederà che abbia vissuto veramente questa storia, ma non farò nulla per fargli cambiare idea. È bene che ognuno creda a quello che vuole... tanto su questa terra nulla è mai ciò che sembra. Lo diceva sempre anche Franco.

Ringrazio...

Marinella, che ha un negozio di alimentari a Impruneta (ma non è lei la Marinella di Fontenera, ci tengo a precisarlo). Marinella ha accettato volentieri che usassi il suo nome, anche se a Impruneta è conosciutissima. È una grande lavoratrice, isola di salvezza per tutti i ritardatari del paese... perché chiude tardissimo.

L'avvocato Bettazzi. Anche lui ha accettato senza problemi che usassi il suo cognome... gratis, naturalmente. Come tutti i suoi colleghi, ama sentirsi dire: «Sei l'avvocato più stronzo che abbia mai conosciuto».

Enneli Haukilahti. È finlandese, ma parla italiano meglio di molti italiani. È la prima persona che si occupa – per suo piacere, dice lei – di scovare refusi e difettucci vari nei miei capolavori (calma, è lei che li chiama così). Per merito suo ho una specie di fan club a Helsinki. Mica è da tutti.

Enzo Carabba (detto anche Fileno), che mi ha permesso di usare il titolo di quello che potrebbe forse un giorno diventare il suo prossimo romanzo: *Orrore sulle colline*.

Cristina Popple, giovane studentessa con grandi doti da editor che si allena (anche) sui miei romanzi. Senza alcuna indulgenza per i «vecchi» (consentitemi le virgolette) mi segnala i suoi dubbi... che vengono da me regolarmente accolti. (Voglio dirlo: due anni fa ha corretto a fondo un libro che poi è arrivato finalista allo Strega, ma nessuno lo sa. Anzi, adesso sì.)

Come suggello, ringrazio la mia editor Laura Bosio per la pazienza che ha sempre avuto con me (potrei definirmi il distruttore di bozze). Non posso scrivere qua le cose belle che penso della sua sensibilità letteraria, perché potrebbe essere imbarazzante... per tutti e due.

le Fenici

De Botton, Alain, *L'importanza di essere amati*

De Botton, Alain, *Lavorare piace*

De Botton, Alain, *Il piacere di soffrire*

De la Mare, Walter, *Racconti del mistero*

Doyle, Roddy, *La donna che sbatteva nelle porte*

Doyle, Roddy, *Irlandese al 57%*

Doyle, Roddy, *Paddy Clarke ah ah ah!*

Doyle, Roddy, *Paula Spencer*

Doyle, Roddy, *Una stella di nome Henry*

Doyle, Roddy, *La trilogia di Barrytown*

Eloy Martínez, Tomás, *Santa Evita*

Fazioli, Andrea, *L'uomo senza casa*

Ferlinghetti, Lawrence, *Poesie*

Fo, Dario, *L'amore e lo sghignazzo*

Fo, Dario, *L'Apocalisse rimandata*

Fo, Dario, *Il mondo secondo Fo*

Foer, Jonathan Safran, *Molto forte, incredibilmente vicino*

Foer, Jonathan Safran, *Ogni cosa è illuminata*

Foer, Jonathan Safran, *Se niente importa*

Fruttero, Carlo e Lucentini, Franco, *Il significato dell'esistenza*

García Lorca, Federico, *Canti gitani e andalusi*

García Lorca, Federico, *Il meglio di Federico García Lorca*

García Lorca, Federico, *Poesie d'amore*

Genet, Jean, *Poesie*

Giardinelli, Mempo, *Finale di romanzo in Patagonia*

Giardinelli, Mempo, *La rivoluzione in bicicletta*

Gibran, Kahlil Gibran, *Il profeta*

Ginsberg, Allen, *Jukebox all'idrogeno*

Ginsberg, Allen, *Primi blues*

Giono, Jean, *Nascita dell'Odissea*

Giono, Jean, *Un re senza distrazioni*

Giono, Jean, *L'ussaro sul tetto*

Grandes, Almudena, *Gli anni difficili*

Grandes, Almudena, *Atlante di geografia umana*

Grandes, Almudena, *Cuore di ghiaccio*

Grandes, Almudena, *Le età di Lulù*

Grandes, Almudena, *Modelli di donna*

Grandes, Almudena, *Il ragazzo che apriva la fila*

Grandes, Almudena, *Troppo amore*

Hammett, Dashiell, *Piombo e sangue*

Handke, Peter, *Il peso del mondo*

Handke, Peter, *Pomeriggio di uno scrittore*

Handke, Peter, *Storie del dormiveglia*

Heaney, Seamus, *La lanterna di biancospino*

Heaney, Seamus, *Una porta sul buio*

Hesse, Hermann, *Il canto degli alberi*

Hesse, Hermann, *La maturità rende giovani*

Hesse, Hermann, *Poesie*

Hesse, Hermann, *Le stagioni*

Hornby, Nick, *Alta fedeltà*

Hornby, Nick, *Come diventare buoni*

Hornby, Nick, *Febbre a 90'*

Hornby, Nick, *Non buttiamoci giù*

Hornby, Nick, *Un ragazzo*

Hornby, Nick, *Shakespeare scriveva per soldi*

Hornby, Nick, *31 canzoni*

Hornby, Nick, *Tutta un'altra musica*

Hornby, Nick, *Tutto per una ragazza*

Hornby, Nick, *Una vita da lettore*

Hrabal, Bohumil, *Vuol vedere Praga d'oro?*

Hughes, Richard, *Un ciclone sulla Giamaica*

Janeczek, Helena, *Le rondini di Montecassino*

Janouch, Gustav, *Conversazioni con Kafka*

Jha, Raj Kamal, *La coperta azzurra*

Jünger, Ernst, *Il cuore avventuroso*

Jünger, Ernst, *Sulle scogliere di marmo*

Kawabata, Yasunari, *Arcobaleni*

Kawabata, Yasunari, *Il lago*

Fotocomposizione Editype s.r.l.
Agrate Brianza (Milano)

Finito di stampare
nel mese di aprile 2013
per conto della Ugo Guanda S.p.A.
da Reggiani S.p.A.
Brezzo di Bedero (VA)
Printed in Italy